井上ひさし外伝

映画の夢を追って

植田紗加栄

河出書房新社

井上ひさし外伝

映画の夢を追って

◉

目次

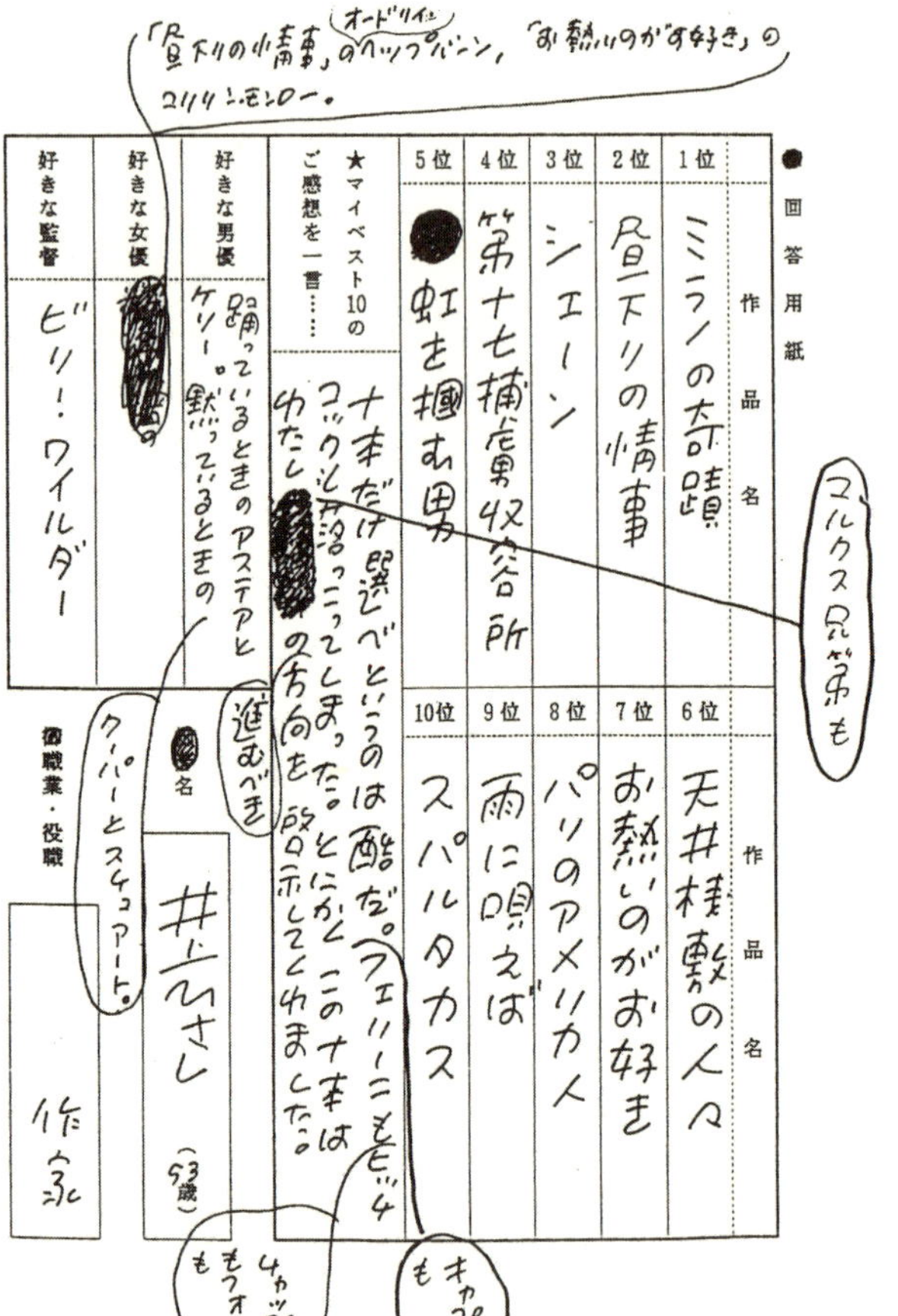

文春文庫『洋画ベスト150』（1988）に寄せたアンケート回答

装幀――design POOL（北里俊明＋田中智子）

カバー写真――© 佐々木隆二

井上ひさし外伝

映画の夢を追って

第1章　映画監督になりたかった！

シネフィル歴

フランス語の「シネフィル」。映画を愛する人を称する日本語として、ひろがってきている。フィルとは、狂的に愛するという意味とか。

井上がいかに映画に、それも小さい時から関わっていたかを知ると、年季の入ったシネフィルぶりがよく分かってくる。

五歳の時に作家志望だった父・修吉を脊椎カリエスで亡くした。父の趣味は映画だった。それも大が付いた好き具合。父の趣味の余波を幼い時から受け継ぐことができたのは、遺品からである。

〈（地主の）跡取り連がみんなでお金を出しあって町に映画を呼ぶ。（略）昔の映画というのは、途中で必ずフィルムが切れるんですね。すると場内が三分ぐらい暗くなる。その間に、映写室でフィルムをつないでるわけです。（略）その切れたフィルム、つなぐ時に落ちた何コマ分かのフィルムを集めるのが親父の趣味だったんです。アルバムに大事に貼って保存していて、僕もそれをしょっちゅう見ていました。『オーケストラの少女』の一場面があったのを、いまでも覚えています〉(「生い立ち、そして父母について」『本の運命』文春文庫)

ディアナ・ダービンを世界的に有名にした『オーケストラの少女』(One Hundred Men and a Girl)の日本公開時は、井上はまだ三歳に過ぎない。しかし父が集めたフィルムの切れっ端を、眺め暮らすことができたのである。

映画への身体に繋がる感覚をかすかに得たのは一九四三年、国民学校(現・小学校)三年の九歳のときだった。

本家にあたる隣の家に、空襲をのがれて一人の美少女が親類をたよって「縁故疎開」してきたのだ。以来、隣との間に立つ赤松に登りっきりになり、彼女をながめくらしたのだが、この少女がのちに「白川由美」という芸名で東宝の女優になったのだ。女優への芽を今の小学三年の少年が感じていたのだろう。映画にデビューしたと知ったときもちっとも驚かなかったのだ。

敗戦を迎えたのは、井上が国民学校五年の夏。

その翌年の六年生のときをモデルにした『下駄の上の卵』(新潮文庫)には、今は知られていない当時の映画の題名が、当たり前の顔をして登場する。

〈ある土曜日の夜、修吉(父の名前を借りている)たちは盆地の首邑《しゆゆう》である米沢の映画館で、(『最後の地獄船』主役の)アラン・ラッドの顔を眺めていた。映画館には椅子席がなかった。(略)しかし例によって満員だった〉

この小説を書くにあたり、井上は敗戦後から翌年にかけて公開された邦洋画のリストを製作。邦画七十八本、洋画四十三本の計百二十一本のリストである。

邦画には製作会社、公開日を書き入れ、ときには主演俳優、欄外には主題歌や、さらに「戦後第一号映画」、「日本最初の接吻映画」などのメモが添えられている。

椅子席がない理由は、シラミ撲滅のため、とある。

〈今年になってからでも『鉄腕ターザン』に『キング・コブラ』に『風雲のベンガル』に『拳銃の町』に『此の虫十万弗』と五本、此の映画館の舞台に肘突いて観たのにちっとも穴が気にならなかった。こんなに穴が気になって仕方がない映画は初めてである。（略）じつをいうと、修吉たちはついさっきまでこの『最後の地獄船』にするか、東宝の『僕の父さん』にするかでかなり揉めていたのだ。古川ロッパとボーイソプラノ歌手の加賀美一郎の組合せときいて、朝鮮人の山形朝彦や煙草屋の倅の佐藤政雄や駅長の長男の君塚孝の後について切符売り場の行列の尻尾に並ぶところまで行った（略）。『僕の父さん』という題名をなんとなく敬遠したといったほうがより正確かもしれなかった。政雄も昭介もそして修吉も母子家庭、『僕の父さん』抜きで暮らしているのだから〉

映画の題名を使いながら、主人公たちの家庭の事情を、説明するのではなく、おのずと読者にわからせている。小説技法として高度な手法を使って、映画の題名とストーリーをからませた記述が、路上の落葉のようにあちこちに散らばっている。

当時の少年たちの楽しみは映画と野球しかなかったから、映画熱の高さはある意味、大人より高かったのかもしれない。映画の話題は友人との共通言語なのだ。

中学時代については、三年間で観た本数が自筆「年譜」（『モッキンポット師の後始末』講談社文庫、以下同）に記されている。

〈中学三年の春まで、米沢市で六百本近い映画を観た〉

一年間に二百本である。映画ライターのわたしの娘は一年間に約二百六十本観るとのことだ。中学生ながら、プロ並の本数を観ていたことになる。

高校時代はどうか。

〈高校入学と同時に本格的に映画を観はじめた。高校の三年間に千本観ている〉（「年譜」）

高校の三年間が最も映画を熱く観たと思われる。中三から高校にかけては、仙台の孤児院に暮らしていたのだが。

後述するが、大学は上智のドイツ文学科に入学するものの、ドイツ語がおもしろくなく、夏休みに母のいる釜石に帰省したまま「国立療養所」の事務職員の職を得、自ら稼いだひと月五千七百円の給料を映画に注ぎ込む。

〈そのころのぼくは映画に夢中で、（略）五時になると疾風《はやて》の如く自転車を飛ばして（療養所のある）山を駆け下り、町にかかっている映画を虱《しらみ》つぶしに観て歩くのを日課にしていた。時はまさに映画の黄金時代、人口八万ほどのその町に七軒もの映画常設館があり、（略）ぼくは、月曜はA館、火曜はB座、水曜はCホール……という具合にスケジュールを決め、それを勤勉に消化した。当時の雑記帖に観た映画の題名が一本残らず書きつけてあるが、数えてみると、（昭和）二八年の秋から翌二九年の夏までの最初の一年間に、二五八本、気狂いじみた映画少年ないしは青年ぶりである〉（「監獄入りを果たすまで」『ブラウン監獄の四季』講談社文庫）

五時までは看護婦さんたちの給与計算などの事務職をこなしながら、プロの映画ライター並の本数を見倒している。一晩に二本のこともあっただろう。

二年後。上智大のフランス語学科に転じて復学し、浅草のストリップ劇場・フランス座の進行係兼文芸部員に大勢の応募者の中から二名の内の一人として採用され、二足の草鞋《わらじ》生活になる。安い給料より、従業員証書を示すと浅草六区の全ての映画館がタダで観られるシステムのほうがありがたかったのではないだろうか。それで好きなだけ観ることができる。

後に作家となってからも、どんなに締め切りがあっても時間を作っては厭《いと》わずに映画館に足を運んでいた。ただでさえ遅い原稿で知られているのに。

さらに、一九七六年、四十二歳の時、国立オーストラリア大学アジア学部日本語科の客員教授として渡豪したときは映画にどっぷりと浸ることになった。

〈ただただ映画を観て暮した〉(「年譜」)

しかも滞在した首都キャンベラは、

〈映画好きにはこたえられない町〉(同前)

だった。というのは映画館がそれぞれの編成に意匠を凝らし、マルクス兄弟全長編と短編、ヒッチコックの二週間、三本立てでのSF映画大会、そして黒澤明の夕べ、といった具合だったから、総合的に映画に触れられた五ヶ月間となったのである(「オーストラリア通信」『ジャックの正体』中公文庫、より)。

映画をどのくらい観たかを書き並べるだけで、なにやら井上ひさしの簡易伝記の様相を呈してくる。

例外は二本の脚本執筆

なぜこれほど好きな映画なのに、映画に関わる仕事をしなかったのか?

それについては、どこかに書いてあった覚えがある。

映画『キネマの天地』のパンフレットの中だった。見出しは、

「映画だけは飯の種にすまい、と心にきめて生きてきた」。

〈(略)以前は無邪気に読んでいた小説が、小説家になった途端、ただおもしろがって読んでいるわけには行かなくなったりします。「自分にはさほどおもしろいとは思えないのに、なぜこの小説は読者の支持を得ているのだろうか」とか、「こういう表現は、とても自分にはできないな」とか、「物語

の、このスピーディな展開。こいつを自分のものにできないかしらん」とか、余計なことばかり考えているので、小説を純粋に楽しむことができにくくなるのである。つまり私は「幸福な読者」の座から転げ落ちたのだ。同じ理由で「芝居小屋の仕合わせな観客」でも、また「茶の間の冥加に尽きるテレビドラマの見物人」でもなくなってしまった。不幸なことだが仕方がない。大好きだったものを飯の種にした罰がみごとに当たったのである〉（一九八六年八月二日発行）

こうなってくると、次の答えは見えてくる。

〈右のようなことが次第にのみこめてくるにつれて、私は映画をいっそう大切なものに思いはじめた、映画こそ、音楽や絵画とともに最後に残された自分の仕合わせである。その映画でお金を稼いだりしたりしては、おまえはほとんど孤独地獄に堕ちてしまうぞ。何度となくそう自分に云いきかせ、映画をまことの友として生きてきたのである〉（同前）

〝まことの友〟である映画を仕事にしない固い決意となっていた。

〈ところが昨年の夏（注：一九八五年）、恐ろしいことが起こった。「私の映画の脚本づくりに参加なさるおつもりはありませんか」という電話を山田洋次さんからいただいたのである〉（同前）

映画『キネマの天地』の脚本依頼である。

他の執筆者は、「男はつらいよシリーズ」の脚本家・朝間義隆と、脚本家で作家の山田太一でトリオとなる。

〈洋次さんと話し終えて、電話の送話器をおいたとき、はっと気づくと私はこの仕事をお受けしていた。こうして私は、「暗闇のなかで映画が与えてくれる夢をゆめみる幸福」をもすて去ることになった〉（同前）

自分に課した禁を、自ら破ることになってしまった結果は、どうだったか。

〈もっとも、やがて離婚へと至る家庭内の事情のせいもあって、私は脚本陣のお荷物になったような気がする。けれども仕事そのものはおもしろかった。昭和九、十年前後の蒲田撮影所の内外が、洋次さんの大きさ、太一さんの鋭さ、朝間さんの粘り、それぞれプロならではの大きさ、鋭さ、粘りで、さすがさすがと感服した。さあれ、私の仕事は終わった。これからふたたび、「暗闇のなかで映画が与えてくれる夢をゆめみる幸福」にたっぷりとひたることができそうである〉（同前）

禁を破った脚本参加の作業は、井上に立ちはだかった家庭内の難事を、そのときだけでも忘れさせるという、罪ではなく逆の恵みをもたらしたのではないか。

過去をたどってみると、もう一回、映画に関わっていた。

アニメ作品『長靴をはいた猫』（矢吹公郎監督、一九六九年製作）。

〈脚本が小生と山元護久《やまもともりひさ》。内輪ぼめではなく、本当におもしろかった。宇野誠一郎の音楽が秀逸〉（『日本映画ベスト150』文春文庫ビジュアル版）

以上二本の脚本参加は、映画に関わった例外中の例外だった。

正確を期した表現をすると、井上は「映画を仕事にしなかった」のではなく、「できなかった」あるいは「希望がかなえられなかった」と言ったほうが正しい。

小学校時代から映画を観はじめ、それ以来、映画漬けといっていい生活を送っていただけに、若いころは当然「映画監督になりたかった」という気持ちが強くあったからだ。

映画好きの作家・長部日出雄《おさべひでお》が対談の場で、

「井上さん、どうですか。映画会社の試験を受けようと思いましたか」

と、鋭く切り込んできた。

〈ぼくの高校のときの第一志望は映画監督でした。（略）しかし、ぼくは上智大学に入った瞬間にあきらめました（笑）。当時、映画監督は一流大学から採っていたでしょう。いまでもそうかもしれないけど、東大とか、京大とか、せいぜい東北大学までいかないと映画会社にはいれなかったんですね〉（長部との対談「焼跡の映画館」「別冊文藝春秋」一九八九年七月）

長部はさらに突っ込む。

「上智出身の映画監督って、いなかったですかね？」

〈土居通芳《どいみちよし》がいました。新東宝で、「地平線がぎらぎらっ」という名作を撮っています。しかし、土居さんは例外的存在でした〉（同前）

スラスラと母校出身の監督名、作品名が口を衝《つ》く。土居通芳監督は井上より八歳年上である。『地平線がぎらぎらっ』は、一九六一年の作品。上智卒業後、NHKの学校ドラマを書いている最中、二十七歳のときの公開である。

同作は、ムショ仲間五人が引き起こすドライな味のハードボイルド作品で、DVDで観てみると、こうした味の映画が一九六一年に作られるとは相当早いのではないか。名作と井上が評することがうなずける。

果たせなかった監督への道

作家となってから、対談の相手に『ゴジラ』の監督として知られる本多猪四郎《ほんだいしろう》を選んでいる。まず対談の口切りで、井上は意味深長な質問を投げかけていて興味深い。

〈ぼくも山形の米沢のほうですから、だいたい見当がつくんですけど、朝日村（注：東田川郡）から東宝の監督になっていくという道のりが不思議なんですね。（略）山形のお寺に生まれた少年がどうやってＰＣＬ（注：東宝の前身）に辿《たど》り着いたのか、そこに非常に興味を持っているんです〉（「『ゴジラ』と私の青春」『映画をたずねて』ちくま文庫）

同じ山形出身ながら、自分は映画監督への道に進めなかったのにどうして本多さんは可能だったのか、というある種の羨望と少々嫉妬が入り混じった、さぐるような質問である。自分はどこかで道を間違えてしまったのではないかという、臍《ほぞ》を嚙む思いが滲《にじ》み出ている。

本多の答えは簡単だった。軍医だった兄が東京で開業するために小学校一年のときに山形から一家で上京したという。

〈あ、そうですか。村の映画好きの少年が、休みのたびに山形市内の映画館に通ったという話ではないんですね〉（同前）

やっぱり育つ環境が違っていたのだ、とある種ほっとした思いがこぼれ落ちている。

「映画を観るようになったのは東京に出て来て、（略）中学に入ってからです」

映画に関して井上よりずっと奥手だった。

監督への道筋へ向けて足がかりとなったのは、創設されたばかりの日大芸術学部映画科に進学し、そこで出会った講師が後に『ゴジラ』の発案者となる森岩雄で、森から誘われてＰＣＬに辿り着いたのだ。

井上は、本多の「機」と「場」を得た監督への道筋に、納得する思いだっただろう。

対談が行われた当時は（一九九二年）、前年の十八作目『ゴジラvsキングギドラ』以降『ゴジラvsデストロイア』まで、正月映画として五年間毎年、「ゴジラ」シリーズは製作されていくものの、観客の多くは親子連れが占めたためファミリー向け娯楽映画として受け止められて、映画評の対象にならない扱いだった。

それだけに当時、『ゴジラ』の監督を対談相手に希望する作家はいなかったのではないか。

第一作を振り返り、こう評価している。

〈（黒澤監督の）『羅生門』と同じように『ゴジラ』もまた世の中を変えたんじゃないでしょうか。本格的な特撮による怪獣映画というジャンルを確立したし、テレビにも影響を及ぼすわけですから。何もないところに新しい流れを作ったというのは、やはり大変なことだと思います〉（同前）

本多によると第一作を製作した当時の映画評論家たちは『ゴジラ』に「洟《はな》もひっかけないという態」。特撮はよくできているが「映画自体はもう消えてもいいというような言われ方」だったという。

それに反し、井上の見方は違っていた。

〈昭和二十九年のお客さんというのは、ぼくらがそうですけど、ほんとに幸せだったと思うんです。『ゴジラ』と『七人の侍』、本多さんの映画と黒澤さんの映画が、見えない繋《つな》がりを持ちながらぼくらの前にあったわけですね〉（同前）

『七人の侍』は一九五四年四月二十六日、『ゴジラ』は約半年後の十一月三日の公開。

〈『ゴジラ』が封切られた頃、ぼくは岩手県の山の中の療養所の職員をやってまして、（略）大変な入りで、立って観たのを覚えてますよ〉（同前）

釜石の「国立療養所」は、当時、国民病だった結核のための専門病院だったから、空気のいい山の中腹に建てられていた。公務員生活二年目の公開。

映画監督になりたかった井上が、〝監督とはどういう存在か〟をしっかりと分析している書簡がある。内田吐夢《うちだとむ》監督（『飢餓海峡』など）の演技指導について、水谷八重子（当時は良重《よしえ》）が往復書簡で鬱憤《うつぷん》を訴えてきたことに対しての返事である。
〈先月いただいたお手紙には、とても大切なことがらが書いてあったように思います。それも二つも。まず、映画と芝居の演技のちがいについて書いておいででしたね。内田吐夢監督の『花の吉原百人斬り』のお鶴に扮した良重さんはこんな体験をなさった。
《撮影に入って私はすぐに分かりました。演技をするために連れて来られたのではないのだと。監督の脳裏にあるものを、具体化するための素材でしかないのだと。自分で何かを演じようとすると、監督のあの非情のひと声、
「カーット!!」》
その翌年、同じ素材を舞台に乗せることになり、さて、その初日、
《……「私は鉄砲洲の隠し売女で、名はお鶴」ひと声セリフを発した瞬間、私はたまらない自由を感じました。35ミリのフレームの中から解き放たれた思いがいたしました。自分でお鶴を生きられる幸せに震えました。「鬼の内田監督ザマーミロ。カットの大声でもう私を止めることなんかできやしない。私はお鶴なんだ。私のお鶴なんだ」この時まで、お客様の拍手がこんなにも嬉しいものとは知りませんでした。……芝居ってまさに「俳優と観客のもの」なんですね。その時、まさに、それを感じたのでございますわ。》
すなわち、映画と芝居の演技は明らかにちがうこと、そして、芝居とは俳優と観客のものであるということ、良重さんはこの二つのことをはっきりとお感じになったわけです。体験者の証言ですからまことに貴重、その上、この証言には本質的な問題が含まれていると思いました〉（「小説・映画・テレビ、そして芝居」『拝啓、水谷良重様　往復書簡』集英社）
新派に生きてきた良重にとって、監督の意向のままに一挙手一投足を指示されることは、不自由の

かぎりだったことに、井上は理解を示す。
さらに、映画監督とはなにかを良重に丁寧に説いていく。
〈監督はカメラの枠やレンズの種類を選びながら、観客に、「ここはこの角度から、これぐらいの大きさで、このレンズで見るように。それが一番いいんだから、文句はいわない」と強制してくるのです。俳優もまた監督から、「ここはこの角度から、これぐらいの大きさで、このレンズで撮すから、それに合った演技をするように。それが一番いいんだから文句をいわないこと」と強制されているのです。観客は「監督の目」を通して見るしかありません〉（同前）
演劇と映画の違いを、実に分かりやすく解説してくれている。
良重に宛てて返信を書きながら、井上は映画監督という仕事は自分の性格に合わない、だから監督になれなくてよかったと納得する思いだったのではないか。
さらに舞台女優として生きる良重を鼓舞するように、小説や映画にない芝居の優れた作用を強調する。
〈（演劇の）上演はつねに流動的です。その流動的な部分を俳優と観客とが支配しているのです。ここがちがいます。つまり一回一回がオリジナルなのです。すばらしい固定部分（台本）とすばらしい流動部分が揃うと奇蹟がおきます。（略）
とにかく芝居は、つねに「現在形」で表現されるところに値打ちがあるように思います。良重さんが江戸期の吉原のオイランに扮すると、その劇場が現在形で江戸吉原になってしまう。そのあたりが小説や映画・テレビよりもうんとはっきりしていると思います〉（同前）
映画は観る楽しみだけにしたほうが、自分にはふさわしいと思ったはずだ。芝居が持つ、映画にはない俳優と観客による流動的な化学変化のすばらしさを起爆剤にして、七十五歳で亡くなる直前まで脚本に挑戦し続けたのだった。

ひばり映画の監督たち

監督になることに憧れを持っていただけに、心にかかる監督たちがいる。

〈佐々木康《ささききやすし》（一九〇八―九三）は、私には忘れられない監督です。五歳の男に子にも女神のようにまぶしく見えた高峰三枝子の『純情二重奏』（三九年）から始まって、主題歌「リンゴの唄」をはじめて聞いた『そよかぜ』（四五年）、大坂志郎と幾野道子のキスを見て卒倒しそうになった日本最初の接吻《せっぷん》映画『はたちの青春』（四六年）、そしてその後の美空ひばりの音楽映画まで、佐々木康は私たちに娯楽をせっせと配給しつづけてくれた監督の一人でした。ほかの監督の映画もたくさん観ましたが、この人の作品を観ると、胸のもやもやがいつの間にか収まってしまうのがふしぎでした〉（「忘れられない映画監督」『井上ひさしの読書眼鏡』中公文庫）

佐々木監督は十四本も美空ひばりの時代劇を、東映・京都撮影所に松竹から移った後に撮っている。一九五〇年には四本で、特に十二月には、四日封切り（『笛吹若武者』共演：大川橋蔵）、二十八日封切り（『旗本退屈男　謎の決闘状』共演：市川右太衛門）と一ヶ月間に二本も公開する早業。さすが「早撮り名人の佐々木」と言われるだけのことはある。

ひばりファンの井上は、〝娯楽をせっせと配給しつづけてくれた〟という感謝の思いが強かっただろう。

ひばりの話をするために、澤島忠《さわしまただし》監督とも対談している。澤島も八本のひばり映画を撮っているからだ。

美空ひばりを歌手としてより、まず女優として認識するにはきっかけがあった。

〈僕がちょうど孤児収容施設というか、養護施設にいたときに、「悲しき口笛」がヒットして、その頃あった『婦人朝日』にひばりの写真が載ってまして、横浜駅かどこかでひばりをマネージャーの福島さんという人が背負った写真。これはわりと有名な写真だったと思いますが。[1]

これに、こういう〝ゲテもの〟を夜遅くまでこきつかっていいのか、児童福祉法に違反するというような論調と、それと〝パンパンガール〟なんかに代表される、戦後のめちゃくちゃな文化の象徴であるふうにひばりさんのことを書いていて、僕は非常に腹を立てた記憶があるんです。

僕は『悲しき口笛』という映画をちょうど観たばかりだったんです。これは僕らみたいな境遇にある子供がものすごく幸せになる映画なんです。不幸だった少女がまわりも幸せにしながら、ついにお兄さんの作った歌をきっかけに兄妹が巡り会うというストーリーです。

（略）ということは、僕らも何の力があるかわからないけれども、それぞれの力で幸せになれるんだ、という思いがすごいショックとともに、ほとんど意識の下に入り込んできて、心を動かすような衝撃を受けたわけです。

それから僕は美空ひばりが好きで、追っかけていくんですよ。（略）

それほど美空ひばりに熱中していましたから、サトウハチローなんて大嫌いでしたね。ひばりのことを批判したでしょう。ひばり側も反撃してましたけど〉（山口昌男との対談「魂として投げ出された戦後」『物語と夢』岩波書店）

十二歳の美空ひばりが主演した『悲しき口笛』の公開は、敗戦後四年目の一九四九年、井上が仙台の孤児院に入ったばかりの中学三年のときだった。

それからちょうど四十年目。戯曲『人間合格』の劇中劇の台本に、『悲しき口笛』のシチュエーシヨンが掬《すく》い上げられている。たとえば、作曲家の兄がいて、戦地から帰還すると家が空襲で焼け、両親が亡くなっている。疎開していた妹だけが生きていて、GIの靴を磨きながら兄の作った歌を歌って――。

長く記憶に沈澱していた映画の映像を、戯曲の中(第七場)に移植したのではないだろうか。

未亡人の母と兄でやっていた土木建築業「井上組」は、兄の結核による入院手術で立ちゆかなくなった。その果てに、母はラーメン屋の住み込み店員となり、中三の井上は弟とともに一関《いちのせき》から仙台の孤児院に送られた。それだけに、同様の境遇の『悲しき口笛』への熱い思いは、何年経っても消えようがない。

井上が孤児院に移った中三の一九四九年、ひばりは七本の映画に出演している。

〈ひばり映画で最初に印象に残ったのは『憧れのハワイ航路』(2)(斎藤寅次郎監督・昭和25・新東宝)でした。きれいなんですね、ひばりさんは。美人ではないけど、子供心にもちょっと気を引かれるような少女でした。それにかならずハッピーエンドになるというところが好きでしたね、ぼくらもけっこう不幸でしたから〉(澤島忠との対談「美空ひばりの映画・舞台は、戦後昭和の索引《インデックス》だ」『映画をたずねて』)

『憧れのハワイ航路』の公開初日は、『悲しき口笛』の翌年、進学校である仙台一高の入学日の四月一日だった。

仙台の孤児院に来てまだ六ヶ月。これからどうなるかを思い煩《わずら》わざるを得ない身の上だけに、三歳年下の〝女優・美空ひばり〟映画に、ハッピーエンドになるよ、と希望を持つことができ、励まされたのだ。

ひばりは歌手としての評価の比重が高いのが常だが、美空ひばりを女優としてまず認めている。つまり励ましを与えてくれる映画女優なのである。

〈ですから、ひばりさんが亡くなったとき、（略）大事なものがフッといなくなって、何もない空間がポカッと生まれたようなそんな……。並べていうとまずいけど、裕次郎さんのときはそんな感じはしなかったんですが、ひばりさんのときにはたしかにありました。だからぼくは、ほんとにひばり世代でしたね〉（同前）

美空ひばりが亡くなったとき（一九八九年、平成元年。享年五十二歳）、井上は五十五歳になろうとしていた。孤児院時代から約四十年。井上の人生にひばりの占めていた場所の大きさがうかがえる。

それゆえだろう、ひばりが亡くなる前年の一九八八年に行われた「邦画ベスト１０１」のアンケートに、ひばり主演映画『憧れのハワイ航路』を、〝堂々〟11位に置いている。

数百人のアンケート回答をまとめた文春文庫の一覧表には、２１５位までに『憧れのハワイ航路』は入っていない。ひばり映画を挙げた映画関係者、知識人は他にいなかったのではないか。

井上の映画の独特な見方の、一つの現れに思える。彼女の演技は、お客さんの立場にすぐ立てる演技力があると見ているからだろう。作家、劇作家と同じ立場なのだ。

他に、映画通の作家たちとの鼎談《ていだん》で出た監督の名前というと――。

〈工藤栄一[3]さんて人いましたね〉（池波正太郎、長部日出雄との鼎談「昔も今も映画ばかり」「オール讀物」一九七五年十月号）

長部「大好き」

〈ぼくも好きなんですよ。「十三人の刺客」……〉

長部「あの人のチャンバラは、バンバン斬るんだけど、みんなだんだん草臥《くたび》れてくるんだよね」

〈そこがいいんだよ。雨の日、吉原近くの泥の中でね。

あの人いまどうしているんだろう〉

さらに加えて、井上は工藤を高く評価する理由を熱く、偏狭的に説いていく。
〈どこかの映画誌、あるいは映画愛好団体から《あなたにとって日本映画界で最高の監督はだれですか》というような質問状が舞い込んだら、僕はなんのためらいもなく《それは京都東映の工藤栄一である》と書くつもりでいる。さらにその質問状に余白があれば《（略）『八荒流騎隊』、『変幻紫頭巾』、『忍法秘め帖・梟の城』、『十三人の刺客』、『大殺陣』などはもう一度観たい。仲間がいたら教えてください。東映にかけあいますから。いずれにしても工藤栄一氏にくらべたら、（暴力描写で知られるバイオレンス映画の巨匠）ペキンパー氏なんかめじゃないよ》などと調子に乗って書きつけるはずだ。
工藤栄一氏が日本映画界最高の作家かどうかについては、客観性を重んじる、いわゆる「きちんとした」映画評論家たちは否定的であるだろう。だがしかし、そのような「ちゃんとした」評価など靴の先で蹴っとばし、しかも素人が《だれがなんといおうと工藤栄一は日本一》と言い張り、突っ張かることのできるところに、じつは映画のよさ、おもしろさの魅力があるのだと僕は考える。いかに見方や考えが偏頗《へんぱ》で偏奇で偏狭で偏屈で、もうひとつ付録をつけてたとえば偏流であっても、それが映画についての見方や考え方であるかぎり存在を許される〉（川本三郎『朝日のようにさわやかに』序文〝かたよっている」について〟、筑摩書房）
工藤作品を見つづけた結果の熱弁。映画に関しては、ちゃんとした評価より「自分なりの評価の存在が許される」という点でこそ、井上の映画の見方の真骨頂に思われる。

（1）ひばりをマネージャーが背負った有名な写真。
一九四七年八月。桜木町駅そばの「吉本映画劇場」と並んで前年に新設されたばかりの「横浜国際劇場」の準専属となり、七月から出演していた時期に撮られたと思われる。ひばりを母親がほほえんで見つめている。ひばり十一歳二ヶ月の写真。

初主演映画『悲しき口笛』が公開されたのは、その二年後の一九四九年十月二十四日。井上が一関中学から仙台の孤児院へ送られた九月二十八日のほぼ一ヶ月後。ひばりが演じるのは空襲で家が焼け、兵隊に行ったままで行方不明の兄がいるだけの浮浪児。同じような身の上の井上が励まされたわけである。ひばりのほうが二年六ヶ月年下。なお、「婦人朝日」に記事と写真が載ったのは、映画公開と同月。翌十一月の米誌「ライフ」に、この映画での燕尾服とシルクハット姿のひばりが掲載された。

（2）『憧れのハワイ航路』監督：斎藤寅次郎（一九〇五—一九八二年）

おでん屋の主人（トップ漫才師で俳優の花菱アチャコ）の二階に貧乏画家（トップコメディアンでエッセイストの古川ロッパ）といっしょに間借りしている歌手の岡田（岡晴夫）は、キャバレーに花売りに来ていてチンピラにからまれた少女（美空ひばり）を助けて連れ帰り、おでん屋の主人に頼んで歌付きで売らせてもらう。少女を見た店の女将は、年格好から前夫との間に生まれた消息不明の姉妹の下の子ではと思いを重ねるのだ。歌手の岡田は戦争を挟んで消息を絶ったハワイの父を思って歌っているのだが、少女の姉の作る日本人形がハワイに土産物として輸出されることから、父との糸が繋がっていき、やがて女将と姉妹も、母子の名乗り合いとなっていく。

（3）監督：工藤栄一のその後。

鼎談が行われたのは一九七五年。邦画の斜陽化で工藤は七〇年代から主にテレビ映画に仕事を移していた。「必殺」シリーズでは六十本以上を演出、八〇年代には、自身が俳優として映画に出演。俳優の仕事は、相米慎二監督『魚影の群れ』（原作：吉村昭）、柳町光男『火まつり』（原作：中上健次）、神代辰巳監督『恋文』（原作：連城三紀彦）、松田優作監督『ア・ホーマンス』（漫画原作：狩撫麻礼、作画：たなか亜希夫。組長役）の四作。一九二九—二〇〇〇年。

海外で黒澤作品の力を思い知らされる

若いころ映画監督志望だった井上にとって、黒澤明は絶対の存在。四回も対談している（そのうち二回は鼎談）。

その上、「日本映画ベスト101」を選んだ中に、黒澤作品は十四本も入っている。しかも10位までに占める率が高い。

1位『七人の侍』
2位『天国と地獄』
3位『生きる』
4位『人情紙風船』（監督：山中貞雄）
5位『姿三四郎』
6位『わが青春に悔なし』
7位『ゆきゆきて、神軍』（監督：原一男）
8位『一人息子』（監督：小津安二郎）
9位『豚と軍艦』（監督：今村昌平）
10位『盗まれた欲情』（監督：今村昌平）

6位までに五本である。黒澤映画への偏愛とも言える。
これほど黒澤作品に惹かれるのは、
〈いるべき人物、いてほしい人物を作り出すのが、物語を扱う仕事の、つまり僕たちの責務なのです〉（黒澤明との対談「ユーモアの力・生きる力」『物語と夢』）
という共感があったからではないだろうか。
黒澤&山田洋次との鼎談での開口一番、1位に挙げた『七人の侍』について井上はこう発言する。
〈今回で三十一回目。でもあと十九回は見て死にたい（笑）。いい映画というのはすべてそうなんですが、見れば見るほどその良さがわかるということがありますね。

初めて見たときのことはいまでもよく覚えています（昭和二十九年公開）。ぼくは岩手県の山の中で働いていて、休みをもらって盛岡まで出かけたんです。とにかく驚きました。それまでの時代劇とまったく違うんですね。長谷川一夫でも市川右太衛門でも、きれいに着飾っていて、新派や歌舞伎のスタイルを引きずっていたでしょう。『七人の侍』はそれがまったくない。物語も、ぼくらがなじんでいた悪玉善玉の勧善懲悪物語とはまったく違った。侍と野武士と農民、つまり集団と集団のぶつかりあいでした。高校を出たばかりの映画少年としては、唖然というか茫然というか、夢中で見ているうちに終わってしまいました〉（「『七人の侍』ふたたび」『映画をたずねて』）

当時働いていた釜石より都会の盛岡のほうが、封切りが早かったに違いない。しかし釜石から盛岡まで出るには相当の努力がいる。

まず釜石線で花巻まで行き、東北本線に乗り換えて盛岡までたどり着くには現在でも片道二時間半、費用は往復で五千五百円を超えるのだ。当時の鉄道事情だったら、さらに時間がかかったはず。『七人の侍』の上映時間三時間半を加えると、ほぼ一日がかりになる。病院から休みをもらわないと観に行けないわけである。封切り初日は月曜日だった（一九五四年四月二十六日）。

この日の盛岡は、3・8ミリの微雨《びう》。最終結氷日に当ったから（気象庁調べ）雨といえども霙《みぞれ》に近く、四月末とはいえ肌寒かったはずだ。だが、井上はその寒さなどなんのそのだったのではないだろうか。

盛岡での『七人の侍』の封切りから時を超え、黒澤映画のもつ力を実体験したのは、海外でだった。オーストラリア国立大学の客員教授をしたときのことである。

〈キャンベラ市に住み始めて間もなく、ある講堂が黒澤明映画全集を企画し、当たりに当たった。言い忘れたが、講堂映画会は会員制を取っているものがほとんどで、入会金と引き換えに会員証をもらい、会員証を示しながらその回その回ごとに入場料を支払うのである。さて、新聞で、『羅生門』『生きる』『七人の侍』『生きものの記録』『蜘蛛巣城』『隠し砦の三悪人』『悪い奴ほどよく眠る』『用心棒』、そして『天国と地獄』という涎《よだれ》の出るようなラインアップを見てたまらなくなり、講堂へ出かけて行って、会員になりたいと申し出たが、「今回は会員数が突然三倍にも増えて講堂の定員数を上回ってしまった。しかも今回は欠席が異様に少ない。したがって今回は会員を増やさないことにしている」と断られてしまった。そこを「立ち見で構わない」とか「この大学の教員ですぞ」とか、下手に出たり上から脅かしたりして、ようやく『用心棒』だけは観せてもらえることになった。

定員八百人の講堂は立ち見が出ているばかりか、照明室までぎっしり、舞台の上まで客がいる。上映が始まるとさすがに静かになったが、いいところへくると、拍手が起こり口笛が鳴る。なによりも驚いたのは観客が映写室の窓を上着かなんかで覆い、上映を中止させてしまうことだった。つまり「巻き戻して、いまのいいところをもう一回見せろ」と要求するのである。例の三船敏郎と仲代達矢との決闘場面などは三回も繰り返された。国民性のちがいかしらんと思ったが、そうではない。運営委員の話では「こういうことは黒澤映画でなければ起こらない」という。

終映後、講堂の外で、初老のオーストラリア人が「日本の方とお見受けするが」と近づいてきて、「日本軍の捕虜になってひどい扱いをうけたが、黒澤明に免じてわたしは日本を許す。黒澤明の映画を観るのがなによりの楽しみなのでな……」といった。

外国で暮らしていてなによりも嬉しいのは、こういう言葉にあうときである。この夜を境に、わたしの黒澤熱はさらに一段と上がり、そしてそれ以来ずうっと上がったままになっている〉（「講堂映画会の夜」『死ぬのがこわくなくなる薬』中公文庫）

しかしオーストラリアでの、映画三昧《ざんまい》の理想の暮らしは、ほころびをみせる。

大学のアジア学部日本語科が当初用意した政府職員住居は、招聘《しょうへい》に力のあった同科助教授（ロジャー・パルバース）に取材すると、一人の予定だったのが、直前に家族揃って行くと妻（当時）が主張したため、急なことで手狭な住居となった。しかし間もなく、言い出した当人が日本に帰りたいと下の娘二人を連れて早々と帰国することになった。

「家族そろって出掛けたオーストラリアから、母と妹たちが一足先に日本に帰ることになった。父と見送りに行き、二人でトボトボと部屋に戻ってきたらなんともいえず寂しくなった」（井上都『ごはんの時間』新潮社）

残った長女・都は、中学一年だったが、語学力の関係で一学年繰り下げて小学校六年に通う子供でありながら、父を見守る役になった。

結果として、客員教授として一年の滞在契約だったが、約半分の六ヶ月半で切り上げることになった（一月一日出国、七月十五日帰国）。

家庭の事情はその後急変。

オーストラリア滞在から十年後、前述した『キネマの天地』に脚本参加することになったときのことを、山田洋次監督との対談で触れている。

〈『キネマの天地』（昭61）では、（略）お話づくりに参加させていただいた……。その頃、うちはちょうど前の妻が他の男によろめきのまっさい中で、「出直そうか」とか「別れる」とか、徹夜でディスカッション——というと恰好いいんですけれど、夫婦喧嘩をして、それで日中は脚本づくりに参加するといったあんばいで、全然戦力にならなかった〉（山田洋次との対談「日本人と人情」『映画をたずねて』）

と山田監督にわび、監督は、

「いいえ、後で知って大変な時だったんだな、と（山田）太一君と話していたんです」

と、当時の状況に心を寄せた返答をしている。

娘たちの母親は家を出て行った。そのことに井上はひどく落ち込んでいたので、長女の都は妹たちと図って父親を誘い、好きな「寅さん」映画を浅草松竹にいっしょに観に行った。しかし、

「父の気分はそれでも直らなかった」

と、わたしに話してくれた。

それほど井上の気持ちがつらかった理由は、世間一般にありがちな男の面子《メンツ》や怒りではなく〝家族はいっしょに暮らす〟という、孤児院時代に染み付いた人生の基盤が崩されたことにあったと思えてならない。だから「出直そうか」という寛容な選択技が井上にあり得たのだろう。

その騒動の中、手を差し伸べたのは司馬遼太郎だった。

長文の心の籠もった手紙が届き、

「人生にはすべてを仕切りなおしする時があるものです」

とあった。その言葉が井上の気持ちを切り替え、整理させ、立ち直らせた。


余談だが、二人の作家が初めて顔を合わせたのは、奇遇にも井上がオーストラリアの首都キャンベラに六ヶ月滞在中の間で、司馬遼太郎のほうはというと、オーストラリア海域はずれの孤島を取材で訪れたときだった。

活躍する二人が出会った場所が、出版社や新聞社のある東京や大阪ではなく、まして作家たちが出会うチャンスの多い文学賞の選考委員会でも、出版社・新聞社主催の授賞パーティーでも、銀座の文壇バーでもないのである。

司馬が中編小説『木曜島の夜会』（現・文春文庫）の取材のために、ニューギニアに近い寂《さび》れた小島「木曜島」を訪れた、その帰国の途中でなのだ。

木曜島は、明治から太平洋戦争前まで、そこで熊野出身者たちが貴重な高級ボタンの材料だった白《しろ》蝶貝《ちょうがい》を潜水服を着て潜って採る、命がけの過酷な労働に従事していた歴史を持つ。

木曜島取材の帰路、「飛行機恐怖症」の井上のため、十一歳三ヶ月年上の司馬がわざわざケアンズを経てさらに南下し首都キャンベラまで、身内、編集者など六名を伴って足を伸ばして来てくれたのだ。本来なら、一回り近く歳下で、作家としても後輩にあたる井上一人が、帰路の空港があるシドニーまで飛ぶべきだろう。そう井上も思ったに違いない。

南半球の磁場が強く働いていたのではと思いたくなるほどの、何かが通じあった出会いといえる。尊敬し合う作家同士が、お互いを中空で呼び合ったかのような奇遇に思える。

〝司馬さん〟ご一行七名は、井上一家が住む政府職員住宅から歩いて三分の、市内随一の「レックス・ホテル」（この数年前、田中角栄首相が宿泊）に一泊した。

〈この間《かん》ずっと、ぼくは司馬さんの日本語に感動していた。そのときぼくは当然のことながらオーストラリア英語に包囲され神経衰弱にかかっていた。（略）

そんなときに、まる一日、ぼくは、穏やかではあるが雄弁な、論理的であると同時に生活的な司馬さんにたっぷりと浸かることができたのである。午後七時十五分、キャンベラ空港で（シドニーに向かう）司馬さん一行を見送りながらぼくは、（ああ、日本語が去っていく）と呟いていた。（略）その夜からぼくは『雨』という戯曲に着手し、二週間後に脱稿した〉（『死ぬのがこわくなくなる薬』）

『雨』は、江戸のくず鉄拾いの「徳」が、東北の小藩を支える「紅花問屋」の主人とそっくりといわれ、その裕福な問屋主人に成りすますというドラマティックなストーリー。

江戸弁の主人公が東北弁をマスターしていくという言葉の問題が潜んでいるだけに、司馬遼太郎の良質の日本語が触媒《しょくばい》となったのは間違いないだろう。「遅筆堂」で知られる異名とは逆の速筆である。キャンベラまで井上に会いにきてくれた司馬は、上演三時間半におよぶ名作の黒子の役も果たしたと言える。

〈オーストラリア滞在中は、戯曲「雨」、「新釈遠野物語」、ほかに雑文を十篇ばかり書き、あとはただただ映画を観て暮らした〉(「年譜」)

井上が滞在中の四ヶ月半の間に観た映画の本数は、八十五本。月平均十九本だから二日に一本以上は観たことになる。高校時代に次ぐ記録といえる。

作家、劇作家として脂の乗っていた四十二歳。そこからフィルムを少年時代に巻き戻すことにする。

第2章　山形・小松のシティボーイ遁走す

野球と映画に熱中した小中時代

（昭和）天皇の玉音放送があった日は、国民学校（現・小学校）五年の夏休み。山形の当日の天気は、よく言われる〝抜けるような青空〟ではなく「曇っていた」と井上は証言する。

翌年。

六年生になった仲間五人と東京への冒険旅行をモデルにした半自伝小説『下駄の上の卵』には、井上の住んでいた山形・小松（現・川西町）の状況が透けて見える。

〈東京で封切られた映画は、二、三週間あとに米沢で上映される。だが、その映画が（主人公）修吉たちの町にたったひとつの映画館小松座にかかるまではすくなくとも半年の時間が要《い》る。米沢＝小松間は十六・九粁《キロ》しかないのに、いったいその間《かん》、その映画はどこで道草をくっているのだろうか。これは修吉たちのとけない謎のひとつになっている〉（『下駄の上の卵』「第三章　左翼手が追いついて」）。

だから中学生になってからは、学校よりも近い羽前《うぜん》小松駅の〝停車場〟から列車に乗り、米沢に出て観ることになる。

〈中学へいくふりをして汽車に飛び乗ってよく観に行った。最低、週二回は出て行ったと思う。中学校よりも停車場のほうが近かったから、その点は便宜がよかった〉（「年譜」）

駅周辺を、井上の蔵書を中心に二十二万冊を納める「遅筆堂文庫」館長（阿部孝夫）が車で案内してくれたのだが、〝近かった〟というほどの違いではないものの、ほんの数軒分だけではあるが、確かに実家は停車場寄りにある。

第一章で触れたように隣家に、敗戦の二年前、後に女優・白川由美となる美少女が東京から親戚を頼って疎開してきた。

〈（縁故疎開の）お八重おばちゃんのお嬢さんがめちゃくちゃに、それこそ眩《まぶ》しいくらい、美しかった。二つ年下で、まだ七歳なのに、じつに落ち着いていて、それでいながら笑顔をたやすことのない、すばらしく頭のいい美少女でした。そこでわたしたちは「映画に出てくる女優さんのようだ」とただひたすら彼女を尊敬していました〉（「侍従日記から」『ふふふ』）

女優・白川由美となったその後も気になっていたようで、井上家で見つかった上智大フランス語科二年のときのノートには、あちこちに彼女の出演映画評が書かれているだけでなく、ぼやくのだ。

〈彼女は、本当にわたしのまたいいとこなのだが……本気で信じてくれる人はいない〉

失礼ながら当然といえば当然のまわりの反応なのだが、「……」の無言部分に理解されない無念さのようなものがにじみ出ていて、何やら気の毒でもあり、おかしくもある。

しかし、白川由美が亡くなった報がテレビで流れたとき（二〇一六年七月）似ていることが期せずして認識される。映画の衰退後、テレビドラマで母親役として活躍、その姿がスティール写真で紹介されると、

「骨格がよく似ている」

と井上夫人・ユリと秘書の小川未玲は、おもいがけず認めることになった。遅きに失した感がないわけではないが、賛同者がやっと現れたことになる。表皮部分は違っていたが、またいとこ同士は、確かに井上家の家系の骨格だったのだ。

　井上が育った小松という町は、小さいながら文化的に豊かな暮らしをしていた地域だったことに驚かされる。山形育ちといっても田畑に囲まれた農村育ちではない。

　父親が生きていた時代、〝地主の跡取りたちがみんなで金を出し合って映画を呼ぶ〟という文化的共同体が成立するような、ある意味、精神的に豊かな環境だったのだった。おまけに、父（修吉）は小説家を目指していただけに、営んだ家業がまた文化的な色合いが濃厚だった。

〈わが家は小さいながらレコード屋と薬屋と文房具などの雑貨屋でした。亡くなった父親がガーシュインにこっていました。「憂鬱なる狂詩曲」（ラプソディ・イン・ブルー）の５枚組レコードもありました〉（堀威夫《ほりたけお》との対談「戦争と音楽」。こまつ座＆ホリプロ共同公演『きらめく星座』パンフ）

　戦前からガーシュインに凝《こ》るとは、山形の東置賜《おきたま》郡小松町という小さな町の雑貨屋店主にしては、時代の最先端を行くセンスの持ち主といえる。

　その芸術感覚を持つ父は井上が五歳のとき脊髄カリエスで亡くなるわけだが、遺品のクラシック音楽やドイツタンゴのレコードは、買い手がついて母子四人が〝喰いつなぐ〟のに役立った。

　しかし、戦争中になると、一九四三年（昭和十八年）に発令された「敵性音楽レコード供出令」によって、敵性音楽はけしからぬと外国音楽のレコードを、隣組長が石で何十枚も割ってしまった。しかし、なぜかガーシュインのレコードは〝御難〟をのがれ、生き延びていた。

　四十年以上後、戦前の浅草のレコード店に舞台を移植して、開戦直前のきな臭い状況を描いた私小説ならぬ〝私戯曲〟『きらめく星座』が生まれた。初演では井上自身が演出し、稽古初日、「小さいときの自分の家での話を書いた」と説いた。

〈生家の茶の間の棚にガーシュインの愛好者だった亡夫の収集したレコードが何十枚と積んであり、それらを子守歌がわりに育ったから、筆者にはガーシュインは神様のような存在であった。さらに中学のころからガーシュインを扱った記事はいちいち丹念に切り抜き〉(「服部良一物語」扇田昭彦責任編集『井上ひさし』)

ガーシュインの伝記映画『アメリカ交響楽』を愛好し、影響を受けるわけである。

実家ちかくの環境もまた、文化的に豊かである。

酒蔵「樽平酒造」の敷地内には、「掬粋《きくすい》巧芸館」という優れた陶芸美術館があるのだ。

〈中国漢〜清二百五十点、朝鮮新羅〜李朝百点、日本鎌倉〜近代二百点、南方十余点、合せて五百六十余点〉(「双子花瓶の話」『悪党と幽霊』中公文庫)

大地主で酒造家の井上庄七(十代目)が、昭和初期までに収集した名品だ。

最大の収蔵品は、双子の花瓶「染付飛鳳文瓢形《ひほうもんひょうけい》八角瓶《へい》」(1)(中国・元時代、重要文化財)の左側の片割れ。

その花瓶の説明を、中一の井上が〝何の気なしに掬粋巧芸館にまぎれこんだ〟とき、友人の父である十一代目当主(昌平)から直《じか》に話を聞いている。逸品の双子の右側の片方は、なんと遠くはなれたトルコの「トプカピ宮殿博物館」に陳列されているというのだ。

ウェブサイトで見ると、「掬粋巧芸館」と「トプカピ宮殿」の瓶は、形も図柄も同じで、まさしく双子といえる。井上はこの花瓶の様相を〝清楚でなまめかしい〟と見事に表現する。「掬粋巧芸館」での展示は保全のため現在は行われていないので、トルコまで実物を見に行きたい気に襲われる。

古き逸品だけでない。生身の文化人にも接するチャンスに恵まれた。

〈ずいぶん大勢の文士たちを目の辺《ま》りに見ることができた。菊池寛、川端康成、佐藤春夫、井伏鱒二、太宰治などの文士たちが陶磁器を見にやってきたからだ〉（同前）

新宿・角筈《つのはず》で開いていた「樽平」の直営店「樽平酒場」を通じて、これらの収蔵品のことは作家たちにも広く知られた。

〈ところでこの樽平酒造とわたしの家とは五十米も離れていなかった。加えて樽平はわたしの家の本家で、十二代目とは同級生でもあったので、遊び場は（「掬粋巧芸館」と同じ敷地内の）樽平の樽干し場ときめていた〉（同前）

それだけに井上が中学三年で一関《いちのせき》に移るまで、十二代目の同級生（京七）とは小学校から「ひさし君」「京ちゃん」と呼び合い、仲間といっしょに野球をして遊んだ。

当時、赤バットの川上、青バットの大下が大人気で、それぞれの好みで彼らを真似たのだが、井上は「右投げ、左打ち」という、器用というか〝変わり種〟。

すでに息子に樽平の当主を譲った「京ちゃん」に、井上少年の野球の技量を尋ねると「あまりうまくなかった」と評価はかんばしくはない。

しかし、後述するが、大学生の時、浅草フランス座の脚本係に応募し、課題をこなした後の面接で「野球ができる」と答えたことで採用が決まっている。オーナーが野球チームを持っていたからで、練習の球拾いなどを手助けさせる目論見《もくろみ》もあった。上手とはいえなくとも好きだったことが、フランス座につながり、やがて劇作家になる根っこを現場で学ぶことができたのだ。世の中、何が身を助けるかわからない不思議さがある。

親たちが共同体を作って映画をよび、陶器の名品を揃える「掬粋巧芸館」が身近にあり、実家は薬屋を営みレコード店と書店を兼ねていて、さまざまなレコードや本に囲まれていたのだから、田舎の子ではなくシティボーイといっていい。

東北は、宮沢賢治の例のように、エスペラント語を学び、チェロを弾き、鉱物学を学ぶなど、場所によってではあるが、東京より豊かな文化の中で暮らした地域なのかもしれない。

小松町のシティボーイは、封切りが早い米沢まで停車場から汽車に乗り映画を観に行っている。映画館に遁走するのである。

戦争中、輸入禁止されていたアメリカ映画が、どっと戦後の日本に奔流となって流れ込んできていた。アメリカ映画が描く夢のような世界は、息苦しかった戦争中を経た少年の目に、いたく新鮮で強烈に映ったはずである。

中学生になったのは敗戦後二年目（一九四七年）。
〈四月　小松町立新制中学に入学〉（「年譜」）
アメリカ教育使節団の報告により学校制度の大改修が行われ、四月一日に六・三・三制が誕生。井上は、まさしくピッカピカの〝新制中学一年生〟になった。
〈中学三年の春まで、米沢市で六百本近い映画を観たが、このころのベストスリーを挙げると、①いちごブロンド、[2]②アメリカ交響楽、[3]③鉄腕ジム、ということになる〉（同前）
三本とも戦後二年目（一九四七年）の日本公開。
三月公開『アメリカ交響楽』（一九四五年製作）
六月公開『いちごブロンド』（一九四一年製作）
七月公開『鉄腕ジム』（一九四二年製作）

新制中学生になる直前の小学校六年の早春から、中学校一年の夏にかけての公開である。アメリカでの製作は戦前から戦中にかけて。かつて敵戦国だった時期の映画である。2位のガーシュインの伝記映画『アメリカ交響楽』だが、米沢まで七、八回も観に行っている。それが可能な金銭的な裏付けがあった。

〈母（注：マス）は美容院を経営するかたわら、『マス子バンド』という紙製使い捨ての生理帯の製作販売をしていて有卦《うけ》に入っていたので、金はあった。したがって映画代に不自由はしなかった〉（同前）

未亡人の母は神奈川生まれで地元に頼れる親類がなく、猛勉強の末、「薬種商」の免許を山形初の女性で取り、家業を継いで薬局を再開。しかし、戦争の影響で〝一番力のよわい女所帯〟の店が「統制」に引っかかり、営業できなくなってしまった。

敗戦。軍の統制がなくなったことで、母親は自由に商売の腕を振るい、母子家庭をうるおし、井上を観たいだけ自由に映画館に向かわせることができたのだ。

父との繋がりのあるガーシュインの伝記映画を抑えて『いちごブロンド』を1位に推《お》したのは、『アメリカ交響楽』が正面から生真面目に暦年体で描く伝記映画に対し、『いちごブロンド』が赤色のブロンド髪（いちごブロンド）で超美人の恋人（リタ・ヘイワース）をめぐって、十年前からをフラッシュバック手法で描く〝青春恋愛コメディ映画〟という点で、青春の入り口にいる少年はより惹かれたからかもしれない。

（1）「掬粋巧芸館」の双子の花瓶「染付飛鳳文瓢形八角瓶」トプカピ宮殿の、正式には東洋陶磁器美術館と呼ばれる五つに分かれたスペースの中に納められている。十五世紀から十九世紀にかけてのスルタンたちが蒐集した中国陶器一二、〇〇〇点が時代別になっている。この双子の瓶は、元時代の景徳鎮《けいとくちん》窯製。

（2）『いちごブロンド』（Strawberry Blonde　一九四一年）

一九〇〇年のニューヨーク。通信教育で歯科医を目指すビフ（ジェームズ・キャグニー）は、町一番の美人のいちごブロンド（リタ・ヘイワース）に恋をするが、いいようにあしらわれ、彼女はビフの友人ヒューゴ（ジャック・カーソン）と結婚してしまう。ビフは結局、彼女の地味な友人（オリヴィア・デ・ハヴィランド）と結婚することに。おまけに恋敵の友人に仕組まれて五年間刑務所に。その間、妻は地道に働いて待っていてくれた。刑務所で歯科医の資格をとったビフの元に恋敵の名で予約が。夫婦に再会してみると、いちごブロンドはとんでもない悪妻であることを知るのだ。

（3）『鉄腕ジム』（Gentleman Jim　一九四二年）

原題の意味が「紳士ジム」なのは、主人公のボクサーが元銀行員で、アメリカ近代ボクシングの先駆者だったから。一八九二年（明治二十五）の世界ヘビー級タイトルマッチで、無敵の王者ジョン・L・サリバンに初めてクインズベリー・ルールの元でKO勝ちした。クインズベリー・ルールとは現代ボクシングの基本ルールで、クインズベリー侯爵が保証人となったことで名付けられた。映画では、対戦相手のマネージャーがグローブを故意に会場近くの港湾に捨て、違反の皮手袋で闘かわせるシーンがある。当時は闘犬は許可されていたが、人間が闘うボクシングは禁止。広場や埠頭の臨時リングで警察の隙をついて行う理由は、賭けだった。開催を聞きつけた警官たちが馬車《ワゴン》パトカーで急襲。ボクシング関係者ばかりか、観客も警棒で追い立てられ、捕まると留置所に。その一方で、上流社会の最高の社交クラブで、地下のスポーツジムでボクシング・トレーナーのもと、クラブ対抗戦に備えて紳士たちが練習に励んでいる。ボクシングは上流社会の人に好まれるスポーツでもあった。

監督はラオール・ウォルシュ。前年に撮ったのが1位の『いちごブロンド』。井上はウォルシュと音楽のロームヘルドのコンビが気に入っているとも言える。

激動の中学三年

自由気ままに米沢に遁走していたシティボーイの運命は激変する。まるで波瀾万丈の芝居のようである。

第一幕。

十五歳、中学二年の冬。二月、生理帯で有卦《うけ》に入っていた母はその利益を地元に還元するという、殊勝な心がけが仇《あだ》になる。

浪曲会を毎週主催するのだが、おまけにその田舎浪曲師と再婚する。少年には、浪曲師が義父面をするのがうっとうしくてしかたない。

〈そのことへの反撥もあって、死んだ父親が愛した曲を書いたガーシュインに余計に肩入れすることになった〉（「ブロードウエイ仕事日記」『遅れたものが勝ちになる』中公文庫）

母が、浪曲師として中央に打って出なければ、と夫の尻を叩いたのに閉口した義父は、経理係の戦争未亡人と会社の全財産を着服して失踪。

一家は、無一文に近い状態になった。

第二幕。

〈四月、母は彼《か》の浪曲師が岩手県一関《いちのせき》市で土建業を始めたことを突きとめ、単身で乗り込み浪曲師を追い出し、土建業『井上組』というのをはじめた。作曲家になるために音楽学校へ通っていた兄が呼び戻され、井上組の組長となった。この組が最初に請負った仕事は一関市を貫通する磐井川の護岸工事〉（「年譜」）

母が失踪した二人の行方を追って一関へ捜査に行ってしまった間、弟と二人で家にのこされてしまった。

〈その頃の私は中学一年生。（略）朝、目が覚めると、そうだな、今日も米沢へ行こうか。ガーシュインの「アメリカ交響楽」を観てこようよ。家にいると淋しいもんね――〉（「烈婦！　ます女自叙伝」短編集『いとしのブリジット・ボルドー』講談社文庫）

いつ帰るとも知れない母。その帰りを弟と待つ中学生の井上は、その心もとない淋しさを映画でまぎらわす。男の子といえども母が家にいないのが、中一の身にはどうしても寂しいのだ。

〈（母が置いていったお金で）弟と二人、今川焼きのたべくらべをし、それでも、気が落ちつかず米沢に二人で遠征して、エロール・フリンの「鉄腕ジム」を観（略）〉（同前）

中学時代のベスト第3位に挙げる『鉄腕ジム』は、〝銀行員出身〟のボクサーが主人公（原題の意味は「紳士ジム」）。弟と二人だけの寂しさの中で観ていたのだった。

〈五月、弟の修佑とともに母と兄の居住する一関市の飯場に移り住む。当然のことながら中学も一関市立一関中学に替わった。嬉しかったのは、もう汽車に乗らないでも映画を観ることが出来るようになった。このあたりからわたしは邦画も観はじめた。木下恵介の『お嬢さん、乾杯』、吉村公三郎の『森の石松』などが印象に残っている〉（「年譜」）

住む環境も中学も違ってしまったが、封切り直後の映画が観られ、邦画へと映画の幅も広がっている。

しかし第三幕はより過激だ。

〈九月、兄の作曲家から土建業への転身はうまく行かず肺結核になり、国立一関療養所に入所し、肋骨だか胸骨を七本ばかり切りとることになった。井上組は解散し、母は一関市のラーメン屋の住み込み女店員となり、そして弟とわたしは仙台市北東の郊外にある児童養護施設に収容された。（略）中学校も変更《へんが》えとなり、仙台市立東仙台中学校へ転校した〉（「年譜」）

変更え（転校）のときの様子が、一関に東京から疎開後住み着いて書き続けている作家・及川和男（一関「文学の蔵」会長）によって、明らかにされている。

「一九四九年九月二八日、一関中学三年生の井上ひさしさんは、通っていたカトリック教会が用意した車で、弟の修佑さんとともに仙台のラ・サール修道会経営の児童養護施設『光ヶ丘天使園』に送られて入園した。

在籍した三年E組の担任やクラスメートが、学校前で見送った。泣いて行くのを嫌がった井上さんだが、馴れない土建業『井上組』の行き詰まりと、兄滋《しげる》さんの結核発病という事情のもと、母マスさんが思い詰めてとった緊急措置に従うほかなかった。

見送ったクラスメートの中には、五ヶ月ほどの短期間の在籍ながら深い友情に結ばれた菅原宗之さんがいた。その菅原さんが、十月六日消印の井上さんから初めてもらったハガキを今も大切に保存している」（「文学の蔵」第二五号。二〇一〇年十二月〝井上ひさし追悼特集号〟）。

〈御手紙ありがとう。こちらに来てから『ハムレット』を観ました。私が生まれてから最も感激した映画の一つです。そちらにも行くでしょう。是非観るべき映画です。そちらへは冬休みになったらすぐに行きます。君の立派な詩感謝感激に堪えぬ。君は小説家になりたまえ。僕もなる。今書いている。一ノ関のこと君のこと色々、自分も君に負けぬつもりなれど、こちらの学校貧弱なれば負けるかも知れぬ。しかし俺はがんばる〉

作家になることを中学三年ですでに目指していたのだ。

及川は、その後の長い交流の過程を記述した後、再び映画『ハムレット』に触れ、

「このハガキを読むと、井上さんが逆境にめげずに施設での生活を始めたことがわかる。一週間のあいだに仙台市内のどこかの映画館でローレンス・オリビエの『ハムレット』を観て感動し、小説を書き始めている。落ち込んではいなかったのだ」（同前）

井上はつらい時ほど、映画に励まされて前を向いていることがよく分かる。

『ハムレット』の日本公開はイギリスでの公開の一年後、一九四九年九月二十七日。井上が一関から転校する前日に当たるので、仙台の「光ヶ丘天使園」に移った後、一週間の間に仙台で『ハムレット』を観て〝私が生まれてから最も感激した映画の一つです〟と、感激ぶりを葉書で書き送っていることになる。

今DVDで改めて観てみると、中学三年という、まだガキといってもいい若さでこの質感のある『ハムレット』を、最も感激した映画と言い切れるのは、相当の基盤があってのことではないか。

これはエンターテインメントとして楽しむというよりも、深みを味わう作品と言えるからだ。シェイクスピアならではなのだが。

中学生ながら公開当時から評価しているとおり『ハムレット』はさまざまな賞を受賞する。その目の確かさを示す例として列挙する。

英国アカデミー賞作品賞。アメリカのアカデミー賞では四部門、作品賞、主演男優賞（ローレンス・オリヴィエ）、美術賞、衣裳デザイン賞。ゴールデングローブ賞では、外国映画賞と主演男優賞。ニューヨーク映画批評家協会賞の主演男優賞。ヴェネツィア国際映画祭では金獅子賞、女優賞（オフィーリア役のジーン・シモンズ）、と各映画祭の賞を総なめにした感がある。

一関には、いい友だちとともにいい思い出があった。

（兄が重症の結核患者になってしまったが）それでも、一関での生活は楽しかった。なによりも、井上組の担当工事現場が、一関一高のグラウンドと隣接していたから、野球部の練習がたっぷりと見学できた。小松の町には映画館が一つしかなかったが、一関には五館もある。しかもその一つは、土蔵を飯場に貸してくれている酒屋さんが経営しており、無料で観せてくれるばかりか、切れたフィルムはくれる、いらなくなったポスターもくれる、しまいには夜の部のモギリに雇ってくれた。母の悪名がまだ轟いていないせいもあって、同級生たちもなんの色眼鏡もかけずにつきあってくれた〉（「母君の遺し給いし言葉」『死ぬのがこわくなくなる薬』）

思い出にはいつも映画が絡んでいる。

仙台に転校したときは、すでに九月の新学期は始まっていて、〝遅れて（児童養護）施設に入った〟。中学三年の九月末になっていたため「洗濯番号41番」となった利雄（短編「四十一番の少年」の主人公）が、初めて坂の下にある学校に登校したとき、担任の教師から示された席の隣は女の子だった。〈その彼女の〉

〈筆箱の裏に（彼女の名前の他に）もうひとつ貼りつけてあるものがあった。ボブ・ホープの写真だ。ボブ・ホープが好きだなんて妙な女の子だな、エロール・フリンかジェラール・フィリップならわかるけど〉（「四十一番の少年」『四十一番の少年』文春文庫）

当時の女の子が熱を上げる映画俳優は、ハンサム代表のエロール・フリンかジェラール・フィリップが相場だったのだ。エロール・フリン主演『鉄腕ジム』を遠征して米沢で観たせいからか、小説の中でこうして美男俳優の名前を登場させている。

ボブ・ホープ（「腰抜け」シリーズなど）はコメディアンで、毒舌と機知で広く親しまれていたが、女子《おんなのこ》好みにはほど遠い存在だったのだ。

井上が上智大学生のときに書いていたノートに、孤児院時代のことが記されている。

〈仙台の東宝で『戦火のかなた』(1)を、私と母と弟は見そこなってしまったことがある〉

というたった一行だけ。

母親が一関から出て来て、孤児院に面会に現れたときと思われる。映画の日本公開と（一九四九年六月）、井上が施設に入所した時期を考えると、中三の後半だろう。

現在の国語の教科書にも載る名短篇「汚点《しみ》」には、〝母〟という言葉を使っただけで、先輩から平手打ちを喰らうシーンが出てくることから察して、母子三人で映画を観に行くことを、他の院生への配慮もあってやめたのかもしれない。

主人公・利雄が孤児院に入所した日のことである。

〈「母が病気なんです。結核です。母は今朝、療養所に入りました。そして、ぼくはここへ来たんです。（略）

ぼくを手許に置いたのでは、母はいつまでも療養院へ入れないのです。ですから母はぼくを……」

昌吉の立ちあがるのが見えた。それから利雄の耳許《みみもと》でぴしっという音を聞いた。すぐ、左頬に熱い痛みが襲ってきた。（略）

「おれは孤児だ。孤児の前で、母、母というな」〉（「四十一番の少年」）

母宛てに無事にナザレト・ホームに着き、みんな親切です、と葉書を書いていると、口に出してはいけないだけではない。

〈昌吉は今度は竹の定規で利雄の左手をぴしりと打った。

「おれの前で二度とお袋に葉書なぞ書くな」〉（同前）

母という言葉は、言っても書いても絶対にだめなのだと涙の中で思い知らされるのだ。

小説では結核に罹《かか》って手術したのは、実際の兄ではなく母に替えているが、母という言葉を使うのをはばかられたのは、現実にあったことだろう。そうした孤児院で、母の面会があったことが院内でどんな反応となったか心配になってくる。母の来訪をノートに一行だけ記しているのは、その後のことを書くには、ひどい辛さが伴ったからではないだろうか。映画を見損なっただけで済んだのならいいのだが、と案じられてしまう。

こうした環境だっただけに、中学時代のベスト3位に『鉄腕ジム』を挙げたのは、美男子ボクサーの〝強さ〟そのものにあこがれを抱いたからではないか。主人公のようにボクシングが強かったら、と思う体験があったはずだ。

〈(主人公の少年)利雄は、(略)進駐軍寄贈の拳闘用の砂袋のように、(年長の)昌吉にまったくよく殴られた〉(同前)

孤児院の規則が変更され、この年から公立高校なら昼間部に通うことが許されることを、一年先輩は激しくやっかんだ。主人公の「ぼく」は、高校受験の前々日、昼間働いて夜の定時制高校に通う先輩から講堂に呼び出され、ボクシングを強要させられる。

〈「べつにそう怖がることはないぜ。今日はグラヴをつけて殴り合うんだから。隙があったらおれはおまえに、グラヴを叩き込む」(略)

講堂には(同級の)斎藤たちが待っていた。彼等はぼくの両手にいそいそと、あの心やさしい(駐留米軍)将校たちが寄贈していったグラヴをくりつけた〉(「汚点《しみ》」『四十一番の少年』)

自伝的短編集『四十一番の少年』は、救いのない状況に追い込まれた少年の、やり場のない悲しさが見事に描かれた秀作集といえる。

(1)『戦火のかなた』
一九四六年製作、イタリア映画。日本公開一九四九年六月。監督ロベルト・ロッセリーニによる「戦争三部作」の二作目。他に『無防備都市』(四五年)、『ドイツ零年』(四八年)がある。戦争中のイタリアは、一九四三年の後半ムッソリーニが失脚。

ドイツの傀儡政権だったサロ政権の下、連合国側に鞍替えをしドイツ軍が敵になっていた。その時代を六つのエピソード「シシリア」「ナポリ」「ローマ」「フロレンツェ」「フランシス派僧院」「ポオ河」のオムニバスで描いた映画。脚本：セルジオ・アミディ、フェデリコ・フェリーニ、ロベルト・ロッセリーニなど五人。音楽：監督の弟レンツォ・ロッセリーニ。

異文化の洗礼を受けた孤児院時代

孤児院での暮らしは、理不尽ないじめの横行とは裏腹に、豊かな欧米文化を享受できる側面も含有《がんゆう》していた。

〈（孤児院）仲間が前年、体験したことをまとめると、クリスマスとは次のようなものらしかった。

二十四日の夕食は一汁四菜ぐらいの大御馳走。そのあとは施設の講堂に近くの子どもたちをも集めて映画会。進駐軍キャンプから映画班がやってきて、マンガ映画を十本ぐらい、そして音楽映画を一本見せてくれるという。映画会には〇〇〇子もくるぞ、と仲間たちが言った。〇〇〇子というのは近隣で評判の美少女だそうだ。映画会のあとは真夜中のミサにあずかるために近くの教会へ行き、帰ってくると夜食、これも大御馳走〉（「クリスマスの思い出」『悪党と幽霊』）

孤児院暮らしであることは〝可哀想な環境〟で暮らしていたようでいて、実は当時の日本人では考えられないほど〝恵まれた別世界〟にいたといってもいいのではないか。

〈中学三年から高校卒業までの四年間、外国人修道士たちの経営する孤児院に厄介になったのもよかった。近くにあった進駐軍キャンプによく招かれ、キャンプ内の劇場でＧＩ慰問ショウをみせてもらえたからである。ちょうど朝鮮動乱のさなか、米軍上層部は真剣にＧＩ慰問を考えていたようで、ブロードウェイからも歌手や踊り子がやってきていた〉（「ブロードウェイ仕事日記」『遅れたものが勝ちになる』）

駐留米軍の慰問に来たアル・ジョンソンや、ボブ・ホープを生で見ることなど、当時の一般の日本人では体験できない。

客席から見るだけではない。井上が音楽に強いのは、高校生ながらプロとしての音楽活動にたずさわった体験が基礎にあったからなのだ。

〈（後に渡辺プロとなる）若き日の渡辺美佐さんの斡旋で、わたしたち（孤児院の仲間）のハーモニカ四重奏団（第一ハーモニカ、第二ハーモニカ、バスハーモニカ、コードハーモニカ）が仙台の進駐軍キャンプを回っていた〉（『初日への手紙』第二部「夢の泪」白水社）

美佐が結婚して渡辺姓になる前のことである。

曲直瀬《まなせ》美佐の両親は戦争中に仙台に疎開していたが、敗戦の翌年、芸能プロダクションを立ち上げ（ワタナベプロの前身。後のマナセプロには坂本九も所属）、東北、信越地区の進駐軍キャンプの仕事を一手に請け負っていた。祖父母ともに日英、日米の混血だったせいで英語が堪能な美佐は、東京の女子大生ながら米軍との通訳兼マネージャーをこなし、高校生だった井上はその美しさと才媛ぶりに目を奪われていた。

彼女への憧れと尊敬を象徴するエピソードがある。

「劇団四季」の幹部の一人（音楽評論家・安倍寧）がわたしと会ったとき「あのような公演パンフレットを作りたい」ともらすほど、こまつ座の機関誌「the 座」は演劇界で羨望の目で見られるレベルの高いものだった。上演作品の内容を裏付ける充実した記述と、貴重な歴史的写真をとりいれたクオリティーの高い編集ぶり。執筆と編集をほぼ一手に引き受けていた渡辺昭夫に長女が産まれた時、井上に命名を頼んだ。

「それは渡辺だから美佐しかない」

と名付けたという（同前）。

作家による命名にしては少々イージーな印象は否《いな》めないが、井上にとってこの名前が最高だったのだろう。なお渡辺昭夫は井上の後を追うように亡くなる。

話を戻すと、孤児院ハーモニカ・バンドのことは、小説にも登場する。

〈中学生以上の収容児童は、よほどの音痴でない限り、半《なか》ば強制的にバンド員にさせられた〉（「四十一番の少年」）

わたしが雑誌編集者時代（「エスクァイア」日本版）、井上に若い時代のことを書いてほしいと依頼したところ、原稿内容は孤児院でのハーモニカ・バンドのことだった。

読み終えたときに思わず「一番選んではマズイ楽器なんじゃないの！」と心の中で叫んでしまったのは、成長期にハーモニカなんか吹いたから出気味の歯がより酷《ひど》くなったのではと思ってしまったからだ。というのは、山藤章二画伯と組んだ「夕刊フジ」の連載エッセイには、画伯ならではのデフォルメされた出っ歯のイラストが添えられ、本文とともに評判を呼んだからだ。

井上ひさし・文／山藤章二・画
『巷談辞典』（河出文庫）

しかし孤児院では楽器の選択技はなく、〝半ば強制的に〟ハーモニカを吹かされたのだった。（注：バンドでハーモニカを吹いている学生服の井上の写真が「エスクァイア」誌面にあり）

井上の指は男性にしては細く異常なほど長いので、ピアノを弾いたら1オクターブは楽々越えてしまうはずで、どんなコードでも押せるすごいジャズ・ピアニストになれたかもしれない。あるいはギターを選べたなら、左手でコードを押さえるのに有利だったのではないか。

ちなみに一関で肺結核になった兄の滋《しげる》は、元々は関西の音楽学校にかよっていただけに、井上がNHKの教育番組のライターをしていたときに、安いギャラでギタリストとして出演したり、後年は『藪原検校《やぶはらけんぎょう》』でギター演奏と作曲も手がけ、全国公演にも同行して演奏した。本業の中小企業の社長業をほうって長期間いなくなってしまって会社は困ったというが、本業を差し置いてもギター演奏をしたいほど好きでもあり、得意だったのだろう。井上の長男の佐介も指が長くギターを弾く。

孤児院の本格的なハーモニカ・バンドに話をもどすと、院外の活動で評判を取っていく。

〈燕川の向岸にある進駐軍キャンプにもしばしば慰問演奏に出かけた。そのたびに、地元の新聞や全国紙の地方版は「GIと孤児の心をハーモニカが繋いだ」などという見出しの記事を載せ、一度などはFENがその実況を日本全国のGIたちに中継したぐらいだった。

それだけに外人修道士たちも、このバンドには力を注ぎ、（略）たとえば、キャンプの元ジャズマンの将校に編曲を頼んだり、S市で一番大きな楽器店からその店付属のハーモニカ音楽教室の講師に指導を依頼したり、ハーモニカの新製品が売り出されたと聞けばすぐに買い込んだり〉（同前）

井上家には、紺色の皮張りの平たいケース二箱に収まった、音程別の大小のハーモニカが何本も並んで残されている。箱を広げて並べると、まるで小さな教会のパイプオルガンのようにも見え、高音から低音までのハーモニーが教会内に響いてきそうだった。

異文化にひたることができた孤児院で過した思春期が、井上ひさしを生んだ一つの要因かもしれない。孤児院という閉ざされた場所を通して、広い豊かな文化的世界を覗きこむことができたからだ。だからこそ、つらい暮らしの中でも未来への生きる希望が生まれたのではないだろうか。

第3章　仙台第一高等学校時代のマドンナと恩師

最も映画館に通った三年間

井上の小説と映画との繋がりとなると、まず思い浮かぶのは仙台第一高時代をモデルにした青春小説『青葉繁れる』である。映画の話が頻発し、女子高生と行き交うと、必ず女優にたとえるからだ。しかし、『青葉繁れる』を書くにあたって、井上自身の体験に絶対的に不足しているものがあった。

実際の井上の日々は、孤児院暮らしだったゆえに行動の時間が制限され、青春を謳歌するにはほど遠い生活だったからだ。そこで執筆前、井上はかつての同級生の一人にこう頼んでいる。

「ぼくは孤児院で暮らしていて六時の夕食までに帰らなくてはいけなかったので、夜までみんなとつるんで騒いだりすることが全くできなかった。だから授業の後のいろいろな出来事の話を聞かせてほしい」

当時も孤児院は、仙台から一駅離れた「東仙台」駅から徒歩十分ほどの丘の上にあった。夕食時間をはずしたら、食糧事情の厳しい当時、朝まで空《す》きっ腹を抱えることになる。時間までに帰院するのは絶対条件だった。

同級生に話を聞いたときのことが、東北を代表する宮城県の地方紙「河北新報《かほく》」のコラムに載った。

〝本を書くとき、仙台一高の同級生だった庄子《しょうじ》英文さん（79）＝庄文堂会長＝は取材を受けたという。女優の若尾文子さんがモデルとされる宮城二女高（現・仙台二華高）の生徒には、庄子さんも覚えがある（略）。

「一九七三年に本が出たので、（取材を受けたのは）その前年。例の遅筆ではなく、これは早かった」〟（夕刊第一面「河北抄」二〇一四年六月十日）

『青葉繁れる』が一挙掲載されたのは「ベッブン」と呼ばれる小説誌「別冊文藝春秋」だった（一九七三年六月）。

井上三十八歳五ヶ月。直木賞を『手鎖心中《てぐさりしんじゅう》』で受賞後、一年弱のことである。この間、怒濤のような書きっぷりである。

前月の五月には戯曲『藪原検校《やぶはらけんぎょう》』を書きあげ（雑誌「新劇」）、『吉里吉里人《きりきりじん》』の連載もスタートした（雑誌「終末から」）。その翌月の六月に『青葉繁れる』は一挙掲載されたのだから、庄子がいうように速筆である。一気呵成《かせい》に書かれたといってもいい。

筆の勢いを生んだ理由は、この本の核に映画があったことは確かだろう。

この「河北新報」の記事を提供してくれた相澤慶治は、井上と高校三年間を通じて同じクラスだった四人のうちの一人で、連絡が取れる唯一のクラスメートである。

仙台駅に隣接するホテルのティー・ルームに、細身の身体に分厚い大判のアルバムと、ずっしりと重い『仙台第一高等学校１００年史』をリュックサックに背負って会いにきてくれた。

相澤は井上に頼んで孤児院にも一、二度連れていってもらったが、「長くいるところではない」と感じ早々に帰った、という。井上も相澤の家に来たり、映画の話をしたりして、目立たなくておとなしい性格の二人は、一年のときから気が合った。

いまなお穏やかで静かな雰囲気の相澤に連れられて、仙台の繁華街に位置する庄子英文の会社を訪れたのは、新聞掲載の約一ヶ月後。文具オフィス用品会社ビルの三階で、井上が話を聞いたときと同じ長テーブルだった。

仙台一高時代、生物部員だった庄子は、部活の後もそのまま部室に残って、近くの朝鮮人の家から安いどぶろくを仕入れ、先輩、後輩の部員たちといっしょに飲んでは、酔った勢いでいろいろと勝手気ままなことを仕出かしていた。当時の高校生、特に旧制中学の伝統が残る優秀校の一高生は、高校生でありながら大人として世間では扱われ、飲酒での処罰はなく、たとえ少々の反社会的なバンカラ行為も大目に見られていた。

取材のとき庄子が井上に見せたのが、酔った勢いで夜中に盗んで歩いた南警察署、女子高等学校、「荒城の月」の作詞で知られる詩人・土井晩翠《どいばんすい》などの、大小の表札や看板十数枚を、戦利品のように並べて撮《と》ったモノクロ写真だった。

この大量の看板泥棒事件は『青葉繁れる』で、大きな転換点として登場する。

戦利品を誇るかのように撮られたモノクロ写真の中に「仙台南警察署」の縦長の大看板が写っているのを見つけ、井上はある出来ごとを鮮明に思い出したはずである。

〈ある日、やっぱり早朝割引を狙って映画館に行ったんです。そんな時間に、他に客なんてほとんどいませんね。（略）

川島雄三監督の『とんかつ大将』（松竹大船）という映画でした。これも大変な名作で（注：井上が選んだ「日本映画ベスト101」の23位）、一生懸命メモを取ってると、隣の席に、ちょっと年上の二十二ぐらいの綺麗な女の人が座ったんですよ。映画館はガラガラなのに、どうして僕の隣に座るんだろう、と妙な気がしたんですが、その頃の僕はほとんど（白昼夢を見る主人公の）『虹を掴む男』状態でしたから、「きっとどこかのいいところのお嬢さんで、困ってる子供をかわいそうに思って……」と夢想はどんどんふくらんでいく（笑）。するとその女の人がいきなり僕の手をギュッと握ったんですね。「ああ、夢ではないのだ……」ところが補導中の婦人警官だったんですね（笑）。この時間に高校生が映画館にいるのはおかしい、これは不良に違いないと、向こうも初陣らしくて張り切ってるんです。学生証や学帽を見せるんですけれど、「とにかく署へいらっしゃい」と、いまでも憶えてますけど仙台の南署まで連れていかれた。いろいろ説明しても、そのおねえさんは職務に忠実で、調書を書き始めるんです。「学校に電話してください」と頼んで、担任の先生を呼んでもらったんです。そうしたら、「あ、そいつは映画を毎日見ることになってます（笑）」〉（『本の運命』第四章「無謀な二つの誓い」の巻）

『青葉繁れる』で〝軽石〟のあだ名で登場する担任の藤川先生の一言が、仙台南警察署に連行された井上を、無事、無罪放免にさせたのである。

〈担任は地学の先生でしたが、いい先生でした〉（同前）

学生服の高校生が真っ昼間映画を観ているとは授業をサボっているに違いない、あやしい、と判断したおねえさん警察官のほうが、世間の常識に添っている。

常識に反する行為が一《いち》高校生に許されていたのは、理由があった。

〈そのころのわが校は県下の秀才を集めていたので、わたしの能力ではどんなに勉強しても三百人のうち百番以内に入ることはむずかしかった。こんなありさまではとても学問で身を立てることができないだろうと悟って、「それならば、小説であれ戯曲であれ映画のシナリオであれなんであれ、とにかくおもしろいお話を考える職人になろう」とにわかにおもいつき、担任の先生に、「仙台にくる映画を全部観て、お話の作り方を勉強したい。そのために午後の授業に出ないでもいいですか」と申し出たことがある。午後の授業をさぼってもいいですかと言っているわけだから、即座に「だめだよ」という答えが返ってくるにちがいないと半ばあきらめていると、しばらくうんうん唸っていた先生が、「よろしい」とおっしゃったので、かえっておどろいた。先生はつづけて、

「ただし、条件が三つある。まず、映画を観ていたという証拠に、半券とその映画の筋書きをくわしく書いて提出しなさい。次に、教科書をよく読むなり友だちからノートを借りるなりして、とにかく単位取得に必要な試験はすべて受けなさい。それから勉強が手薄になるわけだから、東北大学に進むのはあきらめなさい（略）」（略）

こうしてわたしは昼過ぎからは天下御免で映画館に出入りすることができるようになり、暗やみの中で、物語の基本のようなものをなんとなく会得できた（ようにおもうのだ）〉（『青葉繁れる』文春文庫、新装版「あとがきに代えて」）

東北を代表する受験校の担任が、校長にも相談せずに生徒の希望とその将来を考えて、午後の授業をさぼることを独断で許している。自由裁量の幅が広かった、教育の理想のような時代だったことがうかがえる。

クラスメートの相澤によると、二年と三年のときの受け持ちが『青葉繁れる』で「軽石」のあだ名で登場する地学の藤川（武臣《たけおみ》）先生だった。

一年が修了したとき、百番くらいの成績では「東大はもちろん東北大も無理」と井上は判断したの

だろう。そこで〝おもしろいお話を考える職人になるために、午後の授業をサボって仙台にくる映画を全部観ていいですか〟と担任に申し出たわけだが、相澤によると、

「二年になって担任が藤川先生になってからでしょう。一年五組の受け持ちの国語の教師（菅野信朗先生）は慕《した》われていたものの、とても午後の授業をさぼって映画館にいくなどは認めなかったはずです」

と証言する。地学の藤川先生の柔軟な考えでの英断がなかったら、井上ひさしは生まれなかったのではないだろうか。藤川先生は、教育界の名伯楽《めいはくらく》と言える。

午後の授業をさぼる許可を得る前の一年生のときからすでに、井上は相澤には映画の話をしている。それも脚本を主にした話なのだ。

「ぼくのように漠然と映画をみているのではないのだなー」

と観る姿勢にすでに違いがあることを強く感じさせられた。

二年になると、午後の授業前にだれにも理由を言わず、教室から市内中心部の映画館へそっと消えていく井上を相澤は黙って見送った。

その井上の肩に掛かる白いズック製のカバンには、黒字で表の上部にHAND-OFF、下部にはGUN-POWDERとあり、裏面にはド真ん中にDangerと大きく記されてあった。

相澤は、カバンの表裏のレイアウトと英語の綴りを描いて説明してくれたのだが、この物騒な書き込みは何か犯罪映画か西部劇の小道具を装いながら、孤児院での陰湿な先輩のいじめに対して、「これには絶対に手を触れるな」という意味の防御と警告だったのかもしれない。

井上が午後の教室にいないことは、おとなしくて目立たない性格のせいもあって、クラスでほとんど注目されていなかった。

高校時代の映画「ベスト10」

午後の授業をサボって一年間に何本くらいの映画を観たのだろうか?

〈高校の三年間に千本観ている〉(「年譜」)。

井上を投影した小説『青葉繁れる』の主人公・稔《みのる》に託した弁では——。

〈二年のときに二百五十一本観たのっしゃ」〉(『青葉繁れる』「三」)

計算すると三年間で七百五十三本になる。

どちらにしてもこの本数は異常といってもいい多さである。「多読」に対する「多観」という言葉を作りたいほどである。

担任の〝軽石〟に申し出て許可をもらったことで、仙台にくる映画を洋邦問わずにすべて観尽くしたのではないだろうか。しかも気に入った映画は何度も観ているという粘着性もある。

膨大な本数を、若い柔軟な感覚を持つ高校時代を通じて観たことは確かである。

ではその中で、井上自身にとってどの映画がよかったのか?

幸いにも三十九歳のときに自身で書いた「年譜」の中に、高校時代を思い起こしての「映画ベスト10《テン》」の映画名と、映画代の捻出方法が書き残されている。

〈昭和二十五年　一九五〇年　十六歳
四月、宮城県立仙台第一高等学校入学。一年生から三年生まで成績は三百人中の二百五十番あたりを低迷していたが、あまり苦にはならなかった。高校入学と同時に本格的に映画を観はじめた。(略)
ちなみにこの三年間のベストテンを書き出してみると、①虹を掴む男　②陽のあたる場所　③邪魔者

は殺せ　④本日休診　⑤現代人　⑥カルメン純情す　⑦虹の女王[1]　⑧パリ（注：原文ママ）のアメリカ人　⑨踊る大紐育[2]　⑩銀の靴[3]　などで、アメリカ映画、それも音楽気《け》のあるものに夢中になっていたようだ。「キネマ旬報」や「映画の友」へもよく投稿し、しばしば誌面に掲載された。映画代は孤児院の図書室の英語の本を持ち出して古本屋に売ったり、孤児院の修道士に「学校で要《い》る参考書を買いたい」と言って貰った金を流用したりして捻出した。投稿文の掲載料もむろん映画代にあてた〉

「高校時代のベスト」十本の内訳は、洋画七本、邦画三本。

洋画七本の中では高い率を占める〝音楽のあるアメリカ映画に夢中〟というのに該当する作品は四本。

7位『虹の女王』
8位『巴里のアメリカ人』
9位『踊る大紐育《ニューヨーク》』
10位『銀の靴』

音楽のあるアメリカ映画は、「わが師はブロードウェイ・ミュージカル」という道筋になっていき、その後の作家への道筋を切り拓く基《いしずえ》となっていった。

〝おもしろいお話を考える職人になろう〟という濃厚な思いを抱いて、懸命に映画館に通っていた映画三昧《ざんまい》の高校生活の結果である。

（1）『虹の女王』（Look for the Silver Lining　一九四九年、カラー）

両親と二人の姉が家族劇団を組織しているミラー家。末娘マリリン（ジューン・ヘイヴァー）は、幼い頃から舞台に憧れるが父が許さない。家族が病気のとき、マリリンは憧れのコミック・ダンサー、ドナヒュー（レイ・ボルジャー）と一緒に踊って大当たり、一座に参加できることになる。ロンドン巡業のとき、マリリンだけがブロードウェイのプロデューサーに認められ帰国。憧れのドナヒューには好意を持っていたが妻子あったゆえに、友情を保つことに決意。ブロードウェイでは歌手フランク（ゴードン・マックレー）に反発しつつも恋におちる。二人の仲は結婚まで進まぬうちに第一次大戦により、フランクは出征。マリリンはジーグフェルド・フォリーズに出演し、レヴュー界の花形となった。終戦とともにフランクは帰還し結婚。だが「サリー」の初日、フランクは自動車事故で他界し、悲しみにくれる中、鉄道王ドーランの熱心な求婚を承諾。やがて新作「サニー」の舞台稽古の日、彼女は心臓病と診断され引退をすすめられる。が、倒れるまで舞台に生きると決心する。映画では描かれていないが、実は、鼻腔の外科手術の合併症で二週間の入院中、三十七歳の若さで亡くなる。絶頂期に突然亡くなったレビューの女王の姿を惜しんで、十三年後に映画化されたことになる。

（2）『踊る大紐育』（On the Town　一九四九年、カラー）

プロデューサーのアーサー・フリードは、元・ボードビル芸人出身。作詞家として頭角を現し『雨に唄えば』などの作品を生み出している。

主演のジーン・ケリーが、スタンリー・ドーネンと共に監督。ドーネンは一九九八年、七十四歳でアカデミー名誉賞を受賞した時、壇上での挨拶で歌とタップダンスを披露した人物。映画を明るく躍動するように作るのが身に付いていた。

映画『踊る大紐育』のヒットの要素は、元となった一九四四年のブロードウェイ・ミュージカル作品から、大きく変更したことにある。音楽の多くが、天才レナード・バーンスタインの作品から、新しい歌に差し替えられたのだ。プロデューサーのアーサー・フリードが、バーンスタインによる楽曲を先鋭的で当時の一般の観客には難しい、と判断したのだ。さらなる違いは、戦争中の上演だった舞台版では重要な要素であった、戦地へ向かう若い水兵達のペーソスが消えていることだ。映画が公開されたのは戦後五年目。アメリカは大戦の勝利国として自信と消費文化に溢れていた時期ゆえに、無邪気な楽しさが全編を貫く作品となっている。

（3）『銀の靴』（First Love　一九三九年、モノクロ）

一九三〇年代、世界中に美声で知られたディアナ・ダービン（Deanna Durbin　一九二一―二〇一三年）が十七歳で主演したアメリカ映画（同じ邦題のイギリス映画がある）。シンデレラ物語のアメリカ版。大きく元祖と違うのは、主人公が飛び抜けて歌がうまいという点。両親を亡くしたコニーは女学校の卒業式のあと、援助してくれた富豪の叔父のニューヨークにある豪邸に引き取られたものの、占星術に凝る母親、わがまま娘、無気力な長男、頼りの叔父はというと家族との関わりが嫌さに、家を避けているという最悪の環境。

その中で使用人達の人気を得て、どうにか上流社会の大舞踏会に出席。社交界の人気青年との踊りに夢中のあまりあわてて、長い階段の途中に銀の靴の片方を脱ぎ落とす。意地悪娘は、青年と踊れなかった悔しさからのあまりに理不尽な屈辱の言葉を浴びせる。コニーは豪邸を出てかつての女学校の先生宅で自活することに。片方の靴の持ち主を探す青年は、彼女が『蝶々夫人』のアリア「ある晴れた日に」を歌っている最中に見つけ出して再会する。

音楽担当はチャールズ・プレヴィン（Charles Previn）。『オーケストラの少女』（一九三七年）ほか、井上の好きな凸凹シリーズでは、『凸凹海軍の巻』（四一年）を皮切りに、『凸凹宝島騒動』（四二年）、『凸凹カウボーイの巻』（同）、『凸凹スキー騒動』（四三年）といったコメディー映画音楽も多数手掛ける。

作家の虚と実のあいだ

井上の成績だが、主人公・稔《みのる》の席次も自筆「年譜」でも、〝二百五十番あたりを低迷〟――落第組ということになっている。しかし、井上と三年間クラスメートだった相澤慶治は、それにあえて反論する。

「二五〇番あたりというのは謙遜すぎます。その成績は僕ですよ。井上は少なくとも上位三分の一の百番くらいだった」

この証言は、三年間同じクラスだったから確かだろう。

その上、もう一つ作家・井上ならではの〝創作〟がある。

『青葉繁れる』では毎学年、一学年三百人を成績上位から順に一組から五十人ずつクラス分けしていき、稔が在籍する六組は「落ちこぼれ組」という設定になっている。しかし、実際は毎年平均化してクラス編成していたという。

しかしこの小説のせいで、他校生や特に女性から「何組?」と訊ねられ「六組」と答えると「やっぱり(落第組なの)ねー」という被害を、在籍する卒業生や在校生がいまだしばしば受けるというのである。ストーリーをおもしろく創るためとはいえ、時に作家は罪作りなことをする。

主人公の設定も、市内の料亭「残月」の息子で自由気ままに夜を過ごせ、そこに落第組の仲間がなにかというと集まってくるという、孤児院暮らしとは真逆の環境にしている。時間にも家にも縛られない暮らしだ。

『青葉繁れる』のピークのシーンを、一校史上初の〝男女共同演劇公演〟の『ロミオとジュリエット』に置いている。

これまで一高で実際に行われてきた公演では、女の登場人物はみな男子部員が女形《おやま》に扮して演じていたから、明治二十五年(一八九二)に県立尋常《じんじょう》中学として創立した長い歴史を持つ学校創立以来の、歴史的かつ画期的な出来事である。

実際に仙台一高史上、初の男女共演となったのは、『ロミオとジュリエット』ではない。今では全く知られていないドイツの劇作家、マックス・ハルベの『青春』だった。粗筋《あらすじ》は、カソリックの司祭の家に住む十八歳の姪と、そこを訪れる同じ歳の大学生が親しくなっていく間柄を、教会の助祭が難しい教条を述べ立てて、二人の仲を邪魔立てするのだ。

主役の若い大学生役は、井上と同級生で演劇部の森三千郎が演じた。十八歳の娘役は、私立女子高で演劇部の経験を持つ二十代の女性で、小説のように若尾文子をモデルにした現役の二女高生ではない。

とてもおもしろいとは言い難いのだが『青春』の原作を読むと——何回かキスシーンがある。井上と同じクラスだった相澤慶治は、

「二階建て木造の講堂全体が揺れた」

というほど衝撃的だったと、いまだに感慨深く証言する。井上にとっても、銀幕上ではない、初めての生キスシーンだったはずである。

主役を演じた森によると、実際に唇は触れていないが、観客からそのように見えるような演出だったという。森自身も、

「まだその体験はなかった」

と、新橋駅・日比谷口《ひびやぐち》の機関車脇のビル内にある弁護士事務所で、青春そのものの思い出を穏やかな表情で語ってくれた。森は共同経営の弁護士として現役をつづけている。

ちなみに戯曲『青春』は、井上の蔵書を基にした川西町の「遅筆堂文庫」の書棚二段を占める『近代劇全集』（四十三巻）の独逸《ドイツ》編に納められている（第一書房、昭和三年発行、二円八十銭）。

男女共同演劇公演の作品を『ロミオとジュリエット』にしたのは、若い男女のロマンス物語という理由だけでなく、井上がシェイクスピアの全三十七戯曲中のベスト・ワンと評価している戯曲だからだろう。

〈申し上げます。シェイクスピア先生。尼寺ではなく本屋へ行け、本屋へ行って余の戯曲の日本語訳の文庫版の中から「これは！」と思ったものを三冊上げよとの内密のお言いつけ、さっそく調べあげてまいりました。

1『ロミオとジュリエット』中野好夫訳　新潮文庫

2『ハムレット』福田恆存訳　新潮文庫

3『十二夜』小津次郎訳　岩波文庫〉（「シェイクスピア――私の・選んだ・文庫・ベスト3」『文学強盗の最後の仕事』中公文庫）

さらに作家ならではの創作部分が加えられた。

実際の一高での『青春』の上演は日本語でだったが、小説では『ロミオとジュリエット』を英語劇にしていることである。井上を投影した主人公・稔が放つべき開幕早々の第一声の英語がどうしても出てこない。日本語を発してしまったために劇そのものが大破綻。作家ならではの仕掛けといえる。

『青葉繁れる』を青春小説たらしめている最大の要素にも、仕掛けがある。

ジュリエット役を現役の宮城二女高生「ひろ子」にしていることである。モデルは若尾文子。実際の若尾は、宮城二女高（現・仙台二華高）には通っていたものの、あくまでモデルで演劇部員ではなかった。

しかし、井上の小説家たる手腕は、若尾がちょうど仙台に公演に来ていた、美男で知られる有名俳優の「長谷川一夫一座」に突然入団し、東京に去ったのちに銀幕に登場するという〝衝撃の事実〟をうまく利用していることだ。

小説上での設定は、英語劇の練習の盆休み中に、主役の「ひろ子」が長谷川一夫の旧芸名・林長二郎をもじった「林長三郎一座」に飛び込み、仙台から姿を消したことになっている。芝居一座に飛び込んだ有名女子高の若尾の思いがけない行動が、いかに一高生たちに衝撃となったことか。

〈稔はひろ子のあの謎のような微笑はなんだったんだろうと考えた。たぶん稔たちと一緒にいるときでも、彼女の心は休まずにどこか遠くの未来を視ていたのだろう。

（……つまりっしゃ、俊介もおらだちも、まともに相手にされていなかったんではねぇのすか）〉（『青葉繁れる』）

ひろ子の心はここにはないことの現れが、モナリザのような謎の微笑となっていたのだ。

〈(俊介もおらだちも、まともに相手にされていなかったんではねぇのすか)〉(同前)

このモノローグに、当時の井上や庄子、相澤たちのマドンナを遠くから想い抱く気持ちが、主人公たちの稔、俊介を身代わりにして、よく反映されているのではないか。青春小説としてのほろ苦さを、見事にエッセンス化して描いている。

彼らの喪失感を表現するのにも、映画がたとえに使われている。

〈稔が二十数回観た『虹を摑む男』でも、また『天国と地獄』や『牛乳屋』でも、ダニケイ映画の結末はきっと決まっていた。ダニケイが悪漢どもをやっつけて、恋人ヴァージニア・メイヨと接吻するところへエンド・マークが出るのがきまりだった。だが、稔は打ち萎《しお》れている俊介を眺めているうちに、ダニケイが悪漢どもにさんざんいたぶられ、ヴァージニア・メイヨを悪漢のボスに奪われるというのが結末のダニケイ映画を観たような気分になり、何回も首を振った。

(そんなことはあっちゃならないことなのっしゃ)〉(同前)

若尾文子が芝居一座に入団する前、あこがれの二女高生を近々と見ることができる場所が一つだけあった。

同級生の庄子英文《しょうじひでふみ》の証言によると、若尾文子は仙台一高から五百メートルほどの(アイス)キャンディ屋「イノマタ」でアルバイトをしていたという。その場所は、校門を出て国鉄(JR)を越えT字路の三百人町にあったと、地図を書いてくれた。

生物クラブの先輩に、

「可愛いメッチェン《めんこ》(注:ドイツ語で若い娘)いるから、見にいかないか」

と誘われ、

「連れてってください!」

と頼んだという。同級生の相澤慶治も、当然店に行っている。

「可愛《めんこ》かった！」

と二人は、青春そのものを思い出すかのように口を揃える。

キャンディ屋では二、三人女の子が働いていたが、飛びぬけて目立った。その上、完全な東京弁で、言葉の歯切れの良さでも重い東北弁を話す土地育ちのみんなの耳をそばだたせた。若尾は東京から疎開してきていたのだった。なまりのない標準語（東京弁）を話せることが、映画女優には必須である。

当時、女子学生の顔を拝する機会は、学校の行き帰りにすれ違うときしかなく、主人公・稔も女高生たちを眺めては想像の翼を広げ、白昼夢をみるしか術《すべ》はない。
〈稔がその前の日に大映の封切館で観た、春らんまん人情明朗歌謡巨篇『娘《むすめ》初恋ヤットン節』の久保幸江と生き写しだった〉（同前）
歌手出身の久保幸江は丸顔で、庶民的な顔立ちである。
〈（農大生にぴったりのタイプだな）
途端に稔は北海道の原野を久保幸江と似ているその女の子と手をつなぎながら歩いている自分を想像した。一年後の彼は、なぜか帯広畜産大学酪農科の一年生になっているのだった〉（同前）
近づいてくる女子高校生がふくらし粉で脹らませたような頬、肥えた胴体をがっしり支える太い足から郡部の富農の娘と設定し、それにふさわしい女優にたとえたのだ。
他にも、稔が道で出会った看護士二人を女優にたとえる。
〈ひとりはヴェラ・エレンのように溌剌《はつらつ》とした娘、もうひとりは宮城野由美子のように控え目な娘でなくてはならない。

「あの学生さんは自分から進んで私生児のお父さんになったんですって」
とヴェラ・エレンは宮城野由美子に囁く。宮城野由美子は頷いて、
「あの方は奥さんの頭の病気を治すために、将来は脳外科を専攻なさるそうよ」
とわが胸を抱く。（略）
（ああ、わたしたちにもあんな方がいたら……）〉（同前）

このように白昼夢をみる『虹を擱む男』状態だったのなら、高校生の当時から作家としての才がすでにあったといえるのではないだろうか。

『レベッカ』の映画評で受賞

やがて映画を観るだけでは飽きたらなくなり、映画にささやかに関わろうとしている。

〈（高校の担任の許可を得）それから、僕はありとあらゆる映画を見《み》倒《たお》しました。朝から六本くらいの興行を立て続けに見て、気に入った作品は何回も見ながら、映画館の暗がりで作品のよいところをメモしたり、自分なりのシナリオを作ったりしました。そのためのお金は、寄宿舎に通わせている（と勝手に思っていた）母が、息子のために送ってくれるものでまかないました。

そんな母へ、当時、僕はこんな手紙を送っていたそうです。

「僕は昨日、仙台のアオキホテル[1]で賞を受けました。
賞金の中から、貧乏している母さんに千円送ります。
『レベッカ』[2]の映画評で僕が第一位になったのです。
ホテルのごちそうは、胃袋をたまげさせるほどおいしく、
母さんと兄ちゃんとシュウスケ（弟）に食べさせたいと思ったとき、

涙の一滴をスープに落としましたが、僕は飲んでしまいました。（略）
涙の一滴も無駄にしない僕は、
将来、成金《なりきん》になるかもしれないと想像すると楽しくなります。
さようなら」〉（「児童養護施設の青春　頑張れば光は見えてくる」『ふかいことをおもしろく――創作の原点』）

『レベッカ』は、一九四〇年製作のヒッチコックの渡米第一作。日本公開は、十一年後、井上が仙台一高の二年生になった春。同じクラスだった相澤慶治は、井上が何かの賞をもらったことは記憶しているが、何の賞だったか覚えはないという。

ちなみに、アオキホテルは、太宰治を描いた戯曲『人間合格』の第六場（全七場）に、戦前の名称「青木屋旅館」で登場する。

〈前場から三年後の昭和十九年（一九四四）十二月下旬のある夜、午後八時ごろ。仙台駅の近くにある青木屋旅館の調理場〉（『人間合格』「六　惜別」集英社）

太宰と同じ東大在学一年の佐藤浩蔵は、〝あの危険な社会主義思想〟の前衛党員として身分も名前も変え、青木屋旅館の調理人として地下潜伏活動をしている。

井上は、おいしい饗応をあずかったありがたい縁を、焼失前の姿で戯曲に織り込んだのではないだろうか。

戦争末期、井上が賞を受けたアオキホテルの正式名称である「陸奥別館青木ホテル」も、後にクラスメートとなる相澤の仙台市の中心部にあった実家も、敗戦の約一ヶ月前の一九四五年七月十日、いわゆる「仙台空襲」で焼失した。死者二、七七五人。東京以北では、焼失家屋などを含め最大の被害となった。

東北軍管区司令部の発表は「撃墜五、撃破十二」という虚偽の戦果。戦後わかったのだが、アメリカ軍の損失は滑走路で炎上した一機（全乗員脱出）のみだった。

一方、山形の国民学校五年生だった井上は、英女性旅行家イザベラ・バードが「全くのエデンの園であり、アジアのアルカディア（牧歌的楽郷）である」と讃えた置賜《おきたま》盆地の懐《ふところ》に抱かれ、疎開してきていた少女時代の白川由美をのぞき見するなど平穏に暮らしていた。

山形県の戦争被害は、井上の住む小松町よりはるか北部の、海軍・神山練習飛行場、現在の山形空港が機銃掃射《きじゅうそうしゃ》を受けたことと、酒田港に機雷《きらい》がまかれたという程度だった。美少女・白川由美を山形に疎開させた両親の判断は、正解だった。

『レベッカ』の映画評の他に、相澤が覚えている井上の応募は、もう一件ある。

北欧映画配給の『題名のない映画』（原題：Film ohne Title。「ohne」は英語でいう without の意。一九四八年製作）に「あなたならどんなタイトルを付けますか」という募集。井上は「題名のない映画という題名」と書いて応募したものの、落選したという。日本公開は高三の夏休みに入る前。

映画会社や映画雑誌の募集には、どんな企画にでも応募したと思われ、映画雑誌には投稿もして稿料を映画代に使っている。映画を観るだけという受動態から、少しずつ能動態への姿勢をみせているのだ。

〝小説であれ戯曲であれ映画のシナリオであれなんであれ、とにかくおもしろいお話を考える職人になろう〟と濃厚な思いで通った映画館の暗闇が、井上ひさしを生む揺籃《ゆりかご》として、ゆっくりと揺れはじめた。

仙台駅前にかつてあった「仙台セントラルホテル」の前身。明治二十三年（一八九〇年）、純旅館の「陸奥ホテル」を日本鉄道が建て、その後、青木助三郎に売却され「陸奥別館青木ホテル」となるが、一九四五年七月十日の仙台空襲で被災。翌年「青木ホテル」として再建され、進駐軍のための全国に八つしかない、政府直営（貿易庁、現在の経済産業省）の外国人客用のホテルで、遊興飲食税が五割引きされる〝バイヤーズ・ホテル〟に指定を受ける。一九五一年（昭和二十六年）には東北地方初の政府登録ホテルとなる。井上が受賞により〝たまげるほどおいしい食事〟の饗応を受けたのはこの時期。

（2）『レベッカ』（Rebecca　一九四〇年）

主演：ローレンス・オリヴィエ（館の主で大金持ちの英国紳士）、ジョージ・サンダース（その若き後妻）、ジョーン・フォンテイン（前妻レベッカの時代から館を取り仕切る古株女性）など。

原作は、ヒッチコックの『鳥』の原作者としても知られる英国の小説家ダフネ・デュ・モーリア。脚本は、同じくヒッチコック監督の『断崖』『海外特派員』などのジョーン・ハリソン。音楽は、井上の好きな『昼下りの情事』のフランツ・ワックスマン。製作：デヴィッド・セルズニック。アカデミー賞作品賞と撮影賞（白黒部門。撮影監督：ジョージ・バーンズ）受賞。

第4章　大根女優キム・ノヴァックに惚れたあまり

最高の主題歌

高校時代の「ベスト10」第7位は『虹の女王』。

日本では馴染みがないが、アメリカでは良く知られたレヴューの女王（マリリン・ミラー）の半生を描いた音楽映画である。日本公開は、井上が高二の寒さ厳しい一月末。

しかしこれを観たのは、午後の授業をさぼってではなかった。

〈高校二年の冬のある夜更、ぼくは長距離列車を待つ人びとを大勢のみこんだ仙台駅で、そこへ行くすぐ前に時間つぶしのために観た『虹の女王』というアメリカ映画の主題歌を、繰り返し繰り返し口《くち》遊《ずさ》んでいた。それは五回、六回と襲いかかってくる人生の危機をそのたびごとにその歌を歌いつつ乗り越えて、ついにブロードウェイの女王の座につく女優の半生記だった。危機のたびに歌われるので、さほど憶えのよくないぼくにも冒頭の八小節ぐらいは記憶できたのだった。

Looking for the silver lining
Whenever clouds appear in the blue ……

つまり、それはいつも物事の明るいところを見ながら生きなさいという人生応援歌で、楽天的な芸道映画にうってつけの主題歌だった。

そのときのぼくは下りの夜行列車で岩手県南部の小都市へ弟を迎えに行こうとしていた。すでにぼくは仙台市郊外の孤児院に収容されていたが、家の事情は弟さえも養えないようなところまでひどくなっていて、それでぼくは院長に泣き付き、弟さんも収容してあげましょうという許可をもらい、北にいく列車を待っていたのである。

「これで家も完全に空中分解だな。でも、もうこれ以上は悪くはならないだろう。これから後の運はきっと上向く一方なんだ」

その唄を憶えたばかりのところだったせいで、ぼくはたしかな情報を得て金鉱を探しに出かける山師のように陽気だった〉（「フウ」『文学強盗の最後の仕事』）

この映画を観たのが、弟を夜汽車で岩手県南部に迎えに行くとき、という記述が奇妙だ。

「カトリック教会が用意した車で、弟の修佑さんとともに仙台のラ・サール修道会経営の児童養護施設『光ケ丘天使園』に送られて入園した」

という一関《いちのせき》中学三年E組のクラスメートの手記と矛盾する（第2章）。「年譜」にも、〈弟と私は仙台市東北の郊外にある児童養護施設に収容された〉と兄弟いっしょでの収容が記されている（一九四九年）。時間的にも高二の冬とは（一九五一年）、二年以上の時差がある。

その一方で、孤児院時代を舞台にした短編「汚点《しみ》」では、エッセイとそっくりのストーリーになっている。

〈弟はそのとき、岩手県南部の小都市のラーメン屋康楽に、ひと月千円の食費をつけて預けられてい

た。母はその千円の工面がつかず、滞納を続けているらしかった。弟はそのせいで厄介者扱いをされ
（略）〉（『四十一番の少年』）

弟は東北南部の小都市にいたのか、仙台の養護施設にいたのか、どちらなのか？

調べてみたものの矛盾を解く鍵がみつからないので、夫人のユリに経緯を訊ねた。分かったのはいったん一関から兄弟いっしょに孤児院に収容されたものの、幼い弟は〝母恋しさ〟のあまり一関に戻ってしまっていたのだ。

しかし母の生活はさらにきびしくなり、預けた先のラーメン屋に食費の支払いができないために、店主夫婦からひどい扱いを受けていた。約束した学校に通わせてもらえないどころか、辛《つら》い労働をさせられて店のオヤジに殴られていることがラーメン汁の汚点《しみ》の付いた葉書からわかったため、孤児院の院長に頼み込んで再び引き取ってもらうことになったのだ。

矛盾の原因は弟が孤児院に入ったのが二度あったことだった。一度めは井上が中三の秋で、二度めが『虹の女王』を観た高二の冬に当たる。時差が発生するわけである。


井上は仙台で『虹の女王』を観てから約三十年後、作家・色川武大《いろかわたけひろ》と思いがけず主題歌「Look for the Silver Lining」を唱和することになる。

女優・渡辺美佐子の一人芝居『化粧』（井上ひさし作）の終演後、楽屋見舞いに訪れた色川と出会ったものの、五歳年上の先輩作家との初顔合わせということもあって、井上は〝人怖《ひとお》じ〟してしまった。気を使ってくれた渡辺と編集者の取り計らいで、劇場併設の食堂にみんなで行き、色川と話を交わすことになった。

〈「ガーシュインがわからないとブロードウェイ・ミュージカルはわからない」とか「フレッド・ア

ステアは完璧な形式主義者で、ジーン・ケリーは体育会の汗臭い天才」とか、よく意見が合った。
二人とも『虹の女王』というアメリカ映画が好きだということもわかった。これはブロードウェイのスター、マリリン・ミラーの伝記映画で、作品として別にどうこう言うようなものではないが、〈略〉色川さんは突然、この唄を口遊《くちずさ》み出し、わたしも唱和した。この時分には、例の必要以上に人怖じするという悪い性格はどこかに消え、色川さんの温かくて深いふところに完全にとびこんでしまっていた〉（「フウ」『文学強盗最後の仕事』）

井上のミュージカル映画への傾斜と、色川独特の好みとがハイタッチするかのように同調している。知的といわれる人種である作家たちの中で、珍しくミュージカルを嗜好する同好の士ということが分かったのだった。

阿佐《あさ》田《だ》哲也《てつや》の名前で書かれたベストセラー『麻雀放浪記』で知られるように、裏道といっていい独自の道を生き抜いてきた人生の先輩・色川の〝温かくて深いふところ〟に、井上は子宮の中の胎児の

伝説のレヴューの女王マリリン・ミラー（左はクリフトン・ウェッブ）

『虹の女王』でM・ミラーを演じるジューン・ヘイヴァー（右はレイ・ボルジャー）

ように、たゆたう気持ちに包まれたと思われる。

『虹の女王』は井上の戯曲に影響を与えた。

明治の文壇で激賞されながらわずか二十四歳の若さで夭折《ようせつ》した樋口一葉を描いた戯曲『頭痛肩こり樋口一葉』は、『虹の女王』とは相通じるところが多い。

筆一本で母と妹の生活を懸命に支える一葉と、一家を代表してブロードウェイのレビューの女王にまで上り詰めるものの、三十七歳で亡くなるマリリン。共に才能ある女性が若くしてその道を極め、絶頂期に亡くなるのである。

マリリンが、家族劇団で活動していたとき、憧れのコミック・ダンサー（レイ・ボルジャー）に妻子があることで結婚を諦めるように、一葉も半井桃水《なからいとうすい》に憧れと恋心を抱きながらも、お互いが長男、長女の家長ゆえに、〝禁じられた恋〟（『頭痛肩こり樋口一葉』）として諦める辛さがある。一家の長としての責任と恋との間にはさまり、一葉はひどい頭痛と肩こりが……、と井上は若い才能ある女性の隠れた面をあぶり出す。

『頭痛肩こり樋口一葉』は、井上作品だけを上演する劇団「こまつ座」の旗揚げ公演という、記念すべき芝居の演目だった。

劇中に何度も歌われる宇野誠一郎作曲によるテーマ曲「盆唄」。

〈そこに幕がおりてくる。さきほどから聞こえていた音楽が高まって、ずいぶんしばらくのあいだ聞こえている。

ぼんぼん盆の十六日に
御先祖様《ごせんぞさま》も出てござる

サンサンゴゴに出てござる（略）〉（同脚本、集英社文庫）

初演を観たあと、わたしもこの歌を口遊《くちずさ》みながら出口に向かったことをよく覚えている。井上が色川武大と唱和した「Looking for the Silver Lining」のように、身体の中に染み入《い》ってくる劇中主題歌である。

『虹の女王』公開の三十二年後、井上四十九歳のとき、新宿「紀伊國屋ホール」での初演だった（一九八四年）。

〝絶望的な大根女優〟キム・ノヴァック

映画に没頭した高校時代から二十年後——『手鎖心中』で直木賞を三十七歳で受賞以降、四十代の井上は活動の幅が三百六十度に広がり、多忙を極めていた。

執筆の他に、裁判（ワイセツ裁判。野坂昭如が編集長の雑誌『面白半分』に掲載された「四畳半襖《ふすま》の下張」の弁護側証人）、選挙応援（同じく参院選候補の野坂昭如）などまで引き受けていたのだった。

そんなとき、高校生からのアンケートが井上を悩ます。

〈さる高校のアメリカ映画研究会から「あなたにとって最高の①西部劇、②ミュージカル映画、③喜劇映画、④青春映画、⑤社会派映画はなんでしょうか」という葉書が舞い込みました〉（「どこにも売っていない本」『本の枕草紙』）

アンケートに時間を割《さ》ける余裕はないはず。だが、映画好きの井上はそれに構わずどころか、もっと別な映画を挙げたほうがよかったか、と投函後も悩むという生真面さ。それほど映画が好きだったといえる。

突然舞い込んだ高校生のアンケートのお陰で、以下の答えが残ることになった。アンケートの答えをもらった彼等はさぞ喜んだことだろう。

〈西部劇は『ウィンチェスター銃'73』『シェーン』
ミュージカル映画は『夜の豹』
喜劇映画は『虹を掴む男』『お熱いのがお好き』
青春映画は『陽のあたる場所』
社会派映画は『探偵物語』『スパルタカス』〉（同前）

これらの答えの中で、もっとも井上を後まで思い煩《わずら》わせたのは、二番目の「あなたにとって最高のミュージカル映画」として挙げた『夜の豹』の項目である。

〈（映画名を）書きつけて投函しましたが、投函したあとで、あの映画を挙げるべきだった、あれを落としたのはまずかったと、二、三日、悩みました。こういうアンケートに答えるのはやはり考えものです。

とくに頭を悩ませたのはミュージカル映画で、『夜の豹』に落ちつくのに小一時間もかかってしまいました。そんな時間があるなら、註文の原稿をこなせばいいのに、まったく馬鹿なはなしです。ではなぜ『夜の豹』か。この映画をごぞんじない読者のために（日本ではまったくヒットしませんでしたから、ごぞんじのない方が大勢いらっしゃるにちがいない）、ちょっと説明することにしましょう〉（同前）

熱が入るあまり、『夜の豹』のラフ・ストーリーを説明せずにはいられない。

〈この映画の原題は Pal Joey です。『親友《パル》ジョーイ』と訳すようです。（略）ストーリーは単純です。

サンフランシスコ（――登場人物たちはフリスコと呼んでいました）のケチなクラブのジョーイというちょっとスカした歌手がいる。そして六人のコーラスガールのひとりがリンダ・イングリッシュという田舎娘。ジョーイがフランク・シナトラで、リンダがキム・ノヴァックです。当然のことながらジョーイとリンダは恋におちますが、ジョーイには、いつかニューヨークの一流楽団の歌手になってやろうという野心がありますから、どっちかというとリンダの方が真剣で、ジョーイは「ちょっとつまみ喰いしてやろう」程度の気の入れ方。

そこへストリッパー上りの金持未亡人ヴェラ・シンプソンという、実にいい女があらわれて、ジョーイに目をつけます。金があって、どこもかしこも熟れ切っていて、しかも教養のある（寝しなに読む本がショーペンハウエルの哲学書やウォルター・リップマン(1)〔注：ジャーナリスト、政治評論家〕の評論集なのですから凄い）この元・ストリッパーに扮するのはリタ・ヘイワースです。（略）

どこがそんなによかったかというと、第一にキム・ノヴァックがよかった。もう夢中になりました）（同前）

キム・ノヴァック（1964 年頃）

〝よかった〟と嘆息するかのように評するキム・ノヴァックだが、彼女の髪はブロンドというよりプラチナ色。容貌すべてが圧倒的な美しさである。野性的な目つきがまるで豹。映画の主な舞台はナイト・クラブ。日本の映画配給会社が、原題の和訳「親友ジョーイ」ではなく邦題を『夜の豹』としたのは、むべなるかなである。

『夜の豹』が日本公開されたのは、製作の翌年、井上二十四歳。上智大フランス語学科在学中ながら脚本を書いては投稿し、賞金稼ぎに励んでいるころである。

成人を過ぎた井上は、キム・ノヴァックの演技についての悪評を知りながら、それでも好きなのだと、子どものように固執する。

〈キム・ノヴァックは《戦後最大の大根女優》という噂のあるひとで、事実、これといった代表作もなく消えてしまいました。また、『ムービーズ・オン・ティヴィ』[2]（バンタム・ブック）という、テレビで放映される旧作映画七百本を解説した手引書をみると、この映画におけるキム・ノヴァックは、

Novak is hopelessly bad.

と酷評されております。「絶望的な大根ぶり」というのですから救いがない。その「絶望的な大根ぶり」に惚れこんだ筆者などはどういうことになるか、おそろしいから考えないことにしますが、とにかく映画館に日参しました〉（同前）

田舎出のコーラスガール役のキム・ノヴァックの演技だが、美人なのに自信なさげな初心《うぶ》さが役柄に沿っていて、酷評されるほど悪い演技ではないと思われ、井上が惚れこんで映画館に通い詰めた気分がよくわかる。

彼女の一番知られている出演作は、金髪フェチで知られるヒッチコック監督の『めまい』（一九五八年）。他に『ピクニック』（一九五五年）、『愛情物語』（一九五六年）などがあるが、もっともっと銀幕で観たかった女優の一人である。

ノヴァックの美貌と歌が、若い井上を掻き立てる。

〈この『パル・ジョーイ』の挿入歌にI could write a book[3]というのがあります。（略）ぞくぞくするほどいい歌です。つまり、この歌とキム・ノヴァックとが筆者をブロードウェイ・ミュージカルに深入りさせたわけで、そのへんを考え合せると、どうしてもこれが最高のミュージカル映画になってし

まう〉（同前）

ナイトクラブの舞台。タキシード姿のフランク・シナトラが、「I could write a book」（邦題「書き残したいこの気持ち」）を歌いながら、舞台袖に控えている薄紫色のドレス姿のキム・ノヴァックの手を引き寄せ、舞台に引っ張りだす。

ノヴァックは期せずして歌に合わせてダンスをさせられるはめになるのだが、最後のワンフレーズ「How to make two lovers of friends」の部分では、シナトラの肩にゆったり腕を廻し、見つめ合いながらささやくようにデュエットする。

そのシーンに、公開当時二十四歳の脚本投稿青年だった井上は脳天に一撃を喰らい、レコード蒐《しゅう》集《しゅう》につっ走ることになったのではないか。

〈ミュージカル仕立てですから、この映画にはたくさんの歌が嵌《は》め込まれておりました。これが全部、佳曲でありました。すべての曲が、作詞ローレンツ・ハート、作曲リチャード・ロジャースのコンビによる作。映画館のモギリでもらった解説チラシには《この映画は、同名のブロードウェイ・ミュージカルを基に作られたもので》と書いてありましたので、こんどは東京中のレコード店を駆けまわりました。そしてある日、日比谷の日活ホテルにあるアメリカンファーマシーで「ブロードウェイ・オリジナル・キャスト版」の『パル・ジョーイ』をみつけました。

これがそもそもブロードウェイ・オリジナル・キャスト版のレコードを集めるきっかけとなりました。ブロードウェイにかかるミュージカルは、初演の数日前に必ずレコード会社によって録音されます。この初演メンバーによるレコードをブロードウェイ・オリジナル・キャスト版と称していますが、これを二百四、五十枚集めました。レコード化されたブロードウェイ・ミュージカルが二百四、五十ですから、殆ど全部集めたことになる。しまいにはＮＨＫの洋楽部のディレクターが筆者のところに

レコードを借りにくるほどになりました〉（同前）

NHKだけではない。民放の有名ディレクターも、井上のレコード・コレクションの恩恵にあずかっている。

日本テレビの名物ディレクターでありプロデューサーの井原高忠である（一九二九〜二〇一四年）。

「僕も一九五九年に初めてニューヨークに行って以来、毎年会社を休んではブロードウェイに通って（略）ヒットしたミュージカルのLPや台本（略）などを集めていたんですが、オフ・ブロードウェイで観た、あるミュージカルのLPは持っていなかったんです。

有名な作品ではなかったのですが、井上さんにその話をすると、何と井上さんがそのLPを持っていたんですよ。僕にそれをくださって。裏にはやはりあの（独特の）字で何やら書き込みがありました。これも大事に取ってあります」（「the 座」68号『日本人のへそ』井上ひさし追悼号こまつ座）

井原は、「光子の窓」（草笛光子をメインにした歌とコントのバラエティショー）、夜の十一時台を高視聴率で変えた「11PM《イレブンピィエム》」、ザ・ピーナッツ司会の「シャボン玉ホリデー」などの伝説的番組を作ったことで知られる。

井原は、バラエティやコント（欧米でいうスケッチ）の脚本を井上に依頼していた。

〈日本テレビの公開バラエティ「九ちゃん！」（注：坂本九の冠番組）に台本作者の一員として参加したのもこの年である。（略）演出は井原高忠氏で、日本テレビバラエティの草分け。この仕事はいろいろと辛かったが、しかしまた非常に多くのことをもここから学んだ。

（この番組の快調なテンポ、そしておもしろさをなんとかして戯曲にとり入れることはできないだろうか）

と思案する〉（「年譜」一九六五年　三十一歳）

渋谷公会堂を中心としての公開番組は、日本初の仕掛けだった（一九六五〜六八年。一五一回）。スタジオから飛び出した各地での公開番組は、三十代の台本作家として伸び盛りの井上に影響を与えたはずである。井原が五歳年上。二人の付き合いは井上が亡くなるまで続いた。

井上のブロードウェイ・ミュージカル初演ＬＰの蒐集《しゅうしゅう》は、少々大袈裟なたとえになるが、江戸時代の長崎の出島の存在に似ていると言えるのではないか。小さな人工島から日本にもたらされた蘭学と呼ばれる西洋文明が、暗箱に開けた小さな穴からの光が日本中に伝えられたように、日本の芸能界にブロードウェイ・ミュージカルの存在を、ポピュラー音楽の配電盤ともいえるテレビディレクターを通じて広めることになったのだから。

当時ブロードウェイは遠く、経済的に恵まれた芸能人がそれを観ては帰国後「ミュージカルをやりたい」と、例えば草笛光子、越路吹雪などが口を揃えて訴えているのを耳にしたのだが、そのミュージカルとは何か？　が一般庶民には、わたしを含めてどんな形態なのかとんと摑みにくかった。

今日《こんにち》なら家のパソコンに、ほぼ一日一回はBroadway Box Alertsというサイトからブロードウェイの各劇場の上演情報が送信されてきて、それぞれの演目の稽古風景や山場などを動画と音声で観賞することができる。割引チケットの紹介もあって、ＮＹと直結になったこの身近さは、かつて井上や井原がブロードウェイ・ミュージカルを懸命に海のこっちから追いかけていた時代とは隔世の感がある。

井上の徹底したブロードウェイ初演ＬＰレコードのコレクションぶりは、小説や戯曲を描くときの厖大な関係資料の蒐集に相通じている。井上の徹底する性格のゆえだろう。

（1）ウェルター・リップマン
井上が生まれる二年前の一九三二年から『ニューヨーク・ヘラルド・トリビューン』紙のコラム「Today and Tomorrow」

を三十六年間書き続け、彼の著書『世論』（掛川トミ子訳、岩波文庫）はジャーナリズム論の古典として知られる。毎日新聞の書評欄コラム「この3冊」（著者：堤未果。二〇一六年三月二十日）で、〝今の世界を見るヒント〟で取り上げられた。

（2）ガイドブック『ムービーズ・オン・ティヴィ』（Movies on TV）

著者は映画とテレビに関する博覧強記の歴史学者であり、批評家でもあるスティーヴン・ヘンリー・ショイヤー（Steven Henry Scheuer 一九二六—二〇一四年）。八十八歳で亡くなったときは、「ニューヨーク・タイムズ」が長い死亡記事《オビチュアリー》を書き、この読みにくい姓 Scheuer に、カッコ内で（pronounced SHOY-er）と発音を記している。生まれ育ちともNY。

（3）『パル・ジョーイ』挿入歌 I could write a book

作詞：ローレンツ・ハート、作曲：リチャード・ロジャース。一九四〇年のブロードウェイでは、ダンサー役のジーン・ケリーが歌い、一九五七年の映画化では、歌手役のフランク・シナトラが歌い有名に。

『夜の豹』の音楽を使った戯曲

井上がブロードウェイ・ミュージカルの深みにはまった成果は、戯曲の劇中歌として生きてくる。『夜の豹』の封切りから四十四年。作家・林芙美子を描いた伝記劇『太鼓たたいて笛ふいて』に、挿入曲「Zip《ジップ》」が登場する。「Zip」というのはジッパーのことで、ストリッパーがジッパーを下《おろ》しながらドレスを脱いでいく「妙技」を象徴している。

〝金があって、どこもかしこも熟れ切っていて、しかも教養のある〟資産家の未亡人（リタ・ヘイワース）は、元ストリッパー。今は社交界の花形となり、慈善オークションを主催する。彼女と付き合っているナイトクラブの歌手・ジョーイ（フランク・シナトラ）は一計を図ってオークションの賭金を釣り上げる。リタ・ヘイワースはやむなくかつての持ち歌で有名人の名前を列挙する「ジップ」を歌いながら、踊るはめになるのだ。

この「ジップ」が、『太鼓たたいて笛ふいて』では、大砲の音をあらわす「ドン」となって、開幕早々の第一場、ジッパーを一気に下ろすかのように、これから舞台が描こうとする世の中のきな臭い世相を素早く伝える。

〈ドン　はるかかなたどこかで
ドン　かすかに地鳴りがする
ドン　あれは大砲のおと
ドン　火薬の匂《にお》いもする
ときは昭和の十年の秋
ドン　ある晴れた日
ところは東京　西の外れ
ドン　どんな物語なのか
ドン　見てのおたのしみ（略）〉（戯曲『太鼓たたいて笛ふいて』新潮文庫）

山頂に降った雪が長い時間をかけ高い山の裾野《すその》から清水となって湧き出るように、『太鼓たたいて笛ふいて』の劇中歌「ドン」となって地表に出てきたのだ。湧き出す推進力となったのは、長年かけて累積されたブロードウェイ・ミュージカルLPのコレクションだろう。

他にもある。

『太鼓たたいて笛ふいて』の翌年、「東京裁判三部作」の二作目『夢の泪《なみだ》』（二〇〇三年）で、映画『夜の豹』の曲「Chicago—A Great Big Town」が、第一幕の一場で使われている。

曲名が「シカゴ」となっているのは、ナイトクラブの場所がブロードウェイ・ミュージカル『パル・ジョーイ』の舞台では、シカゴの設定だったからだ（映画『夜の豹』ではサンフランシスコに変わり、曲名も「A Great Big Town」と、シカゴが取れている）。

井上はこの曲を「空の月だけが明るい東京」として、開幕早々、登場人物全員九人に次の歌詞で歌わせる。

〈山の手も下町も
焼け野原
東洋一の街が
みごとに焼けてしまった

どぶねずみ　どらねこ
闇を走る担《かつ》ぎ屋も
どれもこれも灰色
空の月だけが明るい東京（略）〉（戯曲『夢の泪』新潮社）

〝むずかしいことをやさしく〟という井上の名フレーズ通り、空襲によってすっかり焼け野原に化《か》してしまった東京を、やさしい言葉でいとも楽々と観客に届ける歌詞になっている。

〈歌詞をつくるときが一番楽しいですよ。歌詞をつけるときは、まず、その曲を分析していくんです。音楽というのは数学ですから、いい曲は数学的によくできているんですね。楽譜とかにらめっこしながら曲を徹底的に聴いて、その数学的な構造を解いていく。すでに歌詞のある場合は、必ず作詩家が一番、力を入れている言葉がある。それを見つけるんです。その言葉や音のつながりを大事にすると、すぐ日本語になりますよ〉（『初日への手紙』第三部「夢の痂《かさぶた》」。新国立劇場会員用情報誌「ジ・アトレ（The Atre）」インタビュー）

作詞家がどこに一番力を入れているのか、「空の月だけが明るい東京」の原歌詞（「Chicago—A Great Big Town」）で見ていくことにする。

There's a great big town
On a great big lake
Called Chicago.
When the sun goes down
It is wide awake.
Take your ma and your pa,
Go to Chicago.

作詞家が一番力を入れている単語がどれかは不明だが、中学一年の教科書程度のやさしい単語を見極め、「空の月だけが明るい東京」の歌詞に変容させていったのだ。

歌詞だけでなく、歌われるペースにも気を配っていた。

〈「空の月だけは明るい東京」は、正規の、朴さん（勝哲、ピアニスト）のピアノでは、ほんとうにわずかですが、速すぎるような気がいたします。もちろん朴さんの方が（原曲楽譜の指示どおりで）正しいのですが、まだ慣れていないお客さんのために、心持ちゆっくり目にしていただければ幸いです〉（『初日への手紙』第二部「夢の泪」。新国立劇場演劇制作・古川恒一プロデューサー宛のファックス）

稽古場の歌の練習の録音を聞いて、観客の心理を意識した上での細かい指示である。

映画『夜の豹』で使われた曲は、全部で十五曲。その多くがヒットし、後年スタンダード曲になるが、井上は『夢の泪』の中ではわざとあまり目立たない、いぶし銀のような名曲を取り込んでいる。映画でリタ・ヘイワースが歌い（吹き替え）、後にフランク・シナトラが持ち歌として世界に広がった「魅せられて」（Bewitched）や、〈ぞくぞくするほどいい歌です。つまり、この歌とキム・ノヴァックとが筆者をブロードウェイ・ミュージカルに深入りさせた〉という、フランク・シナトラとデュエットする「I could write a book」、キム・ノヴァックが歌う「マイ・ファニー・ヴァレンタイン」のような有名曲は使っていない。

人々によく知られたメロディーによって、芝居の流れを邪魔されたくなかったのだろう。井上の芝居の細部へのこだわりを強く感じる。

例外は「東京裁判三部作」の第一作『夢の裂け目』（二〇〇一年）で、『三文オペラ』で最も有名な曲「マック・ザ・ナイフ」を使ったときだ。さまざまな歌手によって歌われ、ジャズのスタンダードにもなっているので、メロディーに聞き覚えのある人が多いはずである。

それゆえに使われるのは芝居が終わった後の、物語に影響を与えないカーテンコールにおいてなのだ。

〈カーテンコールのマック・ザ・ナイフ（俳優紹介、お客様への謝辞になるような歌詞にしますが）〉（『初日への手紙』第一部「夢の裂け目」）

ミュージカル好きだけに、どれほど気を使って曲を選択しているかがうかがえる。

『夜の豹』の源泉をもとめて

話を『夜の豹』に戻すと、この映画への熱い溶岩のような思いは、さらに原作探しへと山を流れ下っていく。

〈ところで最近、このミュージカルの原作が翻訳されました。原作者はジョン・オハラ。『バターフィールド8』の作家としてごぞんじの方もあるでしょう。原作はだいぶ前に手に入れておりましたが、これが難しい英語で、さっぱりわからなかった。（略）とにかく今度、講談社文庫から『親友・ジョーイ』という題で翻訳が出て、ようやく本家本元へ、水源地へ辿りついた思いがします。なお、訳文はすこぶる軽快、平明、達意の文章で、訳者は田中小実昌《たなかこみまさ》[1]さんです。このように二十年以上も回り道してやっとのことで源《もと》の書物へ到着するという場合もあって、まことに書物への遭遇の仕方は千変万化でおもしろいものだと思います〉（「どこにも売っていない本」『本の枕草紙』）

原作の英文は、くだけた書簡文というだけでなく、ミュージシャン仲間独特の業界用語——日本のジャズメンが「女」のことをひっくりかえして「ナオン」、レギュラーの仕事を「箱」、飛び入り仕事を「トラ」といったような用語——が多用され、綴りもわざとまちがえて書かれているというのだから、井上が読み解くのに苦労したわけだ。

田中小実昌は進駐軍で働いた経験から生きた英語を知っているだけに、柔軟でさわやかな秀訳である。

書簡体小説『親友・ジョーイ』が、井上の蔵書を基にした二十二万冊を納めた山形の「遅筆堂文庫」に保存されているのではないか、さらにいつも井上がするように、気になる個所に赤で棒線を引き、シールの添付や書き込みがあるのではないかと問い合わせると、すぐに「あります！」という件名で返信がきた。

「『親友・ジョーイ』講談社文庫　一九七七年刊は、ございます。

アンダーライン数ケ所と書き込みが一ケ所」

と、ベテラン学芸員の遠藤敦子（詩人。『禳禱《いのり》』で山形県詩人会賞）が早速に調べてくれた。

そのカラーコピーを、代金を支払いがてら遠藤から受け取ったのは、仙台駅から北に車で三十分弱の仙台文学館の特別企画展「白球と青空・戦争と自由　井上ひさしの野球」の会場でだった（二〇一四年一月―四月）。

〝仙台一高五回生八十歳記念同窓会〟を記念したトーク「同窓生が語る井上ひさしの思い出あれこれ」が開かれた日で、会場は多くの同級生が参加し、ほぼ満席の盛況（四月十八日）。

ついでながら当日は金曜日で、イベントの前に同級生たちは市の中央に近い母校を訪ねたのだが、校内には彼らの時代には存在しえなかった女子生徒の姿があちこちにあるという六十年以上前では考えられない校内風景に、感慨を深くするばかりだっただろう。しかし変わらなかったのは、裏門や校庭を取り囲む大きく育った桜が当時と同じように満開を迎え、すでにちらほら散り始めていた。

話を田中小実昌訳『親友・ジョーイ』に戻すと、井上が赤鉛筆で引き出しているのは、「ジェリー・カーン」と訳している名前を赤鉛筆で「ジェローム・カーン[2]」と訂正している箇所だった。といっても田中が誤訳したのではない。ジェリー（Jerry）とは、本来のジェローム（Jerome）の、親しみを込めた短縮形なのだ。

井上はジェリー・カーンと短縮形で訳されている名前を、すぐに原形の「ジェローム・カーンのことだ」、とピンときたのだろう。

それは、田中の訳文が、

「エブリバディ・ステップやスワニー、それにジェリー・カーンのメロディなんかの古い歌を、ホテルの副支配人はもちだしてさ。ピアノのホーギイ・カーマイケルのファンなんだよ」

と流れることから、有名な「煙が目にしみる」の作曲家、ジェローム・カーンの略称とわかったのだ。ブロードウェイ・ミュージカルのLP蒐集により、井上は『親友・ジョーイ』に登場する曲とミュージシャンのすべてに心覚えがあったのではないか。

「芝居によるんだけど、書く時『パル・ジョーイ』を時々観直してました」

と夫人のユリは話す。

『夜の豹』ではなく、『パル・ジョーイ』という言い方をしているのは、井上が映画の原題――つまりブロードウェイの演目で呼んでいたからだろう。

〝あなたにとって最高のミュージカル映画は〟の質問に答えた『夜の豹』――『パル・ジョーイ』は、作家となった後も、井上の執筆の原動力を掻き立てる大きな存在だったことがわかる。

（1）田中小実昌（一九二五―二〇〇〇年）
東大哲学科卒。作家（直木賞、谷崎潤一郎賞受賞）、エッセイストであると同時に優れた翻訳家、映画評論家でもあり、よく銀座の試写室でお目にかかった。その文体と同様にひょうひょうとして飾るところの全くない人柄で、「コミさん」と呼ばれ、関係者皆に好かれていた。

（2）ジェローム・カーン（Jerome Kern　一八八五―一九四五年）
NY大学で学び、ブロードウェイでリハーサル・ピアニストして働く。十六歳でミュージカルに曲を提供したのを始めとして、一九一五年ころは一シーズンに七～八作品がブロードウェイに掛かっていた。一九二〇年の『サリー（Sally）』（井上が色川武大と唱和した主題歌Look for the Silver Lining）で知られる。オスカー・ハマースタイン二世とのコンビは一九二五年の『サニー（Sunny）』（挿入歌に井上の好きな「Who?」）など。このコンビは一九二七年の『ショウ・ボート』でヒットを飛ばす。

映画音楽では一九〇五年から亡くなる一九四五年まで、アイラ・ガーシュインなどの作詞家と組んで新しい音楽を提供し続けた（作詞ハマースタイン二世と組んだ、ナチによるパリ占領を描いた曲「The Last Time I Saw Paris」は、一九五四年エリザベス・テイラー主演『雨の朝巴里に死す』（原題は原曲と同じ）に使われたことで知られる）。

連合国が第二次世界大戦に勝利して間もなくの一九四五年十一月五日、『ショウ・ボート』の再演と新作ミュージカル『アニーよ銃をとれ』の作曲を引き受けたため、自宅のカリフォルニアからＮＹへ出かける途中、パークアベニューと五十七丁目の交差点の歩道で信号を待っていたとき突然、脳出血のため倒れ、身元を示すものを持っていなかったため、市民病院の貧困病棟に運ばれ、三日後の八日、ようやくハマースタイン二世に知らせが行き、五番街の病院に転院したものの十一日死去。トルーマン大統領が先導し、国中で喪の式典が行われた。『アニーよ銃をとれ』の作詞・作曲は、代わりにアーヴィング・バーリンが務めた。

第5章　わが師はブロードウェイ・ミュージカル

大目玉を喰らうはめに

井上の芝居には、なぜ音楽が入ることが多いのだろうか？

〈筆者の戯曲にはよく歌が挿入され、批評家の先生は「ブレヒトの真似らしいが、もはやブレヒトは古い」と批評して下さいますが、こちらはブレヒトなどというお偉い方を手本に仰いでいるのではありません、わが師はブロードウェイ・ミュージカルなのです〉（『本の枕草紙』「どこにも売っていない本」）

と、公言してはばからない。

しかし当時――日本初の東京オリンピック（一九六四年）のころはブロードウェイははるか遠く、〝百歳まで生きられたとしてもこの目でみることはあるまい〟と井上には思えてならなかった。だからブロードウェイ・ミュージカルの初演ナンバーのＬＰを集めるのが、憧れの世界に触れる唯一の術《すべ》だった。

〈そのころは無邪気なことに、日本にもミュージカルのようなものができるはずだと考えていたので、そんな勉強もしていたのである〉（「自分の好きなもの」『ふふふ』講談社文庫）

日本製ミュージカルへの熱い想いは、放送作家になってから、密かに実行に移された。〈あらゆる放送台本に歌を挿入した。（略）（NHK学校放送の）「明るい教室」という道徳番組にまで歌と踊りを入れ、番組監修の文部省のお役人から大目玉を喰ったこともあった〉（「ブロードウェイ仕事日記」『遅れたものが勝ちになる』）

お役人からの叱責だけではない。放送担当者からは、予算が嵩《かさ》む、踊れる役者がいないという理由などで、いつも歌や踊りは敬遠される。〈こっちの自由にやれたのは、「ひょっこりひょうたん島」ぐらいなもの〉（同前）

そうしたとき、トラヒゲ役の声を担当した熊倉一雄から、彼が創立した小さな劇場「テアトル・エコー」のための脚本を依頼された。俳優で演出家の熊倉は、井上より七歳年上。

「NHKのエレベーターで井上君といっしょになったとき、『うちの劇団のために何か書いてくれない？』と頼んだんだ」

と、二〇一四年十一月、「テアトル・エコー」に出演中だった熊倉は、温かい渋みのある声で元気に話をしてくれた。亡くなる約一年前だった。

〈こうなれば劇場でやってみるほかはあるまいと思い、『日本人のへそ』というミュージカルを書いた〉（同前）

しかし、井上が思い知らされたのは、日本の俳優たちの現実だった。

演劇を勉強しているはずの劇団員といえども「ここでタップになる」と書いてもだれもタップが踏めず、「ここで四重唱」と指定しても斉唱《せいしょう》もおぼつかず、「ここで群舞」と書いてもだれもが盆踊りがやっとなのである。

当時の日本の芸能界、演劇界の限界を井上は感じざるを得なかっただろう。つまり、ブロードウェイのようなものは日本人にはやれないと思い知らされたのだった。

〈となれば日本国の俳優のみなさんに肉体に可能なことを、もっといえば、日本国の俳優のみなさんの肉体でなければ表現できないものを書くべきではないか。（略）わたしは宮本武蔵に目をつけていた。剣術家の動きなら日本国の俳優の肉体で表現できる。腰を低くして足を引き摺るようにして動きまわり、その低みからときおり高みをめざして跳ぶ。水田耕作のためのこの姿勢が剣術の技術の基本になっているにちがいない。座禅も茶の湯もたぶんこの姿勢が基本になっている。この動作を宮本武蔵の生涯を展開してゆく際の主題にして play with music をつくってみよう。（略）そのような行動を踊りにまで高めたとき、それこそ日本人の、あるいはアジア人のミュージカル（という言い方が妥当かどうか疑問だが）になるのではあるまいか。そう考えて劇の断片《スケッチ》を二十、三十と書きためていた〉（同前）

井上がこの思いをある劇場支配人にもらしたところ、思いがけず吉川英治原作『宮本武蔵』を元にした企画が、日本の演劇関係者と米のブロードウェイ関係者の間でまさに動いていたのだった。

その結果、井上が五十一歳の冬（一九八五年）、夢に見たブロードウェイを初めて目にすることになった。到着した当夜、〝中学一年のときから憧れていたブロードウェイではないか〟と自分に何度も語りかけては、早速一人で寒い夜のブロードウェイの劇場街に向かった。

〈劇場街を歩き回っているうちにインペリアル劇場の前に出た。（略）コール・ポーターの『私にまか《リーヴ・イット・》せて《トゥ・ミー》』（一九三八年）、（略）新人歌手のメアリー・マーチンが（略）いっぺんで新進スターになったのもこの劇場だったし、そのマーチンを羨ましそうに見ていたコーラスボーイのうちの一人に二十六歳のジーン・ケリーがいたのだ。楽屋口からいまにもジーン・ケリーが、「なに、ぼくもそのうち、星を摑んでみせるよ」といいながら出てきそうな気がした〉（同前）

『私にまかせて』初演から一年後の一九三九年、二十六歳のジーン・ケリーは他の劇場でだが、主役を獲得（『The Time of Your Life』）。翌年に幕を開けたのが前述した『パル・ジョーイ』だった。物語の主人公のダンサー役が大評判となり、翌年ハリウッド入りを果たし、映画『夜の豹』の主役を摑《つか》むことになる。井上はそうした事実を知った上で、大好きなジーン・ケリーの、下積み時代の姿を劇場前で想い描いたことだろう。

『ムサシ』の最終的な打ち合わせは、日本では考えられない豪華さで、カリブ海の上でだった。

〈観劇とブロードウエイ演劇事情の取材と打合せとで忙殺される。打合せの相手は、『ドリームガールズ』や『タップダンス・キッド』などの大当りミュージカルの作曲家のヘンリー・クリーガー氏。同氏とはミュージカル『ムサシ』を作る計画があり、現在着実に進行中である。なお、同氏と基本的な話し合いをするために、四日間、カリブ海の小島セントパーツ島に籠った〉（「年譜」一九八五年）

同島は特に冬の期間、アメリカから避寒のために有名人が訪れるため「セレブの島」と呼ばれるフランス領の島。ブロードウェイで大ヒット作を飛ばすクリーガー氏はセレブ中のセレブといえる。

しかし井上の脚本が〝着実に進行〟しなかったため、予定のブロードウェイ上演は果たせなかった。音楽入り戯曲として『ムサシ』が書き上がるのは、二十四年後、井上の亡くなる前年の二〇〇九年だった（音楽：宮川彬良《みやがわあきら》。父は二〇〇六年に亡くなった作曲家の宮川泰《ひろし》）。

しかし『ムサシ』が完成に到るまでの間、play with music のための胎動は確実に続いていた。

日本製ミュージカルを目指して

井上が音楽導入への傾斜を強く押し出してきたのは、二〇〇一年初演となった「東京裁判三部作」の第一作『夢の裂け目』の準備のときだった。

作者の強い思いを実感したのは、当時の新国立劇場のプロデューサー・古川恒一で、『夢の裂け目』の初期打ち合わせのときである。

〈"Drama with Music"〉（音楽入りの叙事詩でしょうか）ときめました〉（『初日への手紙』「第一部　夢の裂け目」）

ドラマ・ウィズ・ミュージックと名付け、あくまでもドラマが主体ながら、音楽に大きな役をさせようとした。

では、with Music のミュージックとは、何の音楽を使うのか？

クルト・ワイル[1]だった。

〈現在でもガーシュインは、クルト・ワイルと並んで、わたしにとっては最高最大の作曲家である〉（「ブロードウェイ仕事日記」『遅れたものが勝ちになる』）

ワイルへの指向は、『夢の裂け目』の十六年前、すでに心に宿っていたのだ。

〈もちろんわたしの好きなクルト・ワイルもこの劇場（インペリアル劇場）で仕事をしている。『生き返《ワンタッチ・》ったヴィーナス《オブ・ヴィーナス》』（一九四三年）がそうだ。あの名曲「スピーク・ロウ」はこの作品の挿入歌だった〉（同前）

ブロードウェイの劇場前で、好きなクルト・ワイルの曲目に想いを馳せていた。

〈音楽は芝居をおもしろくする。ならば（本格的なダンスや高い歌唱力が必要な）ブロードウェイのやり方ではなく、別の流儀で音楽を多用してやろう。（略）ワイルの音楽なら、タップやピルエット[2]やジャンプがなくても、べつにおかしくはないんじゃないか〉（同前）

バレエの専門用語、ピルエットまで知っている。

「作者は音楽に大変造詣がふかく、クルト・ワイルの全楽譜掲載の本や貴重な音源テープを所有して

いた」(『初日への手紙』古川プロデューサーの付記)

それらの音源は、脚本が進むにつれて順次、古川プロデューサーを通じて稽古場に提供された。

「東京裁判三部作」は、クルト・ワイルの曲を積極的に取り入れる意向でスタート。第一作『夢の裂け目』では十二曲も使われた。他の曲は、宇野誠一郎の二曲だけ。次の二作目『夢の泪』でのワイル曲の使用は十二曲中六曲。三作目の『夢の痂《かさぶた》』では六曲中一曲、と激減していく。ワイル曲を〝やり切った〟思いだったのではないだろうか。

(1) クルト・ワイル(Kurt Weill 一九〇〇—一九五〇年)

ドイツの作曲家。交響曲や弦楽四重奏などクラシック音楽の作曲で成功していたが、一九二八年、戯曲家ベルトルト・ブレヒトのオペレッタ『三文オペラ』の音楽を担当し一躍有名に。その後、ナチの台頭で、演奏会が度々中断になったため、一九三三年パリへ亡命。その地でブレヒトと組む最後の作品となった歌付きバレエ曲『七つの大罪』を発表。三五年にはニューヨークへ移住。ミュージカルの作曲を手がけるようになる。

『闇の女』では作詞を担当したジョージ・ガーシュインの兄のアイラ・ガーシュインと、『生き返ったヴィーナス』ではユーモラスな詩作で有名なオグデン・ナッシュと、『ラブ・ライフ』ではアラン・ジェイ・ラーナー(『マイ・フェア・レディ』の作者)と組んだ。これらに登場する音楽はどれも『夢の裂け目』に使用された。「夜勤シフトの相棒に」(作詞:オスカー・ハマースタイン二世)は『夢の泪』に。五十歳を迎えた翌月、心臓発作で亡くなる。

(2) ピルエット

フランス語 Pirouette とは、独楽《こま》の一種を意味する言葉から発したバレエ用語で、片足のつま先で一回転する旋回のこと。上級テクニックに属し、最初は目がまわったりする。正確に素早く三六〇度回転するには、多くの時間と訓練が必要とされる。

音楽の幅の豊かさ

井上芝居の音楽のおもしろいところは、取り上げる音楽の幅がやたら広いことだ。林芙美子の伝記劇『太鼓たたいて笛ふいて』だけでも、リチャード・ロジャースのミュージカル曲の他に、チャイコフスキーやベートーヴェンといったクラシック曲が挿入されている。ベートーヴェンでは、歌曲「自然における神の栄光」（詩・ゲレルト）の歌詞〝天は永遠の栄光を讃え　その響きは御名をあまねく伝える（略）〟が、「物語にほまれあれ」と歌詞が変わる。

他に、イタリアのジャズ・アコーディオン奏者ゴルニ・クラメール（Gorni Kramer　一九一三―一九九五年）のムーディーな「スカラ座の宵」や、一八九〇年代の最も成功したソングライターのポール・ドレッサー[1]が作ったインディアナ州の州歌（「On the Bank of the Wabash, Far Away」）まで取り込んでいる。それと『ひょっこりひょうたん島』から宇野誠一郎の二曲。

深く信頼を寄せていた宇野が眼を悪くして新曲が書けないという、〝隠れた事情〟が起こって以来、その難事を切り抜けるべく、井上はクラシック音楽、ブロードウェイ・ミュージカル、映画音楽、ジャズ、ラテン、ローカルソング（民謡）まで、さまざまな曲を幅広いジャンルからたちどころに引き出してきたのだった。

名文によるクラシック音楽評論で名高い吉田秀和（一九一三―二〇一二年）は、井上芝居における音楽の導入を、広い視野からこう評する。

「劇に音楽を入れることは古来よくあることだ。ベートーヴェンはゲーテの劇《エグモント》のために（略）《太鼓は響く》《喜んだり悲しんだり》など力の入った声楽曲を含む幾つもの曲を書いた。これは一つの、歴史に残る大傑作の例だが、そんな大袈裟なことをしなくとも、音楽は劇の中に、あるときは叙情的な気分を醸《かも》したり、劇の緊張を高めたり、あるいは観衆に快い親しみやすい気分を与えたりする効果をつくり出すために使われてきた。こんなことは誰でも知っている。今の日本だって、たとえば井上ひさしさんなんかの劇の中に音楽を実に巧みにとり入れて成功している」（「二人の女の歌う歌」『永遠の故郷　真昼』集英社。初出「すばる」二〇〇九年四月号）

〝実に巧みにとり入れて成功している〟と評価するのは、その場面にふさわしい音楽が幅広いジャンルから選ばれ、芝居に生きた歌詞となって挟み込まれているという意味ではないか。

美空ひばりもある。

〈「上海」[2]（B・ヒラード、M・デラッグ）

美空ひばり　シングル・スタンダード〉（『初日への手紙』第三部「夢の痂」選曲予定リスト）

ジャズのスタンダード「上海」は、一九五一年にドリス・デイが歌って大ヒットし、ペギー・リーやビング・クロスビーなど有名歌手が次々とカバーし、名曲となった。そうした錚々《そうそう》たる本場の歌手が群居する中で、十五歳の美空ひばりが一九五三年に吹き込んだ版《ヴァージョン》を、「東京裁判三部作」の第三作め『夢の痂《かさぶた》』の中で選んでいる。挿入された六曲中、クルト・ワイルは一曲だけで、残り五曲中の一曲が美空ひばりだった。

ひばりの「上海」の歌を聞いてみると、日本人が歌っているとはとても思えない発音とリズム、そして音色豊かな歌いっぷり。

井上は、小学生時代に観た主演映画『悲しき口笛』以来のひばりファン。

〈高三のときは田舎におばあさんがいましたんで、夏休みにそこへ行って、しきりに美空ひばりの映画を観ました。非常に愉しかったですね〉（つかこうへいとの対談「情報整理とカタルシス」『国ゆたかにして義を忘れ』河出文庫）

井上は美空ひばりをまず女優として認めているのだが、アメリカの有名歌手が歌う「上海」より、十五歳のひばりの歌ったヴァージョンを選ぶということは歌手としても認めている証拠である。「上海」録音の二年前、十三歳になったばかりのひばりは、太平洋戦争中でのハワイ日系二世部隊の殊勲を顕彰する記念塔建立の基金募集のために、映画『東京キッド』で共演した川田晴久と共に、二ヶ月間ハワイ、米西海岸へ初の海外興行を行っている。その滞米中に、鋭い感性のひばりはジャズの音感を身につけたのではないだろうか。ボブ・ホープにも会い、彼の持ち歌「ボタンとリボン」を英語で歌っている。

〈「上海」(「天の贈り物」原曲)は、やさしそうでいて、じつは難曲でした〉(『初日への手紙』第三部「夢の痂」)

この唄を歌う繭子役の女優(熊谷真美)は、井上が用意したひばりの歌う「上海」の音源を聞き、メロディーを覚えながらどんな歌詞になってくるかと、出来あがりを心待ちにしていたに違いない。吉田秀和の文が書かれた時期は、井上の遺作となる『組曲虐殺』(二〇〇九年十月初演)の上演には間に合わないが、「上海」が挿入された二〇〇六年初演の『夢の痂』、遺作の前作『ムサシ』(二〇〇九年三月)には間に合っている。

さて『ムサシ』だが、念願のブロードウェイ上演ではなかったものの、二〇一〇年、ロンドンとニューヨークの演劇祭に招待された。井上も現地に観に行くつもりでいたが、果たせなかった。亡くなって三ヶ月後、ロンドンに続くニューヨーク「リンカーン・センター」からの招待公演。わたしも井上が行けなかった代わりにという思いでNYまで観にいったのだが、客席は、日本人用にプロダクション側が用意した席の空席以外、現地の観客で満員だった。客席のどこかに、井上がいるのではないか、と思える気配を何か感じてしまった。

ブロードウェイから少々離れた場所で、しかもある意味ではより正規といえる大劇場での公演を、四日間にわたり果たしたことになる。（七月七～十日）。「ニューヨーク・タイムズ」の劇評も大好評。井上が読んだら何と言っただろうか。

二〇一三年にはシンガポール、翌一四年には韓国でも上演された。〝日本人の、あるいはアジア人のミュージカル〟を目指した井上の意図が報《むく》われた、と言っていいのではないだろうか。

（1）作曲家ポール・ドレッサー（Paul Dresser　一八五七―一九〇六年）

南北戦争直前にインディアナ州に生まれた、十九世紀末の重要な作曲家。最初は聖職者になるために学ぶが、一転して十六歳でヴォードヴィル・ショーの歌手に。八〇年代にニューヨークに移り、音楽出版社の創業メンバーに。ソングライターとしてセンチメンタルな曲で大人気を得る。四十七歳の若さで亡くなるが、井上が『太鼓たたいて笛ふいて』で取りあげたのは、インディアナ州の中央を流れるウォバシュ川を歌った曲。この曲は州歌となり、当地には彼の業績を記念する組織がある。

なお、井上が青春映画ベスト1に挙げた、エリザベス・テイラー主演映画『陽のあたる場所』の原作『アメリカの悲劇』の作家、セオドール・ドレッサー（一八七一―一九四五年）は実弟。

（2）「上海」

原曲の正式名は「(Why Did I Tell You I Was Going To) Shanghai」。作詞のボブ・ヒリアード Bob Hilliard（一九一八―一九七一年）は高校卒業後、NYの音楽街ティン・パン・アレーで働き、その後ブロードウェイへ。映画『ふしぎの国のアリス』（一九五一年製作）の音楽の詩を担当。作曲のミルトン・デラッグ Milton DeLugg（一九一八―二〇一五年）は作曲家であり演奏家。バンド・リーダーでもあり、放送番組を持つなど幅広く活躍。

ガーシュインとは父子のDNAが

井上がミュージカルという、アメリカが生んだ独自の舞台世界に目を開かれたのは、「中学時代のベスト3」の二位に挙げたガーシュインの伝記映画『アメリカ交響楽』（Rhapsody in Blue 一九四五年 モノクロ）がきっかけというはっきりとした言質《げんち》がある。

〈ブロードウェイの匂いを嗅ぎとった最初は、新制中学一年のときに観たアーヴィング・ラパー監督の『アメリカ交響楽』（Rhapsody in Blue）だったことは、それはもうたしかである。（略）

戦後は（敵国音楽としてレコードを壊した町の有力者の）うるさい人もいなくなり、（鉄針の代用品）竹針蓄音機で（略）堂々と聴くことができるようになったが、それまでわけもわからず聴いていた曲が次から次へと（『アメリカ交響楽』の）巨大なスクリーンから聞こえてきたので仰天してしまった〉（「ブロードウェイ仕事日記」『遅れたものが勝ちになる』）

亡き父親が遺したガーシュインのレコードによって耳に覚えのあった曲が、映画『アメリカ交響楽』では、次々と動く画像での演奏で現れるのだから、たまらなく心踊ったに違いない。

〈また映画に出てくるガーシュインの曲に、《死んだ父親》を見たと思ったことも、この映画に熱中した理由のひとつにかぞえてもいいかもしれぬ〉（同前）

父親にも映画を観せたい思いだったのではないだろうか。

しかし、〝立派な小説家〟の友人たちとミュージカル映画について話してみると、そろって呆れる感度なのだ。

〈筆者がガーシュインの伝記映画である『アメリカ交響楽』や、ガーシュイン・メロディを全編に散りばめた『巴里のアメリカ人』をミュージカル映画の上位に挙げると、彼等は言下に、「田舎臭い趣味だな」と鼻先で笑い、『バンド・ワゴン』がいいだの、『ウエストサイド物語』につきるだのと言い競っているので唖然となったことがある。

このへんではっきり言っておいた方がいいだろう。ガーシュインに無知のままミュージカルを受け入れようとしても無駄なのだ〉(「服部良一物語」扇田昭彦責任編集『井上ひさし』)
ガーシュインを共感できる作家仲間は、色川武大(阿佐田哲也)しかいなかったのだろうか。
〈『アメリカ交響楽』によって、ガーシュインの音楽がブロードウェイというところと関係が深そうで、どうやらそこを根城に生み出されたものであるらしいということ、(略)この系統の映画はできるだけ見逃さないようにつとめた。そんなわけで高校三年のときのガーシュイン・メロディ集大成の『巴里のアメリカ人』まで、わたしの生活の大半はほとんど映画館の暗がりの中にあった。(略)
とにかくわたしは音楽気のあるアメリカ映画を主食に育った〉(『遅れたものが勝ちになる』)
〝音楽気のあるアメリカ映画〟の最たる作品といっていい『巴里のアメリカ人』[1](An American in Paris)は高校時代の「ベスト10」の第八位。それにもかかわらず、『青葉繁れる』では、この映画について、身も蓋もない扱いをしている。
〈「……巴里のアメリカ人をどう思うッぺ?」
「巴里のアメリカ人?……巴里の人から見たら、巴里のアメリカ人は外国人つうことになっぺね」〉
男女共同公演『ロメオとジュリエット』の翌日、後片付けを手伝いにきた二人の女高生たちと落第組「六組」の仲間五人はデートの約束をとりつけた。しかしやってきたのは美人度最低のたん瘤《こぶ》一人だけ。気に染《そ》まない相手をするはめになったデコに、こんな戯謔的な返事をさせているのだ。
しかし、実際の井上はどう思っていたのか。
〈ぼくは「巴里のアメリカ人」という映画にはすごく点が甘いんです。ですから、一時、フレッド・アステアが偉いか、(『巴里のアメリカ人』主演の)ジーン・ケリーが偉いかという、好き者のあいだでの議論があって、じつはどう考えてもフレッド・アステアのほうがシャープですごいと思うんだけど、ちょっと泥くさいジーン・ケリーのほうを贔屓して、結局負けたりなんかして……(笑)。悔しい思いをしたりしました〉（対談「焼跡の映画館」）

デコに返事させたそっけなさとは裏腹に、『巴里のアメリカ人』に対する井上の思いは深く、映画会社の宣伝マンよりも熱い。

〈一九二二年版の（ブロードウェイの代表的なショー）「ジョージ・ホワイトのスキャンダルズ」で、二十三歳のガーシュインが初めてのブロードウェイヒットを飛ばした。映画『巴里のアメリカ人』（ヴィンセント・ミネリ監督一九五一年度作品）を御覧になった方なら思い出していただけるだろうが、ジーン・ケリーの恋敵のジョルジュ・ゲタリ[2]が歌った「天国への階段を作ろう」（I'll Build a Stairway to Paradise）がそれである。未見の方は騙されたと思ってレンタルショップに駆けつけ、この歌だけでもお聞きいただきたい。ブルースの語法をふんだんに取り入れながらも華やかで、粋でありながらも粘っていて、「こういう音楽が鳴り響くところにしか、ショーというものは成立しないのだ」ということを直感なさるにちがいない〉（「服部良一物語」〝ガーシュイン（二）〟扇田昭彦責任編集『井上ひさし』）

パリの豪華劇場。燕尾服のゲタリが舞台中央から客席に向かって伸びた花道を、巧みなフランス語で客席に語りかけながら歌い、そして戻っていく。それにつれて背後の舞台の幕が上がり、中央にカーブした美しい白い階段が現れる。天国への階段を暗示するように——。

その階段を歌いながら上っていくと、上から白いロングドレスの華麗なダンサーたちが、彼を天国へ迎えるかのように階段の両側から下りてくる。

その中でゲタリが唄うのが「天国への階段を作ろう」なのだが、『アメリカ交響楽』の中でこの曲が作られる逸話が登場する。

『巴里のアメリカ人』への井上の熱い思いは、ミュージカルへの思いと不可分に重なっている。

（1）『巴里のアメリカ人』（An American in Paris　一九五一年）
　ガーシュインのパリ留学時代をモデルにし、画家志望のアメリカ人（ジーン・ケリー）と、フランス人の若いダンサー（レスリー・キャロン）との恋を描く。ケリーとキャロンがジョージ・ガーシュインの楽曲「パリのアメリカ人」をバックに踊る十八分間に及ぶ有名なダンスシーンがある。ジョージ・ガーシュインとその兄アイラ・ガーシュインのコンビによるナンバー「パリのアメリカ人」、「アイ・ガット・リズム（I Got Rhythm）」、「ス・ワンダフル（'S Wonderful）」、「わが愛はここに（Our Love Is Here To Stay）」などが次々と登場する。

　主人公の友人で作曲家志望のアメリカ人を演じるのは、オスカー・レヴァント。実際にパリに留学していたガーシュインを投影した役。『アメリカ交響楽』では、ガーシュインのライバルだったレヴァントを彼自身が演じていたから、井上は懐かしい友人をみつけたような気分になったのではないだろうか。
（2）ジョルジュ・ゲタリ（Georges Guétary　一九一五―一九九七年）
　フランスの歌手、ダンサーで俳優。『巴里のアメリカ人』では歌手で、レスリー・キャロン演じる若いダンサーの幼い頃からの恩人で婚約者役。ソロで歌う「天国への階段」がもっとも知られ、『巴里のアメリカ人』ではジーン・ケリーと「'S Wonderful《ス・ワンダフル》」を、恋敵とは知らないまま共に歌う。

　彼の歌声は、〝ラテンの恋人〟といわれるほど魅力的で、フランスでは演劇や映画に出演し大人気だった。両親はギリシャ人で、エジプト生まれ。有名な父の後を継いでテキスタイルを学ぶためパリへ。同時に歌も習ったことからキャリアがスタートする。

『アメリカ交響楽』に登場する音楽関係者

　中一のとき公開の『アメリカ交響楽』を通じて知ったアメリカ最先端のショー・ビジネスの世界と、東北の微小都市・小松町にやってくる座員五、六人の小一座とは、相通じていると中学生の井上は鋭く感知する。

〈そのころの、たいていの少年がそうであったように、わたしも野球と映画と実演に夢中だった。とりわけ実演には狂っていた。（略）わたしたちは（『ワンツー佐藤と虹の楽団』の実演に）すっかり感じ入り、しびれてしまった〉（「ブロードウェイ仕事日記」『遅れたものが勝ちになる』）
楽団といってもアコーディオンと小太鼓だけによる演奏、歌、踊り、おばさん座員の漫才、座長による有名謡曲師の声帯模写、手品と手を変え品を変える演目。十八、九歳の娘がスターで、その妹が中学生の井上と同じ年頃。姉の洋舞はあやしげで、妹は何をやっても未熟だった。しかし、かぶりつきから垣間《かいま》見える、鋭い目つきの老人は姉妹の出を促したり、引幕を開けたり閉めたりなど、全力を尽くす。そうした裏方の働きに感動を覚える。

〈ここまでを整理すれば、知らず知らずのうちにわたしたちは、生《なま》の舞台では、客席と舞台とがなにかの拍子にひとつになれば劇場ではいかなる奇蹟も可能になること、（略）一言でいえば、それとは知らぬうちに劇場の生理というものを感じとっていたのだった。そういう素地があったからこそ『アメリカ交響楽』を七回も八回も観たのだろうと思う〉（同前）

しがない小一座から、〝劇場の生理〟を感じ取るとは。しかも中学のときに。少年・井上はどんな

G・ガーシュインをモデルにしたミュージカル映画『巴里のアメリカ人』（1951）

G・ガーシュインの伝記映画『アメリカ交響楽』（1945）

感性を持っていたのだろう。劇作家の素である舞台空間への鋭い感知能力がうかがえ、驚かされる。

『アメリカ交響楽』がニューヨークで公開されたのは、第二次世界大戦が終わる二ヶ月前の六月で、ガーシュインの死後まだ八年。

つながりの強かった人物の多くが存命していたため、映画ではそれらの人々を本人自身がBy himself、あるいはBy herselfとして演じている。そのこともこの映画が井上を惹きつけた大きな理由だったはずである。

〈周知のようにこの映画はジョージ・ガーシュインの伝記映画だが、（ジャズ王の）ポール・ホワイトマンだの、（人気歌手の）アル・ジョルスンだの、（芸能界の大立者の）ジョージ・ホワイトだの、（黒人歌手の）ヘイズル・スコットだの、（ピアニストで俳優の）オスカー・レヴァントだのが彼等自身の役で出演しており、そこにわたしは劇場の「裏」を感知したのである〉（同前）

右記の実在のミュージシャンたちによって、映画の原題でもある「ラプソディ・イン・ブルー」はじめ、「スワニー」「パリのアメリカ人」「ポーギーとベス」などのガーシュインの主要な名曲が、次々と演奏され唄われる。

中でも、井上に〝劇場の「裏」を感知〟させた最大の人物が、日本人にはなじみのあまりないジャズ王ポール・ホワイトマンである。彼もまたBy himselfの一人として登場する。

彼こそがアメリカ音楽における重大な役割を果たしたと、井上はホワイトマンの存在意味を熱く説く。

〈国家が強大になるにつれて諸文化は統一の方向に向かうのが常である。だれかがそう企むというのではなく、「国民国家」が形成されて行く過程ではすべてが自然にそういう動きをすることになるのだ。（略）アメリカもこの道程を辿った。そして音楽の面でも、「アメリカを真に代表する音楽はどういうものであるべきか」が問われ始めていた。

ここにポール・ホワイトマン（Paul Whiteman　一八九〇―一九六七）という人物が登場する。「白人《ホワイトマン》」なる名前が災いして戦後は埋もれてしまったが――もっとも亡くなる寸前までABC放送の音楽総監督を務めていたぐらいだから「埋もれてしまった」は言い過ぎかもしれないけど、戦前のホワイトマンが、アメリカの国民音楽を創ろうという全国的な大きな動きの中心にいて、終始ぴかぴかの栄光に包まれていたことを知っている者には、戦後の彼は「埋もれてしまった」としか思えない〉（「服部良一物語」〝ガーシュイン（二）〟『井上ひさし』）

テレビ放映を含め『アメリカ交響楽』を何度か見ていたのだが、知識のなさから画面に登場するホワイトマンを単なる〝バンマス〟程度にしか見ていなかった。改めてDVDで見直すと、彼こそがアメリカ独自の音楽文化を創りあげた実在人物だったのか、と感慨を新たにする。

〈じつは筆者は、昨日も、ホワイトマンを見た。ガーシュインの伝記映画『アメリカ交響楽』（原題はRHAPSODY IN BLUE　監督アーヴィング・ラパー／ワーナー一九四五年度作品／日本封切昭和二十二年）に、ホワイトマンが彼自身の役で出演しているので、いつでも好きなときに見ることができるのである。お盆型の顔にチョビ髭、しかも後退の始まった髪をコスメチックでぴちっと固めているのでお盆型の輪郭がますます強調される。体付きは太り気味でなんとなく丸々としており、その丸い胴体の上に丸い顔が乗っていて、乱暴に言えばまるで雪だるまだ。その上、小さい奥目はいつもきょときょと辺りを窺っているようで、どう見ても「ジャズ語法とクラシック語法の融合を目指す一大運動の中心人物」とは思えないが、しかしひとたび指揮棒を手にするとがらり印象が変わる。彼の指揮棒はそのままフェンシングができそうなほど長く、盲人杖よりも白い。その指揮棒を軽々と扱いながら、ニューヨーク市のクラシック音楽の殿堂エオリアン・ホールで「ラプソディ・イン・ブルー」の初演を振る場面はなるほど威厳と誇りに満ちており、「この人はやっぱり偉大な歴史的人物だったのだ……」と、いつも感動させられてしまう〉（同前）

と、容貌に似合わない優れた偉業を語るのである。

井上は音楽専門家でもないのにもかかわらず、ホワイトマンの存在意義——つまりアメリカ文化の根っこを教えてくれた。

ちなみにエオリアン・ホールとは、オルガン会社が作った〝音楽の殿堂〟で、カーネギー・ホールと肩を並べている。

『アメリカ交響楽』でのクライマックスは、「ラプソディ・イン・ブルー」の初演シーン。ガーシュイン役のロバート・アルダによるピアノ演奏（オスカー・レヴァントによる吹替）とホワイトマン楽団との共演である。

井上が言う通りの丸まっちい顔で指揮するホワイトマン本人と、正面を向いているドラムの白い革に丸顔のカリカチュアが楽団マークとして描かれていて、そのシンクロが何とも言えずユーモラスでおかしい。大物でありながら、権威とその逆とが同居している存在なのである。

さらにそのホワイトマンは、〝ホワイト〟氏によって見出されたことも井上は指摘する。

〈（ホワイトマンは）オーケストラでクラシック曲を演奏しているうちに、新しい音楽であるジャズに魅せられて、突如としてダンス・バンドを結成、三十一歳（一九二〇）の時にバンドごとニューヨークに移ったのだ。初めのうちは場末のダンスホールやナイトクラブで演奏していたが、間もなくジョージ・ホワイトに見つけ出され、彼のショー「ジョージ・ホワイトのスキャンダルズ」（George White's Scandals）に出演することになる〉（同前）

ホワイトマンを見出すなど、芸能界を仕切っていた大立者ジョージ・ホワイト。彼もまたBy himselfを演じている。当時の音楽業界の大ボスの存在についても、井上はブロードウェイの初演LPを集める過程で知っていったのではないだろうか。

By herselfとして女性も登場する。実在のミュージシャンの名の中で、ヘイゼル・スコットだけが女性である。

ガーシュインがパリに遊学しているとき、高級ナイト・クラブを訪れると黒人女性歌手ヘイゼル・スコット（Hazel Dorothy Scott 一九二〇―一九八一年）が、ピアノを弾いている。

ピアノ近くのテーブルに着いたガーシュインに気づいた彼女が、巧みなフランス語でガーシュインを紹介した後、黒人ならではのスイング感いっぱいに彼のヒット曲「I Got Rhythm《アイガットリズム》」などを歌う。井上はその日本人にはないうねるようなリズム感にわくわくしたのではないだろうか。

ちなみに、アメリカ人ミュージシャンの彼女がパリにいた理由は、映画では触れられていないが、赤狩りのマッカーシー旋風から逃れてのことだった。

『アメリカ交響楽』に登場する音楽関係者は、アメリカ音楽を独創的に作っていった歴史的人物ばかり。まるで映画が「動くアメリカ音楽博物館」の様相を呈している。

〈僕の場合は中物語が好きでしたね。大物語じゃなくて、中物語。小市民映画。最後は登場人物たちがみんな幸せになるやつ〉（つかこうへいとの対談、同前『国ゆたかにして義を忘れ』）

ニューヨークに入港し、二十四時間の上陸許可を与えられた下っ端水兵三人の、一日だけの恋愛騒動を描いた、陽気で楽しいミュージカル映画『踊る大紐育《ニューヨーク》』（On The Town、一九四九年、カラー）。高校時代の「ベスト10」の9位に挙げている。

井上はこの映画を見て、水兵三人とそれぞれの相手の女性三人が共に幸せな一日を過ごしたことに幸福感を共有したと思われる。

選んだ理由は、三人の水兵の相手の女性を、〝ぼくはほんとうに好きだったんですね〟というヴェラ・エレンと、さらにこれまた好きなアン・ミラーが演じていたせいであると思える。三人のうち二人がお気に入りの女優なのだ。

こうした能天気とも思われる単純で楽しいミュージカル映画が、高校時代から好きだったのだ。映画評論家や文化人という偉い人はほとんど評価しないジャンルである。井上独自の映画への見方が、ここによく表れている。

第6章　映画館の暗闇から井上ひさしは生まれた

だれも「ベスト10」に挙げない『ミラノの奇蹟』

月刊誌「文藝春秋」編集部から「あなたの洋画ベスト10は？」というアンケートが、映画関係者、文化人たち数百人に発送された。その内の一人だった井上は、大作『東京セブンローズ』などの連載中で多忙をきわめているにもかかわらず、苦心惨憺《さんたん》の末、次のように回答した。

1位　ミラノの奇蹟[1]
2位　昼下がりの情事
3位　シェーン
4位　第十七捕虜収容所
5位　虹を摑む男
6位　天井桟敷の人々
7位　お熱いのがお好き

8位　パリ《ママ》のアメリカ人
9位　雨に唄えば
10位　スパルタカス

井上、五十三歳のときの回答だ。

第1位として挙げたのは、イタリア映画『ミラノの奇蹟』（MIRACOLO A MILANO 一九五一年、モノクロ）。しかしこの映画は、大アンケートを集計した文庫本『洋画ベスト150』の10位内はもちろんのこと、掲載されている205位までにも入っていない。

アンケート集計での1位はフランス映画『天井桟敷の人々』。

井上もこの映画を6位に挙げてはいるが、その他の九作で統計のベスト10と重なっている映画は一本もない。（アンケート集計の2位以下は『第三の男』『市民ケーン』『風と共に去りぬ』『大いなる幻想』『ウエスト・サイド物語』『2001年宇宙の旅』『カサブランカ』『駅馬車』『戦艦ポチョムキン』）。

それほど井上の映画の選び方はユニークということだ。

その最たる映画が1位にも挙げた『ミラノの奇蹟』である。観たことのある人も少ないだろう。大手レンタルDVD店にもストックされていない。なにか幻の映画のように思えてしまう。

幸いにも、神奈川近代文学館で開催された「井上ひさし展」（二〇一三年四月二十日〜六月九日）のイベントで、〝井上ひさし最愛の映画「ミラノの奇蹟」上映会〟が二日間催され、この時、初めて観ることができた。近代文学館はこの映画の8ミリを業者から借り、上映したという。ほぼ満席だった。

井上の秘書で劇作家の小川未玲もこのとき初めて観て、タイトルから推《お》してもっとヒューマンな作品を想像していただけに、意外な気がしたという。その理由は、思っていた以上にハチャメチャなフアンタジーでパンキッシュだったからだ。

「寄る辺《べ》のない貧しい人たちが、力をあわせて居場所を作っていくところといい、ばかばかしいほどの型破りで愉快な展開といい、井上ひさしが描く世界そのものでした」

彼女も相当に奇想天外でファンタジー溢れるおもしろい脚本を書くのだが、驚きを隠せないでいた。

粗筋は、赤ん坊のトトを拾ってくれたお婆さんが亡くなり、預けられた孤児院から成人年齢に達したため世の中に出た後、広場に廃材で貧しい人たちのために家族数に合わせた掘っ建て小屋を無料で建てるのだが、石油が噴出したことから大騒動になるというファンタジー・ストーリー。

日本公開は一九五二年、井上が高校三年の十一月、受験を前にした時期である。


『ミラノの奇蹟』をベスト・ワンに選んだ井上のユニークさについて、映画好きで知られる直木賞作家・長部《おさべ》日出雄《ひでお》にインタビューを申し込んだ。

自宅に伺うと、原稿にした形でこう説明してくれた。

「1位に挙げたことが何よりも注目に値することです」

と、ランク付けをまず評価する。

「第二次世界大戦の終了後、戦火によって惨憺たる被害を蒙ったイタリアの映画界に、〝ネオレアリズモ〟（英語の呼称は「イタリアン・ネオリアリズム」）という新しい映画作法が生まれました。大スターを使ったり、大掛かりなセットを組んだりする予算がないので、出演者に素人を起用し、戸外のロケーションを主に撮影する、ノースター、ノーセット、ノーライトのドキュメンタリー的な手法です」

『ミラノの奇蹟』は、その通りの手法によっている。

「つまり、豪華なセットを組み、ライトをふんだんに当てて、大スターを綺麗に撮ることに全力をあげる従来のハリウッド様式とは、正反対の方法ですね。この方法は、アメリカを除いては貧しかった戦後の各国の映画界に衝撃的な影響を与え、各国の観客に強い共感も呼びました」

と解説し、次《つ》いでストーリーの概要を説明。

「どうです、いかにも井上さんが好みそうな物語でしょう。これはそのまま井上さんの劇世界と見ても不思議ではありません」

秘書の小川と同じ意見である。

「『ミラノの奇蹟』は、ネオレアリズモの手法で描いたファンタジー映画なのです」

井上と長年の映画の友であった長部だけに、井上独自の嗜好の傾向を見事に突いている。

井上の他にもう一人、『ミラノの奇蹟』を、

「あまりにおもしろかった」

と公言してはばからない作家がいる。須賀敦子である。

「その映画について、ある日、夫の家で私が話したときのこと、あんまりおもしろかったから、三回も見ちゃった、と私がいうと、あはは、と（夫の）ペッピーノが気の抜けたような笑い方をした。

『あの映画のシーンはどこで撮ったか知っているかい？』

『わからない』

『土手の向こうさ』

『むこうって？』

『三ツ橋（注：ミラノとローマ間の鉄道ガードが三叉に分かれている場所）のあっち側だよ。あそこならデ・

シーカらしく、背景にはなにもつけくわえる必要がなかったんじゃないかな。あのあたりで全部、ロケしたんだから』」（『トリエステの坂道』新潮文庫）

この文章が納められている章のタイトルは「ガードのむこう側」。

放置されて荒れたままのガードのむこう側の土地には、戦争中の爆弾市街戦で家を失った人たちが違法を承知で流れ込むように住みついていた。資本金のない彼らが日銭をかせぐには、「ふたつの商売がてっとりばやい。いうまでもないが、廃品回収と売春だ」

「ガードのこちら側」の鉄道官舎に暮らしていた亡き須賀の義父は、そうした商売の女性のへそくりをヒモにもっていかれないように、預かっていたというのだから驚きの繋がりである。庶民層は義母を含め銀行を頭から信用していない。

須賀敦子がミラノに住むようになったのは一九六〇年代。すでにガードの向こう側は、北欧ふうの共同住宅が並ぶ中流の下といった地域になっていて、外から来た須賀が〝いかがわしい過去〟を知る由《よし》もない。だから、須賀が『ミラノの奇蹟』の話題に触れると、夫と姑《しゅうとめ》がふっと話題を変えてしまうのが彼女には不思議におもえてならないわけだ。夫と義母が示す反応の理由となったいわくある事情が解けていく過程が、須賀独特の豊かな襞のある文体によって書き込まれていく。

映画関係の資料には出てこない隠れた裏話である。

ちなみに、須賀敦子は右記の文章を収録した『トリエステの坂道』より五年前に処女出版した『ミラノ　霧の風景』（一九九〇年）で講談社エッセイ賞と女流文学賞をダブル受賞し、華々しく六十一歳で文壇にデビューする。

井上は、講談社エッセイ賞の選考委員の一人だった。

〈ミラノの深い朝霧、薄紫の夕靄《ゆうもや》、菩提樹の花の匂い、遠くから聞こえてくる夕べのお告げの鐘、遠くでこだまする汽笛、そして干し草の匂い。こういったものを丹念に塗り重ねながら、その向こうに、須賀敦子さんは「自分が愛したイタリア」を静かに浮かび上がらせる。その中からゆっくりと姿を見せはじめる友人たち。絵を描くように、須賀さんは文章を書く。その筆さばきは遠回しのように見えるが、じつはそうではなかった。丹念に塗り重ねられていたのは、ほんとうは「時間」だったのである。やがてわたしたち読者は、それらの友人たちの過去に「ヨーロッパの悲劇」が隠されていたことを知らされ、ヨーロッパの文化の底にあるものにまで導かれる。きびしい個人的な選択を経た世界、これがその底にあるものだった。『ミラノ　霧の風景』は、霧の向こうの世界に去って行った時間を、見事に現前させた。これもやはり筆の力だ〉(『井上ひさし全選評』白水社、「1999年」。他の選考委員は丸谷才一、大岡信、山口瞳)

その後評判となる独特な須賀の文章の本質を、「時間」を描くことにあると先駆け的に摑み取っている。

井上と須賀とは、数少ない〝『ミラノの奇蹟』愛好仲間〟だった。

(1)『ミラノの奇蹟』

ヴィットリオ・デ・シーカ監督、一九五一年公開作品。赤ん坊の時キャベツ畑に捨てられ、ロロッタ婆さんに拾われ、トトと名付けられる男の子(F・ゴリザーノ)は、六つになったときお婆さんが亡くなり、彼が黒服の男に連れて行かれた先の石造りの建物の入り口上にはORFANOTRIFIO(孤児院)の文字が。十八歳になると、戦後の貧しいミラノの街に小さい手鞄一つだけで出される。それなのに、底抜けに善良な彼は、鞄を盗んだ乞食老人が「この鞄が好きだ」と言い訳すると、中身だけ取り出して、その鞄をあげてしまうのだ。その好意ゆえから、泊まる所がなかったトトを、乞食老人は雪の原っぱに廃材トタンで作った土管状バラックで過ごさせてくれる。

トトは、その原っぱに集まってきた貧しい人々と廃材で一大バラックの部落を建て、タダで皆に家族構成により割り当てしながら分配する。その落成の祝いの夜、広場の真ん中から石油が吹き出すと、資本家の地主は私兵を使って追い立てを謀る。その時、天からロロッタ婆の霊が降りて来て、トトに全ての望みを叶える鳩を与えたことで、軍勢を追い払い広場を取り戻す。鳩の力を目の当たりにした住民たちは、我先に金品を望み、気のいいトトは人々の言うなりに。彼に想いを寄せる娘エドウィジェ（ブルネラ・ボーヴォ）だけが傍《そば》で心配する。彼女が案じた通り、最後にはとんでもない金額の現金を要求する乱脈ぶりに、ロロッタ婆は鳩を天に取り返してしまった。

魔力を失ったトト側の民衆は、広場に雪崩れ込んできた地主の軍勢によって監獄馬車に積み込まれる。馬車がミラノ大聖堂の前へさしかかった時、ロロッタ婆の霊は鳩を再びトトに渡すと、監獄馬車の覆いは外れ広場に逃れ出たトトたちは——まるで『メリー・ポピンズ』の集団版みたいになっていく。

イタリアとの関わり

『ミラノの奇蹟』を井上がナンバー・ワンに挙げた理由の一つに、トトが孤児院育ちということもあるのではないだろうか。トトより期間は短いが、十五歳から十八歳まで（中三の秋期から高校三年まで）井上も孤児院で暮らしている。

〈僕《ぼく》がラ・サール・ホームに入ったのは、昭和二十四（一九四九）年九月でした。日本はまだ、みんなが下駄《げた》を履《は》いていた時代です。出来たばかりの児童養護施設には、仙台をはじめ東京からもたくさんの戦災孤児が集まっていました。

児童養護施設、戦災孤児……つらい思いがありそうですが、当時の子どもはあまり悲観的ではありませんでした。その頃《ころ》の日本全体がそうだったように、頑張れば光は見えてくるという希望があったようです〉（「児童養護施設の青春」『ふかいことをおもしろく』ＰＨＰ文庫）

国中のみんなが貧しかったからだろうか、孤児院に暮らしながら井上はトトのように希望を持っていた。

孤児院の子どもたちが独自の能力を世界に向けてダイナミックに生かす姿を描いた小説に『黄金《きん》の騎士団』がある。残念ながら未完のまま死後に刊行されたのだが、もっと先を読みたかったと評判が高い長編である。井上は孤児院の子どもたちの希望を描きたかったのではないか。

井上は、イタリアに縁があるようで、学生時代イタリアに映画留学する話が起こっていた。縦書きの便箋に一文字一文字が大きな字のペン書きで、母へ手紙を出している。

〈ごぶさたしました。
背広をどうもありがとう。今日は授賞式で日本のいわゆる最高級の芸術家たちと肩をならべて受賞してきましたよ。大きな賞状は、新春にはもっていきます〉

一九五八年、二十四歳。『うかうか三十ちょろちょろ四十』で芸術祭賞脚本奨励賞を受賞したときの手紙である。音楽関係では、武満徹《たけみつとおる》、間宮芳生《まみやよしお》が受賞した。放送では、北林谷栄《たにえ》、市川染五郎、演劇では歌舞伎の尾上多賀之丞《おのえたがのじょう》、大衆芸能では歌手のペギー葉山など多彩な名前の中に、井上はまだ本名の「井上廈」のままで記されている。

母親に授賞式用の背広を買ってもらい、借金もするなどまだ経済的に楽ではないとき、新春に釜石に赴くには理由があった。

〈というのは例のイタリアの身元引受人を関西にではなく、東北にひっぱり出して、あわよくば釜石をおとずれようという魂膽。
そのときに借りたお金は持っていきます。
なお、イタリアへは、それからのことですから、あまり心配しないでください。とにかく大変に良い日でした〉

賞を受けた時期にイタリアの映画学校チネチッタへの留学の話があったという。『ミラノの奇蹟』が日本公開された六年後のことである。

井上は留学のことを、夫人のユリがイタリアで料理修業した話の流れの中で、

「俺、チネチッタに行くって話があったんだ。やっぱり行ってくりゃよかった」

と、語っている。軽い口ぶりだったという。

イタリア留学のことは「年譜」に載っていないが、映画のメッカ、チネチッタ留学だけに後悔の思いも残ったはずである。

長男の佐介が父と一緒に観た覚えがあるのは『ミラノの奇蹟』とダニー・ケイの『虹を掴む男』。一階にある36インチの画面で、亡くなる二、三年前のことだった。
「二階の父の部屋にはビリー・ワイルダー作品が三本積まれていて、そのうちの一枚は、『第十七捕虜収容所』だった」
井上は、『ミラノの奇蹟』というネオレアリズモ作品を第1位に挙げながら、その一方で、ハリウッドの大御所ビリー・ワイルダー作品を、ベストテンのうち三本も入れている。
2位『昼下がりの情事』
4位『第十七捕虜収容所』
7位『お熱いのがお好き』
それだけに、「好きな監督」という項目の答えは、当然ながらビリー・ワイルダー。
〈この作家は「場の力」を非常に重視する〉（「ビリー・ワイルダー」『洋画ベスト150』）
と一言で言ってのけている。

〈筆者の観たものだけで云っても、『失われた週末』のアパートの一室、『サンセット大通り』の無声映画大スターの荒れ果てた大邸宅、『麗しのサブリナ』の大金持の大邸宅、『七年目の浮気』のアパートの上と下、『翼よ！あれが巴里の灯だ』の狭苦しい操縦席、『昼下がりの情事』のパリの超一流ホテル、『情婦』の法廷、『お熱いのがお好き』の列車内部、あるいは楽団という共同体的「場」、『アパートの鍵貸します』のアパートの部屋……紙幅がないので、六本ばかり抜かして、『フロント・ページ』の新聞社など、いずれも物語の展開をできるだけ小さな「場」に閉じこめ、しかもその「場」にあるものは小道具の果てまで活用し（ほんの一例をあげれば、『第十七——』の電灯コード、または『フロント・ページ』の書物机）、劇《ドラマ》の圧力を高めておいて、サスペンスと笑いを引き出す（略）。

物語をできるだけ小さな「場」に閉じ込めてしまうという作劇法は、映画のもつスペクタクル性にそぐわないが、ワイルダーはそのスペクタクル性の欠如を、人物をより深くおもしろく造型することや語り口のうまさで補っているようだ。こうして「場所の力」を重んじた結果、彼の描く人物は途方もなくおもしろく、彼の話術は絶品中の絶品。筆者は彼のこの人物たちと語り口＝話術とに深甚の敬意を払っている。できればワイルダーの骨法を盗みたい〉（同前）

小さな「場」に閉じ込めることで、かえって人物を面白くしてしまうワイルダー作劇法への感嘆。ワイルダー映画を「場」で捉えるという見方は、井上の演劇空間に通じているのかもしれない。

『虹を掴む男』が特別なワケ

「文藝春秋」誌の大アンケートでベストテンの5位に挙げた『虹を掴む男』（The Secret Life of Walter Mitty 一九四七年、モノクロ）は、井上にとって特別な映画である。

なぜなら、生涯で十代から五十代にかけて映画に関してアンケートに三回答えているのだが、三回ともこの映画の名を挙げているからだ。

・一回め「高校時代のベスト10」（十代）1位。

・二回め「高校生からのアンケート」（四十代）〝あなたの好きな喜劇映画〟の部（『お熱いのがお好き』と共に）。

・三回め「好きな洋画ベスト10」（五十代）5位。

こうした映画は他にない。

さらに、『虹を掴む男』がいかに大事な映画かという、はっきりした発言がある。

気の合う劇作家つかこうへいとの対談で、つかの、

「ジュリー・アンドリュースが出た『ハワイ』を観てどっきりしたんです」

という発言をきっかけに、井上の思いが発せられる。

〈僕は「虹を掴む男」ですね。昭和二十五、六年ですけど、これは三十六回観た。ジェームズ・サーバー[1]というアメリカの作家の原作で、じつにドジな男が出てくるんです。恋人には馬鹿にされる上に、強烈な恋仇《こいがたき》が出てきて、ヘマばっかりやるんですね。それが突然に白昼夢をみる。そこでは現実がぜんぶひっくり返って、自分が英雄で、恋仇をいつものしちゃうんです。この白昼夢が僕の原点ですね。要するにフィクションの中で人生に対して建設的になれるということですか。僕はその映画を観てほんとに感動しましてね、夢をみればいいんだと思ったわけです。その夢が結局、ものを書いているということじゃないか。いまの僕には全く現実がないんですよ。すべて夢をみているようなもの。楽しみというとビデオテープを山ほど買い込んできて映画を観るとか、本を読むとかでしょう。このまま最後まで白昼夢をみているんでしょうね〉（「情報整理とカタルシス」『国ゆたかにして義を忘れ』）

三十六回というのは好き具合を超えて、異常といっていいほどの回数。どのような工夫でこれほど

観ることができ、どのように完全コピーしたかも明らかにされている。

〈（高校生だった）当時は、早朝割引というのがありまして、一回目の上映は十一時ごろ始まるんですが、これは割安になる。その上、学割もあって、二つを足すとかなり安く見られるんです。そうやって、同じ映画を最低二回は見ていました。

一回目は普通に見て、二回目は暗闇の中でメモを取りながら見るんですね。当時、「キネマ旬報」にシナリオ採録というページがありまして、映画の粗筋をこと細かく、いいシーンは台詞入りで紹介していました。これを真似して、自分なりのシナリオ採録をやったわけです。

台詞も全部再現して、完璧なシナリオを復元したことがありました。ダニー・ケイの『虹を掴む男』（ノーマン・Z・マクロード監督）という映画なんですが、現実の世界では気が弱くてまったく無能だけれど、夢想癖で夢の中で英雄になっている出版社の若い校正係の喜劇です。（略）これは何十回も見て、少しずつメモをとったのを後で整理して、完璧に復元しました〉（「映画館通いの毎日」『本の運命』）

高校生の新鮮な脳細胞がこの作業をやったのだから、映画の構成はどうやったらいいか、いいセリフとはどういうものかが、井上の身体に藍甕《あいがめ》に浸けた藍染めのように静かにしっかり染《し》み込んだことだろう。

ただ本数をやたら多く観ただけではなく、地味で手間のかかるシナリオ再録という作業こそが、小説家、劇作家としての基礎作りになったと言える。

〈ほかにも『天井桟敷の人々』（マルセル・カルネ）や『第三の男』（キャロル・リード）、それから『熱砂の秘密』（ビリー・ワイルダー）などを完全に記録していました。

「よくもまあ」と呆れられるかもしれませんが、その後の僕の仕事にもとても役に立ったと思います〉（同前）

〝映画館の暗闇の中から井上ひさしは生まれた〟と思わずにはいられない。

高校時代から『虹を摑む男』を繰り返し観るうちに、ある意味、井上の作風ともシンクロしてきているのではないか。本人が、

〈(『虹を摑む男』のような)こういう種類の物語をつくる人間になりたいとも決意したのだった〉(「ビデオ漬け」『餓鬼大将の論理』中公文庫)。

と述べているからだ。

井上家で見つかった大学時代の若き日のノートにも、『虹を摑む男』の主演だからだろうか、ダニー・ケイに〝惚れて〟いることが書かれている。

〈昭和三十二年　五月二十五日　浅草大勝館でダニー・ケイの『黒いキツネ』(2)。ダニー・ケイにベタ惚れの俺だから文句のいいようがない〉

絶対愛を捧げるかのような口ぶりである。

ダニー・ケイ

『虹を摑む男』でダニー・ケイ演じる役は、出版社の中でも地味で忍耐のいる校正係。白昼夢を見ているうちにやがて、華々しい英雄にもなり、恋敵にも打ち勝っていく――こうした生き方は、一見かけ離れているようだが伊能忠敬を描いた『四千万歩の男』と共通するところがあるのではないか。
若いころの井上は、実直な忠敬に面白みを感じられず、小説化するのに二十年の月日を要している。きっかけは四十二歳のとき(一九七六年三月)、オーストラリアに客員教授として赴任する機中

でだった。

〈「忠敬という人は、おまえが飛行機を使って飛んできた距離の四・五倍もの旅を二本の足でやってのけたのだよ」

という声をたしかに聞いたのである。

「愚直でなければ、そんな大事業ができるわけがないじゃないか。あらゆる大事業を支《ささ》えてきたのは、この愚直さなのだよ」

と、なおもその声はつづけた。

「おまえも彼の愚直さを学ぶべきだ。そうでないと大長篇なぞ夢のまた夢だよ」

さいわい、赴任先のオーストラリア国立大学の図書館に、忠敬関係の資料が、若干《じゃっかん》ではあるが、おさめられていた。六ヵ月間〔注：実際は五ヵ月〕、その資料をくりかえし読んだ。ふしぎなことに今度は忠敬がとても味のある人物として蘇《よみがえ》ってきた。もちろん、忠敬が変ったわけではない。厄年《やくどし》を迎えて衰えつつあった体力、多少は貯えをふやしていた人生の経験、江戸後期社会に関する知識のささやかな摂取《せっしゅ》が筆者を変えていたのである。オーストラリアから出国するときは、もう忠敬が他人とは思えなくなっていたが、なかでも特に筆者が関心をもったのは、彼の〔正業を隠居してから好きな道に専念する〕「一身《いっしん》にして二生を経《へ》る」という生き方である〉（「お読みいただく前に」『四千万歩の男』講談社文庫）

日本地図を二本の足で実測し製作した忠敬の生き方と、ダニー・ケイ演じるさえない校正係は白昼夢を見ているうちにやがて――。「一身にして二生を経る」という生き方を果たす点では同じである。

高校以来、大惚れしてきた『虹を掴む男』。だがしかし――。

（1）『虹を掴む男』の原作者、ジェームズ・サーバー（James Thurber　一八九四―一九六一年）

アメリカ文学史上きってのユーモリストと評され、パルプ・マガジンとは対極の高級文芸誌「ニューヨーカー」で作家として活躍。この表題を含めた短編集は、自らの筆になるイラストで飾る。短編ながら『虹を摑む男』は息が長く、年末恒例の新聞の書評欄「この3冊」(「毎日新聞」)の二〇一四年度版で、詩人・荒川洋治が〝ジェイムズ・サーバーの名編を収める新版〟と評して『虹をつかむ男』(ハヤカワepi文庫、訳:鳴海四郎)を挙げた。今日でも読まれている名作といえる。

(2)『黒いキツネ』(一九五五年)

製作・脚本・監督は、ノーマン・パナマとメルヴィン・フランクの名コンビ。ダニー・ケイが中世イングランドで大活躍するコメディ史劇。王位を継ぐべき幼子をまもるために、サーカス芸人となったダニー・ケイが、正義の志士「黒キツネ」の部下として宮殿に潜り込む。魔法使い(M・ナトウィック)にかけられた催眠術で、一瞬にして強くなったり弱くなったりする剣士ケイの名演技。決闘シーンなどでは笑いたっぷり。

ビデオがもたらした恐怖

時代は移り変り、ビデオという技術革新が起こった。その結果、かつての名画にたいする意識に、化学変化をもたらしたのだ。

〈ところで最近、ビデオ映画を観るのも、結構、恐ろしいことであると思うようになった。(略)現在の自分はさまざまな記憶から出来ている、と僕は考える。(略)さほど重要でない記憶は間もなくパチンと弾けて消え、(略)そして池の底にいつまでも澱《よど》んでいるのが、長期記憶ということになる。この長期記憶の群れが、つまり現在の自分なのだ〉(「ビデオ漬け」『餓鬼大将の論理』)

その長期記憶群の最たる例が、『虹を摑む男』だという。

〈愚図で臆病でもヒーローになれるよと励まされた気がしてただ感動し、それにとてもおもしろかった。(略)この映画に自分の未来があると直感したりもした。つまり僕はこの映画に励まされると同時に、こういう種類の物語をつくる人間になりたいとも決意したのだった。この映画を丸ごと暗記しようとして、一週間、映画館へ通いつめた。こうしてこの映画は、それ以来、僕の意識の池に有力な長期記憶のうちの一つとなって住みついていき、いまやそこの主《ぬし》のような存在になっている。

ところで、アメリカでついにビデオ化されたと聞いて雀躍して取り寄せてみて愕然となった。見直したらボロ映画だったというわけではない。依然として素晴らしい作品であることに変わりはないが、なにかがちがってしまっている。この齟齬《そご》の思いを無理矢理言葉にするとこうなるだろうか。

まず、「ダニー・ケイって好きだな、ダニー・ケイは次にどんな映画に出るのだろうな、よし、どんなことがあってもこの人の映画は見逃さないぞ」という未来へ向かうしあわせな伴走感がない。（略）当然である。その後、彼の映画は全部観てしまっているし、だいたい彼はもうこの世の人ではないのだ。云いかえれば、この映画は、かつて僕に見せてくれたような未来を、もう見せてくれようとはしない。

もっと重要なのは、当時、高校一年生だった僕には、この映画を「僕のためにつくられた映画だ」と錯覚しなければすまない事情があった。養護施設からいつ解放されるのか、将来どんな仕事につけばいいのか、いったい自分はこの先、人並みに生きていけるのか、そういった切実な疑問がこの映画によって一挙に解決したように思われ、そこで感動したのだ。いってみればそのときの僕は小さいながらも全存在を賭けてこの映画と対峙していたのである。だが、いまは……こうしてこの映画についての長期記憶は意識の池の主の座をおりた。これと同じことが『東京物語』でも『切腹』でも、また『ジョルスン物語』(1)でも起こった。現在の自分をつくってくれていた大黒柱のような長期記憶がつぎつぎに倒れるやら縮むやら変形するやらで、恐くてしかたがない。今日も『夜の豹』が届いた。これもまたいまの僕の大切な部分をつくってくれた映画のうちの一つであるが、さてどうしたものか〉（同前）

こうした思わぬ意識の変容をもたらしたビデオ事件から見えてくるのは、いかに映画が大切な核となって、井上の人生に寄り添ってきたかといっていいのではないだろうか。

ちなみに、井上家には『虹を摑む男』のビデオとDVDとの両方があった。長期記憶を失う恐れを感じつつ、それでも観ていたことがうかがえる。

余談ながら、今となっては『虹を摑む男』を観ようとしても、邦題が邪魔してややこしいことになる。レンタルショップ店員は、まず日本映画の『虹をつかむ男』の二シリーズと間違える（監督：山田洋次、主演：西田敏行。一九九六年と一九九七年）。題名を本家『虹を摑む男』から取ったというのだから、ややこしいわけである。

その上、本家の『虹を摑む男』の続編が、アメリカで二〇一三年にリメイクされた（原題は前作のままだが、邦題は主人公が働く写真誌名からとって『LIFE!』）。ということは、『虹を摑む男』は、いまだにアメリカではリスペクトされている映画という証明なのだ。

さすが、井上はこの映画の今日性を早くから見通していたことになる。『虹を摑む男』をこれほど話題にする映画関係者はあまりいないのではないか。

（1）『ジョルスン物語』（日本公開一九五〇年）

『アメリカ交響楽』で、舞台で顔を黒塗りして黒人役を演じるアル・ジョルソンの半生を描く（アカデミー・ミュージカル音楽賞、録音賞）。

第7章　特異な映画の見方こそ

『探偵物語』と『スパルタカス』は社会派映画？

洋画の『探偵物語』[1]だが、題名は誤訳といっていい。原題はDetective Storyだから、邦訳は「刑事物語」がふさわしい。

すでに触れたが、ある高校のアメリカ映画研究会からのアンケートの五項めは「あなたにとって最高の社会派映画はなんでしょうか」だった。答えは『探偵物語』『スパルタカス』。実はこの二本とも、一般的には「社会派映画」とはまったく認識されていない。いかにも井上ならではの独特な見方だ。

前者の『探偵物語』は、ブロードウェイで上演された警察署内を舞台にした室内劇の映画化である。NYの二十一分署二階に次々とあらわれる万華鏡のようなさまざまな人々――落ち着きのない初犯の女スリ（リー・グラント。カンヌ映画祭女優演技賞）、精神異常らしい宝石強盗とその相棒、会社の金を横領したおとなしい青年と幼馴染みの女性、堕胎医とその弁護士、近所の可怪《おか》しげな女性通報者、新聞記者など――と、凄腕の刑事（カーク・ダグラス）、署長などが絡まる。その関わり具合がおもしろい。

それゆえ通常「人間ドラマ」「群像劇」「会話劇」などと評される。

その人間模様こそ、アメリカ社会の裏側が浮き出ているとして、井上は〝社会派映画〟としたのだろう。

後者の『スパルタカス』（一九六〇年）だが、これまた主演はカーク・ダグラス。上映時間も三時間を超え、オペラのようにオーバーチュア（序曲）から始まり、途中でインターバルが入る大ドラマ仕立て。ローマ時代の最大の奴隷戦争「スパルタカスの反乱」の史実を元にした歴史劇ゆえに、「歴史スペクタクル」とジャンル分けされるのは、当然である。

映画のオープニング・シーンは、リビアの草一本ない赤茶けた荒涼たる鉱山に、蟻のようにむらがって働く大勢の奴隷の姿を俯瞰から描く。

後半、広大な原野でのローマ帝国正規軍と奴隷反乱軍との戦闘場面は、それこそ大スペクタクル・シーンだ。

井上が、歴史スペクタクルという従来の見方ではなく社会派と見たのは、ローマ貴族の娯楽のために命を賭けさせられる奴隷である剣闘士と、他の奴隷たちが加わって団結し、家族ぐるみで強大なローマ帝国軍に立ち向かうという社会構造的な視点からの見方なのだろう。

『スパルタカス』の奴隷たちの蜂起は、ベストセラーとなった『吉里吉里人《きりきりじん》』と共通しているところが感じられる。

東北の小さな地域にすぎない吉里吉里の人たちが、日本国のやり方に我慢できず独立という反乱を起こす点で、『スパルタカス』と同じである。その結末も『吉里吉里人』はたった二日で強大な自衛隊により鎮圧され、また『スパルタカス』は圧倒的なローマ正規軍に制圧され、失敗に終わる点でもよく似ている。

〈切符売場の横には、陽に灼《や》けて赤茶色に変色した『実録・阿部定』のポスターが貼り残してあった。陽に灼けた宮下順子はまるで黒人女のようだった。ポスター下部には、

『同時上映　スタンリー・キューブリック監督作品　〝スパルタカス〟吉里吉里座』

と墨字《ぼくじ》で書き入れてあった〉（『吉里吉里人』新潮文庫、「第三章　吉里吉里人《ちりちりづん》は眼《まんなご》はァ静《すんず》がで……」）

共通する思いを、密かにこのポスターに託したのではないか。

五十代での「洋画ベスト10」アンケートでも、『スパルタカス』を10位に挙げている。『吉里吉里人』を託した『スパルタカス』への思いは深いと思われる。

『スパルタカス』の日本公開は、アメリカより二ヶ月遅れの一九六〇年十二月。

復学した上智大フランス語科を二十五歳で卒業し、出版社の倉庫番を続けながら放送の仕事をしていたときだった。

〈この年の主な仕事は東京放送の連続子供ラジオ・ドラマ「X《エックス》マン」、主演は坂本九〉（「年譜」）

近年のヒット映画『X－メン』を先取りしたような題名だが、主演の坂本九はこの年十九歳でトルコのヒット曲をカバーした「悲しき六十才」で大ブレーク。曲名はヒット中のザ・ピーナッツの「悲しき16才」をもじって付けられた（一九六〇年）。運命の不思議さで、二十四年後九ちゃんが四十三歳で犠牲となった日航機事故の鎮魂歌となる。

なお世界的大ヒットとなる「上を向いて歩こう」は、翌一九六一年である。放送作家としての井上は、急激な上り坂にいた坂本九のそばにいたことになる。

仙台一高の担任に午後の授業をサボることの許しをもらい映画を観続けていた成果が、二十六歳の井上の人生の上にようやく実ろうとしている。

（1）『探偵物語』（Detective Story　一九五一年、モノクロ）
ブロードウェイの舞台を映画化。主役の刑事ジム（カーク・ダグラス）は幼い時に父親から非道な虐待を受け、それだけに犯罪を憎んでならない。厳格な取り締まりゆえの事件が署内で起こり、そこにはジムの美しい妻（エリノア・パーカー）が絡んでいた。

音楽は、『誰がために鐘は鳴る』『シェーン』を担当したビクター・ヤング（Victor Young　一八九九―一九五六年）。五十七歳で脳溢血により死亡。その直後に公開された『八十日間世界一周』で、アカデミー最優秀音楽賞を死後受賞。

コント作家から直木賞作家へ

「Xマン」の五年後、三十一歳のときに掛かってきた一本の電話。
〈新橋の喫茶店で山元護久《やまもともりひさ》氏と二人で『ひょっこりひょうたん島』の台本を書いているところへあの運命的な電話が掛ってきたのだ。電話の主は日本テレビの井原高忠《いはらたかただ》さんだった〉（『下痢と脂汗の日々』『ブラウン監獄の四季』）
　次のくだりを読んだときは、さすが凄腕の売れっ子ディレクターは、口説き文句の切り口も規模も違う、といたく井原の口説《くぜつ》に感心してしまった。
〈「あなたは日本のオスカー・ハマーシュタイン二世[1]になるおつもりはありませんか」
井原高忠と言えば、日本テレビばかりでなく日本のテレビのショー番組の代表的なディレクターで、その名は斯界《しかい》に轟《とどろ》いている。ぼくは軀が慄《ふる》えだした。（略）
「こんど『九ちゃん！』という公開ショー番組を始めます。その中でミュージカルのパロディを考えていますが、その作詞をあなたにやっていただきたい」（略）
　この『九ちゃん！』にはてんぷくトリオがレギュラーとして出演しており、作詞のほかに、ぼくはコントも書くことになった〉（同前）

同じ坂本九の出演番組とはいえ、ラジオ番組ではなくうなぎ上りのテレビでの公開ショー。段違いの華やかな番組である。

井原が井上に目をつけたのは、有名曲のパロディ作詞だけではなく、コント能力だった。

〈三《み》波《なみ》伸介《しんすけ》、戸《と》塚睦夫《つかむつお》、そして伊《い》東《とう》四朗《しろう》の、てんぷくトリオの座付作者になったのは、日本テレビの井原高忠さんに勧められたからだった。

井原さんは、この国のテレビバラエティショーの、文字通りの開拓者である（略）

それはとにかく、井原さんが払ってくださった台本料もすこぶる破格なものであって、井原さんのもとで三十分の台本を一本手掛けると、その原稿料がＮＨＫの『ひょっこりひょうたん島』の十回分に相当したといえば、だいたいの見当はつけていただけるはずである〉（「てんぷくトリオ」『ふふふ』）

こうして翌々年、三十三歳のときに、てんぷくトリオの座付きコント作家となり、やがて日本一と自称するほど書きに書いたコント（欧米でのスケッチ）作家となる。百五十六本のコントを集めた本は、まるで大箱ティッシュペーパーほどの厚みがある（『笑劇全集完全版』河出書房新社）。

井原に見出されたことによって、テレビの構成作家、そしてコント作家として、国民的人気メディアにのし上がったテレビという時代の波に乗り出していく。まさしく――。

〈波をジャブジャブ
ジャブジャブかきわけて
（ジャブジャブジャブ）〉（「ひょっこりひょうたん島」主題歌、歌詞：井上ひさし、山元護久）

すでにコント作りから離れて二十数年、小説と戯曲中心の作家活動に入っていた一九八九年、外国ではスケッチ（コント）作家が非常に尊敬される存在であることを、ロンドンのホテルで思いがけず実感することになる。

〈（略）ロビーでぼんやりテレビを眺めていると、急に人だかりがしはじめたのである。その数ざっと二十人、テレビの前に陣取り揃って悲痛な表情をしている。なにごとかと怪しんで画面を注目すると、男性アナウンサーがいった。
「この国から偉大な才能が一つ、天国へ旅立ちました。ジョン・ウェルズが先ほど癌で亡くなったのです。六十一歳でした。わたしたちBBC第一放送は、すべての放送を中止して、ただいまからウェルズの、テレビのためのスケッチ傑作選をお送りいたします。故人がいかにたくさんの、すぐれた笑いの財産を遺してくれたか、それをみんなで思い出すことにしましょう」〉（「笑いについて」『この人から受け継ぐもの』岩波書店）

スケッチ作家の死去にともない、公共放送がスケジュールを変更し特別番組を組むという扱いに、井上は驚かされたことだろう。人に笑いを届ける仕事がいかに敬意を払われ、大事にされているか。

三十五歳の時に話を戻すと、コントの他に「テアトル・エコー」のための戯曲『日本人のへそ』、そしてNHKラジオでのミュージカル『ブンとフン』の小説化《ノヴェライゼーション》、と種々入り乱れての仕事内容となった。

それに加え翌年には、小説『ブンとフン』の処女出版（朝日ソノラマ）、劇作『表裏源内蛙合戦』、TVアニメ「ムーミン」の主題歌の作詞でレコード大賞童謡賞の受賞、大橋巨泉・前田武彦による「ゲバゲバ90分！」の台本作者の一人として参加といった具合で、活字、電波、劇場、と原稿の行き先の空間が多岐にわたった。

その多才ぶりに目をつけた編集者がいた。

〈長い間の憧れだった中間小説誌にはじめて小説を書く。すなわち「モッキンポット師の後始末」

〈「小説現代」〉がそれである〉（「年譜」一九七一年一月、三十七歳）
以後、人生が急展開していく。
中間小説誌に初登場してから、ちょうど一年後の一月。
〈また、これも長い間の憧れだった戯曲集が新潮社から出版された。（略）『表裏源内蛙合戦』（「日本人のへそ」も併載）がそれで、三日間、抱寝した〉（同前）
〝三日間、抱寝した〟とは、子どもが欲しかったおもちゃをようやくもらったときのようでもあり、またとても実感がこもっている。
小説誌への登場と戯曲集の出版がきっかけとなり、直木賞への登竜門といわれる「別冊文藝春秋」掲載のため、
〈この年の八月から十一月までかかってこつこつと「手鎖心中」を書いていた〉（「年譜」同年）
その結果――翌一九七二年七月、三十七歳で第六十七回直木賞を受賞することになる。
仙台一高の担任に「小説であれ戯曲であれ映画のシナリオであれなんであれ、おもしろいお話を考える職人になりたいので、仙台に来る映画を全部観て、お話の作り方の勉強をしたい。そのために午後の授業をさぼっていいですか」と〝軽石〟こと藤川先生にもちかけた無謀な申し出がかなえられたことが、そのとおりの結果を生んだのだった。
高校卒業から二十年後のことである。

（1）オスカー・ハマーシュタイン二世
井上自身の弁によると。〈作曲家のリチャード・ロジャースと強固なチームを組んで『オクラホマ！』『回転木馬』『南太平洋』『王様と私』『フラワー・ドラム・ソング』、そして『サウンド・オブ・ミュージック』などの大ヒット・ミュージカルを次々

に創り出している大作曲家〉（『ブラウン監獄の四季』）。

マルクス兄弟のおかしみに

処女作にその作家の本質が出るとよく言われるが、三十五歳の時の初小説『ブンとフン』の文庫「あとがき」（新潮文庫）からそのことがよく分る。

〈馬鹿馬鹿《ばかばか》しいということについては、この小説を抜《ぬ》くものがない。馬鹿馬鹿しいものを書きたい、またそれが自分に最も似つかわしいと思っている（略）。

右は朝日ソノラマの新装版《しんそうばん》（昭和四十七年九月刊）に付したあとがきである。この新装版発行以来、わたしはさらに多くの小説を書いたが、やはり、どれひとつ馬鹿馬鹿しいということについては、この小説を抜くものが出ていないようだ〉（『ブンとフン』新潮文庫、「あとがき」）

と反省の弁？とも取れる文を記しているが、『ブンとフン』はそれほど笑いのセンスや感覚が突き出ている処女作といえる。

それほど井上が笑いに惹かれたのは——。

〈（江戸時代の黄表紙『親敵討腹鞁《おやのかたきうてはらつづみ》』を読んで）笑い続けるうちに、突然、世界を抱きしめたくなるような気分になってきたが、あとから考えれば、そのときのぼくは笑うことを回路にして世界と共感し結合していたのだ〉（『さまざまな自画像』中公文庫）

〝笑う回路〟を知ることができる断片が、直木賞受賞の翌年に書かれた自伝的小説『青葉繁れる』中に現れる。

「ロミオとジュリエット」の公演が大破綻したにもかかわらず、観に来ていた二女高生たちには評判が高いのだ。

〈「昨日、芝居観せてもらったっちゃ」
「ふうん、それで?」
「面白《おもし》ぇがった」
「あれは面白いなんて芝居じゃないんだがなぁ。ほんとうはいい芝居のはずなんだ」
「でも面白ぇがった。凸凹《アボット・コステロ》(1)や極楽《ローレル・ハーディ》(2)の映画よりずっと。そんだよね、みんな?」〉
雑誌での池波正太郎をまじえた鼎談で、長部日出雄の、
「アカデミー賞を取ったような名作より、むしろ凡作のほうが鮮明に印象に残っている」という発言を受け、井上は、
〈ローレル・ハーディ、アボット・コステロ。極楽コンビと凸凹コンビ〉(「昔も今も映画ばかり」『オール讀物』一九七五年十月号)
と応え、小説に登場させているのと同じお笑いコンビ俳優の名を挙げている。
この二組に加え、井上が強く惹かれていたお笑いグループに、マルクス兄弟(Marx Brothers)がある。
〈マルクスはマルクスでも『資本論』の著者のカール・ハインリッヒではなく、『ダッグ・スープ』(邦題『我輩はカモである』)の主演者のグルーチョの方であるが〉(「書物は化けて出る」『日本語は七通りの虹の色』集英社文庫)
と、前記の二組のコンビと較べて知名度が低いからか、丁寧に説明してくれている。〝マルクス兄弟〟は初期は四人、『我輩はカモである』の後は三人で活躍したコメディ俳優兄弟である。
〈マルクス兄弟というのがいたでしょう。グルーチョという髭を生やしてめがねをかけた怪しげな人と、唖のハーポというのがいますね(注:聞こえるのだが、なぜか一切口を利かない)。(略)僕は、二人の間にいるチコという人の役割がとてもおもしろいと思うようになってきました。チコの役割は、たと

えばハーポがある大変な危機を目撃するんだけれど、彼には言葉がないんで、リーダーであるグルーチョとの間に入ってハーポの身振りから何かを読みとることなんですね。チコ自身も、はじめは身振りがもっている意味内容をわからずに見ているわけですが、だんだんとんでもない身振りから、ある言葉をパッと取り出すわけです。(略)

作家の役割はどうもこのチコのふうだなという感じがします。読者は実はハーポであり、グルーチョであって、無意識にいろんな動作とか言葉の端々とか、何が好きとかいろんな身振りを送ってよこすわけです。(略)それを(作家としての)僕らが一生懸命、(略)いろんな言葉を模索しながら、ある発見をしてゆく。その作品を、次に読者が文章を辿ってさかのぼり、ついに作者の意図を発見する。(略)読者は作家の意図を発見すると同時に、読者の胸の底も発見するわけですね。この読者にとっての二重の発見のよろこび。そのよろこびを自分はチコのように仲介しているのだという作家としてのよろこび。つまりよろこびの純情三重奏。自分の仕事の面白さというのは、そういうところにもあるという気がしてきたんです(大江健三郎、筒井康隆との鼎談「小説の面白さ」『ユートピア探し物語探し』岩波書店)

マルクス兄弟(右からリーダーのグルーチョ、口の利けないハーポ、通訳役のチコ)

マルクス兄弟の映画を我が職業に照らし合わせ、有名作家の大江と筒井を相手に自身はチコのような立場の作家になると宣言している。

〈(オーストラリア滞在中の)五カ月間、日本からの月遅れ雑誌の頁をめくり、マルクス兄弟の映画をみていただけですが、しかしずいぶん〝文化的〟な生活を送っていたような感じがします〉（「図書館ぎらい」『本の枕草紙』）

兄弟の映画を文化ととらえている。井上家には六本のマルクス兄弟のＤＶＤが残されている。

夫人のユリも結婚後まもなくマルクス兄弟の映画を井上から観せられ、大笑いした。彼女が大笑いしている姿を見て、これならいっしょにやっていける、大丈夫だ、と安心したのではないだろうか。なぜなら井上は笑うことを、人生の最大徳目にしていると思われるからだ。人生の核部分が共有ができるとほっとしたことだろう。

長男・佐介には、マルクス兄弟作品の評価のほどを、こう伝えている。

「父はマルクス兄弟が大好きで、『マルクス兄弟デパート騒動』や『マルクス兄弟の珍サーカス』について〝笑っちゃうよね〟とそのバカバカしさをほめていた。『我輩はカモである《ダック・スープ》』のことは必ず原題で呼んでいて、〝代表作と言われているね〟という微妙な言いかたをして、自分はそうは思わない、と言外にいいたかったのでは」

マルクス兄弟の映画は、作家としてだけでなく、家庭でもコミュニケーションを取る大事な位置を占めていた。

ちなみに、日本では三男Grouchoをグルーチョと表記するが、『日本人の英語』などの著者マーク・ピーターセンによれば、英語発音ではグラウチョなのだとカタカナ記述の間違いを指摘し、ユダヤ系のマルクス兄弟は高名になってもたとえば有名クラブの入会などで差別や偏見にさらされた、と具体例を示している（『マーク・ピーターセンの英語のツボ――名言・珍言で学ぶ「ネイティヴ感覚」』光文社知恵の森文庫）。

（1）アボットとコステロ

アボットとコステロとは、バッド・アボット（Bud Abbott 一八九五―一九七四）とルウ・コステロ（Lou Costello 一九〇六―一九五九）の、元ヴォードヴィル芸人によるお笑いコンビ。アボットは背が高く、コステロは全体がコロリと丸い。英語の原題にはないが、邦題には必ず頭に「凸凹」とつけられた。たとえば、『凸凹外人部隊』（一九五〇年）、『凸凹透明人間』（一九五一年）といった具合。

戦中の一九四一年から五六年まで計三十五本が製作され（因みに「寅さん」シリーズは四十八作）、日本ではそのうち二十二本が公開。TVシリーズもつくられ、日本でも放映された。

（2）ローレル&ハーディ（Laurel and Hardy）

チビで弱気のスタン・ローレル（Stan Laurel 一八九〇―一九六五年）と、太っちょでベイビー顔だが怒りん坊のオリヴァー・ハーディ（Oliver Hardy 一八九二―一九五七年）、ふたりは極楽コンビと称された。凸凹コンビより先輩で、一九三一年のサイレント映画で、身体の動きだけで勝負するドタバタから出発。ささいなことから、後にはすべてがめちゃめちゃになるおかしさ。長短合わせて百四本もの映画に出演した。

遅筆であっても、いい脚本を

先の映画好きの作家・池波、長部との鼎談で、井上はいかにもシネフィルらしい発言をしている。

〈ぼくは映画は何を見ても面白いですね。どんな映画でも、見ているあいだは天国です〉（「昔も今も映画ばかり」）

しかし、中には天国とばっかり言っていられない映画もあった。お気に入りのミュージシャンたちが登場するのにかかわらず、である。他山の石として肝に銘じた一本とは――。

〈このところ凝《こ》っている映画の一つに、マイケル・カーティスの『情熱の狂想曲』（一九四九年ワーナー、原題 Young Man with A Horn）というのがあって、初見は一九五一（昭和二六）年、仙台の高校二年のときでした。ご存じのように、伝説のコルネット奏者、ビッグス・バイダーベックの伝記映画です。（略）

（略）『情熱の狂想曲』は二つに分かれています。両親を亡くして姉とカリフォルニアへ辿り着いた（白人の）バイダーベック少年が、黒人奏者の手引きでコルネットを習い、地方のうらぶれたダンスホールやミュージックホールを転々としながら腕を磨き、やがて一流楽団の一員になり、さらにアメリカ屈指のプレーヤーになって行く。そこまでが前半です。（略）淡々と語るホーギー・カーマイケル（バイダーベックの親友でピアノ弾き。本人が演奏）がいい。この映画では、彼が語り手をつとめていますが、それがとてもすばらしい。

なによりも、コルネットの超高音に憑《つ》かれた青年が出世の階段をぐいぐいと上って行く姿が、簡潔に、力強く描かれていて、観るたびにわくわくします。脚本（カール・フォアマンほか）がいいんですね〉（『映画をたずねて』「あとがき——物語の秘密を探って」）

バイダーベックは二十歳でジャズメンとなると、二十五歳のとき、『アメリカ交響楽』のくだり（第5章）で触れたポール・ホワイトマンと接点が生まれるのだ。白人ビッグバンドの最高峰として知られるホワイトマン楽団の一員となり、シカゴの劇場で演奏する。

音楽伝記映画の名作としては、これから先が問題になる。

〈ところがそのバイダーベックの前に、有閑令嬢のローレン・バコールが登場した瞬間から、すべてがつまらなくなる。バコールが悪いのではなく、彼女との恋物語や結婚生活を、のんべんだらりと描いて低迷する脚本がいけない。前半秀作、後半駄作という珍しい作品です。高校生のときはともかく、この年になるともう我慢ができない。それでいつの間にかバコールが登場する寸前で機械を止めてしまうようになりました。

そして機械を止めるたびに、「考えてみれば恐ろしいことだ」と思います。「いい物語をつくり出さないと、このように観客に放り出されてしまうのだからな」と〉（同前）

確かに後半過ぎになると、ローレン・バコールとバイダーベックの二人の関係が空回りするばかりで、ミュージシャンとして突き進んでいく姿から脇道に逸《そ》れすぎなのだ。音楽好きの井上にとってはかったるく、「早く本筋に戻れ」とイライラする気分で観たのではないだろうか。

前半だけでも観る価値はあると思えるのだが、〝前半秀作、後半駄作〟と境界がはっきりした迷作となった。

だからこそ、〝いい物語をつくらないと観客に放り出される〟と、身に染みて学んだのだ。それだからだろう、初日の開幕に間に合わず世間の非難を浴び、金銭的損失を出しても、〝いかにいい脚本にするか〟だけを目指して書いてきた。それが脚本と向き合うときの井上の基本姿勢である。

秘書の小川未玲によると、身近で井上を見ていて、才能とは別に驚かされるのは、いい作品を残すための〝意志〟の強さだという。いかに初日が迫ろうとも、これまで書いた原稿がよくないと判断すると、それを惜しみなく捨てることのできる意志と勇気である。同業者でもある小川としては、自分だったら公演にかかわる全ての人にかかる迷惑と負担を考えるととてもできない、でき上がったところで手を打ってしまいがちになる、と感動を込めて話す。

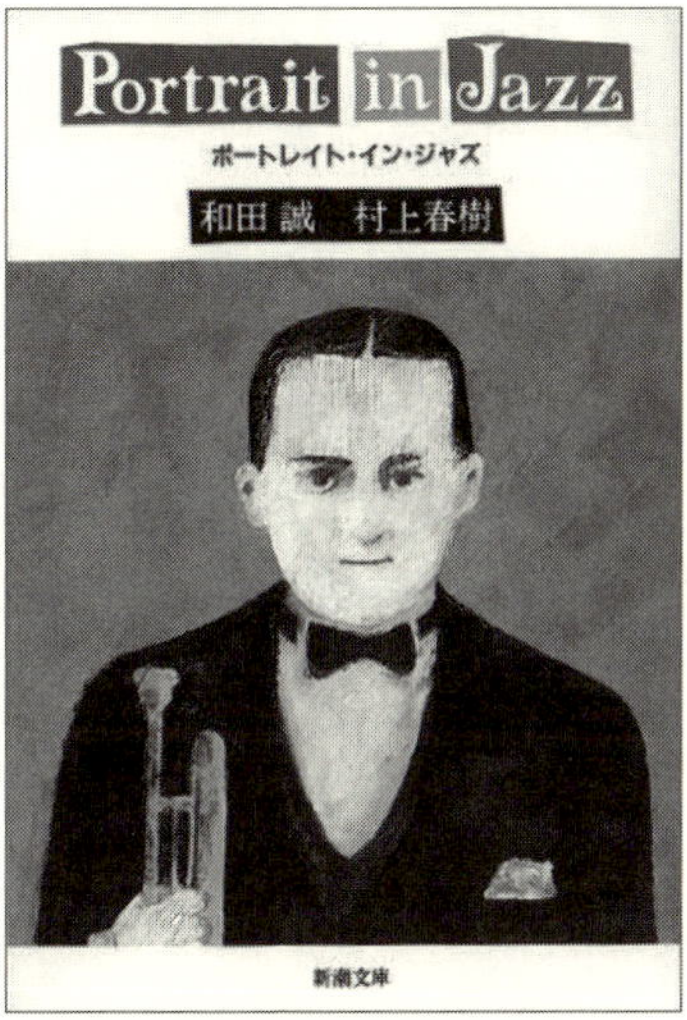

和田誠・村上春樹の『ポートレイト・イン・ジャズ』（新潮文庫）。カバー・イラストは和田誠画の伝説のコルネット奏者ビッグス・バイダーベック。

この井上の強い意志こそが、再演打率の非常に高い作品を生み出してきたのではないだろうか。日本のシェイクスピアと言われるレベルの作品を生み出したのは、観客に放り出されないようにという強い意志の賜物だったといえる。

もう一本、どうしても気に入らない映画がある。

世界的に世評が高い『ラスト・タンゴ・イン・パリ』に痛烈な批判をかましている。

〈「かつてない力強さをもったエロティックな映画で、極限の奔放さをもった作品」(「ニューヨーカー」誌)で、「まさに紛れもなく呆然とするような、どう表現していいか適当な言葉も見つからぬような傑作」(『ニューズウイーク』誌)で、「人間の自主的頽廃をここまで描き、人間感情を犯し、人間の品位をくつがえした監督」(『フランスソワール』紙)の作品で、「ある者を激怒させ、またある者に吐き気を催させる映画」(再び『ニューヨーカー』誌)だというので、今だいぶ評判になっているらしいベルナルド・ベルトルッチの「ラスト・タンゴ・イン・パリ」を観たが、正直のところ、わたしは激怒もせず、また吐き気も催さなかった。催したのは居眠りだけである。

じつに退屈だった。何度あくびを嚙み殺したかもしれぬ。むろん睡眠不足のせいではない。前夜はきちんと八時間の睡眠をとっていた。なのにこれはただやたらにねむい映画だった〉(「ラスト・タンゴ・イン・パリ」『ジャックの正体』中公文庫)

映画関係者にとって、眠いといわれるほど手痛い批評はない。それほど井上にとっては許しがたい映画と思えたのだろう。

アメリカでは、日本より五ヶ月、フランスではもう一月《ひとつき》早く封切りになっている。世界のメジャーのマスコミ媒体がこぞって褒め上げる。その高評と井上との落差が痛快なほどである。

井上が『ラスト・タンゴ・イン・パリ』を観た場所は、「日比谷スカラ座」。

日本公開初日（一九七三年六月二十三日）には、『青葉繁れる』はすでにこの月の小説誌に掲載されている。映画を軸に書いた半自伝小説を書き上げた直後だったからだろうか、厳しい見方となった。井上がはっきりと批判した映画は、右の『情熱の狂想曲』と『ラスト・タンゴ・イン・パリ』の二本しか見つからない。

ほかの映画は、その映画のよさをどこか見つけている。

映画に対する同じ気持ちが、ある早世《そうせい》した映画ライターの私家本に井上が寄せた「巻頭エッセイ」からうかがえる。

〈さやかさんの映画評のもう一つの特色は、絶対に悪口は書かないというところにあった。この一冊の中に悪口は二つしかない。一つは、

《……でも、史実は無視するくせに、3時間は長すぎ！（『パール・ハーバー』）》

もう一つは――それは読者の楽しみに残しておくことにして、なぜ悪口を書かなかったのか。答えは決まっている。映画が好きだったからだ。それがどんな駄作であっても、映画という表現形式と恋をしていた彼女は、どこかにみどころを見つけだして、それを読者に分けてやっていた。映画への切ないほどの愛――これが本書を貫く太い柱である〉（井上ひさし特別寄稿「映画に恋をしたひと」、植田さやか『目指せ、カリスマ映画ライターー！』）

〝映画という表現形式と恋をしていた〟のは、井上も同じだったから、強い共感を持って記している。井上は、映画への〝切ないほどの愛〟を酵母菌にして、戯曲、小説へと亡くなる間際《まぎわ》までその意欲を醸造発酵させていった。

第8章 『天井桟敷の人々』に魅せられた理由とフィルム修復

大新聞の映画評は絶対

山形の「遅筆堂文庫」には、「映画の友」「キネマ旬報」などが納まった青色の大型プラスチック・ケースが十数個も保存されている。

〈稔の部屋は中二階である。（略）踊り場からの上の段々には、「野球界」と「映画の友」と「キネマ旬報」のバックナンバーが積み重ねてあった〉（『青葉繁れる』）

『青葉繁れる』の主人公・稔《みのる》に、実際の雑誌講読のさまが投影されている。

映画雑誌だけではない。稔が目を配っているのは、新聞、それも「朝日新聞」の映画評は絶対である。

〈とにかく稔は朝日の「新映画」という映画批評欄に切れ味のいい筆を振っている「純」という記者の信奉者である。映画を観たあとでまとめた自分の意見が「純」氏の評価と食い違っているときは、稔はいささかのためらいもなく自分の意見を捨てる。それほど打ち込んでいた〉

このように持ち上げて書きながら、〝東大に毎春百名以上を送り込んでいる〟当時の日本一の進学校、日比谷高校から転校してきた俊介を使って、大新聞の高名な映画記者に、強烈なパンチをかましている。

〈「最近観たものは？」

「うん。ジェームス・スチュアートの『ウィンチェスター銃73』と江利チエミの『猛獣使の少女』。それからヴェラ・エレン(1)の『銀の靴』、そんなとこだぺっしゃ」

「その三本に対する君の評価は？」（略）

「た、たとえば朝日新聞の映画評の『純』氏によれば……」

稔はキネマ旬報の頁をめくって、数葉の新聞の切り抜きを取り出した。

「『ウィンチェスター銃73』の場合、『純』氏は、『……兄弟が岩ばかりの山で激しい銃撃戦を演ずる最後の部分がみものといえる程度』と書いてっけども、同感だっぺね」

つづけて稔は『猛獣使の少女』評の「ただ江利チエミの大写しが汚いのを除けば、全体の調子がいやらしくないのが取柄で……」というくだりや、『銀の靴』評の「……一般受けする娯楽レヴュー映画。ぼんやりと見ているのに適するものといえよう」という個所を読みあげ、

「まぁ、『純』氏の言ってることは、みな当っているんじゃなかっぺか」

と結論を出した。（略）

「朝日の『純』氏がそんなに有難いのか。ぼくに言わせれば、朝日の『純』なんてやつはとんだ間抜け野郎だぜ。（略）

じつはぼくもその三本の映画を観ているんだ。ぼくの考えでは『ウィンチェスター銃73』は、新しい西部劇の傑作だぜ。千梃に一梃という名銃を狂言回しにして西部劇の見せ場を次から次へと展開して行く語り口の鮮かさは並大抵のものじゃないぜ。なにが『最後の部分がみものといえる程度』だ。

全篇、見せ場の連続じゃないか。『純』というやつはいったい自分を何様《なにさま》だと思っているんだろうな」〉

雑誌の鼎談で、作家・長部日出雄は、

「井上さんは『青葉繁れる』のなかで、大新聞の映画批評家をからかっていたけど……」

と鋭く矛先《ほこさき》を向けてくる。井上の「純氏」批判は、映画業界で知れわたっていた。

〈だから試写会に行けない（笑）。悪いことしたかなあ、と思って〉（鼎談「昔も今も映画ばかり」）

と反省を述べている。しかし次に続く長部の発言から、井上が『青葉繁れる』で非難を込めて書かざるをえなかった、当時の片寄った状況が浮かびあがってくる。

「でもあのひとはあのころ、日本一だったものね。ぼくらも映画は社会派こそすべて、と思っていた。いまでも幾分そうおもっているけど」（同前）

長部の見方は、時代をよく反映している。

『青葉繁れる』が書かれた当時、インテリ相手にした社会派映画こそ批評の対象となるという大きな潮流があった。その強い流れに井上が勇敢にも竿《さお》を差したのだ。娯楽映画はまともに評価されずに、素気《すげ》なく扱われることへの反撃。

〈不思議なことだが、俊介の言葉を聞くうちに、稔の躰の中をひと吹きの涼風が駆け抜けて行くのを感じた。じつを言うと稔はこの映画（ウィンチェスター銃73）をわくわくしながら観たのだ。それも一回や二回では足りずに終映まで粘って三回半も観たほどだったが、「純」氏が貶《けな》しているのを読んで（そういえばあのときは風邪気味だったっけ。きっとその熱のせいで凡作を傑作と思い込んでいたんだ）と考え直したのである。だが、俊介の言うように、自分の見方のほうが正しかったのではないだろうか〉（『青葉繁れる』）

火中の栗を拾うように、娯楽映画を愛《いと》しむ姿勢が全く感じられないことへの憤慨をぶつけたのだ。

シネフィル井上の面目躍如である。

(1) ヴェラ゠エレン(Vera-Ellen 一九二一―一九八一)

九歳から踊り始め、十六歳でプロダンサーとなる。十八歳のときに、第5章で触れたジェローム・カーンとオスカー・ハマースタイン二世にスカウトされ、ブロードウェイ・デビュー。大物映画プロデューサーのサミュエル・ゴールドウィンに見出され、一九四五年『ダニー・ケイの天国と地獄』に出演。井上が「高校時代のベスト9位」に挙げる『踊る大紐育《ニューヨーク》』で三人の水兵とカップルになるうちの一人を演じたあと、英国に渡り『銀の靴』の主役を獲得する。『踊る大紐育』ではジーン・ケリーとデュエット、五一年にはダンスの大御所フレッド・アステア、五四年に『ホワイト・クリスマス』でビング・クロスビーと、五七年にはドナルド・オコーナー(『雨に唄えば』でジーン・ケリーの親友役)と共演するなど、踊りと演技で知られる。私生活では『銀の靴』と同じように、大富豪ビクター・ロスチャイルドと再婚。娘を出産したものの、六三年、乳幼児突然死症候群で亡くし、その後、公の場に姿を現すことはなかった。

お気に入りの「西部劇映画」

日本一と言われる映画記者をやり玉にあげる材料となった『ウィンチェスター銃'73[1]』。よほど気に入った西部劇なのか、高校生からのアンケートの答えとしても「最高の西部劇」として、『シェーン[2]』とともに上げている。

一九五二年の日本公開。高校三年の初夏である。

俊介に言わせているように、ウィンチェスター銃'73と呼ばれる名銃が、さまざまな人々の間を渡っていく。

ライフル銃を代表するといわれるウィンチェスター銃について、司馬遼太郎が〝アメリカでヨーロッパの技術を改良して造られた〟と歴史的経緯を解き明かしている。

「銃身の腔内に螺旋を刻むことによって弾丸が回転することで、弾道が一定して命中率がよくなる。（略）アメリカの工業の躍進性をよくあらわしていた。（略）

西部開拓時代、ライフルの代名詞にさえなった。

そういうウィンチェスター銃が、西部開拓民のどの家の壁にもかかっていた」（「橋をわたりつつ」『ニューヨーク散歩』朝日文芸文庫）

〝ヨーロッパの（ライフル）銃を追い抜いた〟ウィンチェスター銃。その中でも千挺に一挺といわれる最高の名銃を手に入れるため、さまざまな場所で、さまざまな人物が戦っていくと最後に元の持ち主に戻ってくるという、これまでの西部劇とは全く視点を変えた点がユニークである。一挺の銃が主役で、人間ではない。物を主人公にして描くのは、感情移入できないだけに困難なものだが、それを見事にクリアしている。うねるような見せ場の流れの連続に井上は惹きつけられたのではないだろうか。

（1）『ウィンチェスター銃'73』（原題：Winchester '73）。

ウィンチェスター社が一八七三年に製造したライフル銃で、〝西部を征服した銃〟（The Gun that Won the West）といわれる。その中でも、ウィンチェスター社が千に一つと太鼓判を押す〝完璧な一挺の銃〟が主役。その銃が、仇敵、先住民相手の武器商人、インディアンの酋長、美しいダンサーとその許嫁《いいなずけ》、無法者、再び仇敵と渡っていき、最後には元の持ち主に戻ってくるまでをめぐる人間模様が描かれる。監督のアンソニー・マン（Anthony Mann　一九〇六―一九六七年）は、主役のジェームズ・ステュアートとのコンビによる西部劇でヒット作を連発。ハリウッド黄金期の一九五〇年代を担った名匠。

（2）『シェーン』

監督は、ジョージ・スティーヴンス（George Stevens　一九〇四―一九七五年）。アンソニー・マンとは一歳七ヶ月違いだけだが、スティーヴンスは、『シェーン』（一九五三年）を撮る二年前に、『陽のあたる場所』（一九五一年）でアカデミー賞監督賞、さらにその五年後にも、『ジャイアンツ』（一七二ページで後述）で二度目の監督賞を受賞する。『シェーン』が受賞したのは撮影賞（カラー部門）だけだが、ノミネートは作品賞、監督賞、脚色賞、助演男優賞の二人（ブランドン・デ・ワイルドとジャック・パランス）に及んだ。

それに比して、アンソニー・マン監督は、こうした賞に恵まれなかっただけでなく、『スパルタカス』では当初の監督であったが、撮影方針をめぐって、主演と製作総指揮を兼ねたカーク・ダグラスと衝突、解任された。

『天井桟敷の人々』の完全記録

〈『天井桟敷の人々』からですね、ぼくがアメリカのほかの国の映画も本当に見ようという気になったのは……〉（鼎談「昔も今も映画ばかり」）

三時間十分に及ぶ『天井桟敷の人々』も『虹を掴む男』と同様、脚本、構成を〝完全記録〟している。アメリカ映画以外のシナリオ再録はこれ以外にない。

「洋画ベスト10」のアンケートでは、6位に『天井桟敷の人々』を挙げているが、アンケートをまとめた『大アンケートによる洋画ベスト150』（文春文庫）では、『天井桟敷の人々』が2位を圧倒的に引き離してダントツの第1位。

あまりの評価に、フランス文化へのコンプレックスからの崇《あが》めすぎではないか、アンケートからすでに三十年近く過ぎているのだから、現在フランスではどのように見られているのか疑問が湧いた。

まず問い合わせたのは映画誌（「プレミア」日本版）の編集者として来日し、副業としてサッカー日本代表のトルシエ監督の通訳をしていたフローラン・ダバディ。彼の父親はイヴ・モンタン、カトリーヌ・ドヌーヴ、ロミー・シュナイダー主演作の多くを手がけた映画脚本家（ジャン＝ルー・ダバディ Jean-Loup Dabadie）。それゆえに、有名俳優、女優たちが年中家を訪ねてくるという、まるでミニ撮影所のような家庭環境。

「フランス映画の殿堂があれば、一番として入るでしょう。いまだに崇拝されている伝説の映画」と、よどみない日本語ですぐに返ってきたメールの最初にあった。

さらにダブル・チェックとして、かつて「朝日新聞」のパリ特派員だったわたしの小学校の同級生（内山眞）にも、この映画の現地での評価を聞いてみた。

「一九八六年までのパリ、ジュネーブ在勤中に、何回か〝今のフランス人が一番好きな映画は？〟というアンケートが行われ、常に『天井桟敷の人々』がダントツの1位でした。おそらく今でもあまり変わらないのではないでしょうか。そのあとこれに匹敵する名作は生まれていないと思います。最近でも、この映画をバレエ化したり、大展覧会を開いたり、という動きがあります」

製作後約七十年以上たっているのに、不動の位置は変わっていないようだ。

『天井桟敷の人々』を1位にした多くのアンケート回答者が、この映画の魅力は一人の美しい女性を取り巻く三人の男性との綾取りのような関係が描かれていること、と理由を述べている。

しかし、井上が推した理由は、男と女の愛の関係にではなく、フランスの劇場、舞台裏、客席など当時の芝居小屋が、リアルに垣間見えることに惹《ひ》かれ、6位に挙げたのではないか。

映画の開始早々、無言劇を上映する芝居小屋の前での呼び込みが、

「財布にご相談の上、一フランの特等席か、四スーの天井桟敷か！」

と声を高くしている。一フランは二十スーだったので、天井桟敷だったら一階席の五分の一の料金で観ることができる。

無言劇で人気を博す「フュナンビュール座」に売り込みに来た役者志望のルメートルに対し、劇場主は、

「（うちの劇場は）客がいい、貧しいが黄金の客だ」

と言って、舞台脇から幕を少し開いて満員の客席を覗かせる。

「見ろ、上の奥のほうを、あれが天井桟敷だ」

天井桟敷席は客が鈴なり。大いに盛り上がり、舞台に向かって声を掛け、下の土間の特等席の客から「無言劇が聞こえないぞ！」と言い得て妙な文句が天井席に向かって飛ぶほどである。

天井桟敷席には椅子席がない。安いから庶民で超満員。欄干に観客が腰掛け、掛け声で盛り上がる。彼等はまさしく映画の原題「天国の子どもたち」――『Les《レ》 enfants《ザンファン》 du《デゥ》 Paradis《パラディ》』と呼ばれるとおりだ。

井上も、黄金の客である天井桟敷の人々に向かって脚本《ホン》を書いていたといえる。

歌舞伎の台本作家を主人とした『黙阿彌オペラ』。

〈生きているからには心に様ざまな屈託が溜まる。その屈託の大きな塊《かたまり》を、いい話、おもしろい話、悲しい話で、笑いや涙といっしょに西の海にさらりと捨ててしまいたい、御見物衆のそういう思いで芝居小屋はいつもはちきれそうです。そしてどなたも、いい科白《せりふ》が聞きたいんだ、耳にこころよい言葉で心の按摩にかかりたいんです〉（『黙阿彌オペラ』「五　ピアノ」新潮文庫）

井上も〝御見物衆〟〝天井桟敷の人々〟に向けて書いていたことは間違いない。評論家や大新聞の有名演劇記者にではなく。

『天井桟敷の人々』の脚本を書いた詩人ジャック・プレヴェールによれば、時代設定は一八二七〜二八年のパリ。日本では一八二八年（文政十一年）にはシーボルト事件が起こっている（十一代将軍徳川家《いえ》斉《なり》の時代）。

『黙阿彌オペラ』は、嘉永《かえい》六年（一八五三年）の師走の江戸から始まるが、『天井桟敷の人々』はその三十年近く前のパリ。劇場街である通称「犯罪大通り」を舞台にしている。

「犯罪大通り」という物騒な名前のいわれは、「タンプル大通り」に建ち並ぶ劇場で流行した勧善懲悪のサスペンス劇中で、やたら人が殺される場面が連日連夜繰り広げられていたせいで、「犯罪大通り」と通称された。

役者志望のフレドリック・ルメートルは、「フュナンビュール座」の劇場主に売り込んだことで役を得、初日の終演後、無言劇の主役・バチストと夜の町に出てホットワインを飲み交わす。

「君は無言で話ができるね、それも見事に。おもしろい。脚で語り、手で答え、それだけで天井桟敷を湧かせる」

顔の白塗りを落とし、白のピエロ服から普通の服に着替えたバチストはこう答える。

「わかってくれるんだ。貧しい人々だが——。彼らを笑わせるだけでなく、感動させたい。怖がらせたい、涙を流させたい」

〈読者を泣かせ笑わせたい。（略）そういうものを書きたいですね〉（つかこうへいとの対談「おしまいはハッピーのほうが」『国ゆたかにして義を忘れ』）

脚本を書く側の気持ちが如実にすくい上げられている点にこそ、6位に挙げた理由があると思えてならない。

フランス至宝の女優のパリ訛り

三人の男たちから想われるガランスを演じたアルレッティ（Arletty　一八九八—一九九二年）は、映画公開時、何と四十七歳。とてもその年齢には見えない。フランス史上最高の女優の一人で、フランスの至宝といわれるだけのことはある。

フローラン・ダバディの二十代の姪もこの映画を観ていて、「劇的なラブ・ストーリーに感動」といいながら、今の若い世代の彼女が魅せられたのは、日本人には分かりにくいことだが、

「大女優アルレッティのパリ訛りが素敵」

というのだ。ダバディによると、現在、どのパリっ子も標準語になってしまったそうだ。

「江戸弁をしゃべる東京の人は残っていますか」と七ヶ国語ができるだけに、言語に興味を持って尋ねてきた。

もしかしたら高齢の落語家の中に江戸弁を引き継ぐ人が現在でも残っているかもしれないとしか返答のしようがなかったが、井上だったらきっといい返事ができたはずだ。

日本語に関する多くの著作があるだけでなく、テレビドラマ台本『國語元年』（後に戯曲化）では明治維新後、〝六十余州〟の各藩の方言をどう「全国統一話し言葉」にするかをテーマにしているからだ（書き言葉は「候文」が全国共通）。

江戸弁だけでも二種類ある。

主人公・文部省官史（川谷拓三）の家では、女中頭（山岡久乃）が使う山の手言葉と、台所働き（賀原夏子）が使う下町言葉とが話されるのだ。

『天井桟敷の人々』のアルレッティ

江戸弁だけではない。家族、使用人、居候といった人たちの出身地がそれぞれちがうため、種々のお国言葉が計十言語、敵味方入り乱れての乱打のように飛び交う。加えて、アメリカ帰りのピアノ弾きの英語までが飛び出すのである。

『國語元年』はNHKテレビ「ドラマ人間模様」の依頼。当時の演出家（村上祐二）に話を聞くと、井上家を訪ねて全配役案を見せたところ、「一も二もなく全員OK」だったという。

気に入った第一の理由は主役の川谷拓三と、さらにその奥方役のちあきなおみにあった。以前に井上から、

「川谷さんは（こまつ座の）舞台やる気はないのかなー」

と村上は尋ねられている。その意向を川谷に伝えたのだが、「（舞台での長セリフに）自信がない」との返事で実現していなかったので、川谷の主演を喜んだのだ。

〈ぼくが最近見た映画の中で『資金源強奪』[1]（深作欣二）がいちばんいいとおもった〉（鼎談「昔も今も映画ばかり」）

と評した、一番多く出演したヤクザ映画では脇役だったが、それから十年後、ＮＨＫテレビでは主役を張るのである。

ちあきなおみについては、こんなエピソードがある。紅白歌合戦の審査員をしないかという打診が井上にあったとき、締め切りに追われる身で長時間の拘束のため躊躇《ちゅうちょ》するのだが、引き受けた。その理由に、

〈「ちあきなおみの素顔を目のあたりに見ることができるというのに断る馬鹿がどこにいる」〉（「紅白のタイムマシンに乗って」『ブラウン監獄の四季』）

というほどだから、主人公の奥方役という配役にはうれしくて膝を叩く思いだったのではないか。事実、薩摩出のお嬢様育ちの奥方役は、その天然ぶりが秀逸の演技となった。

配役の話に次いで、さらに村上が、

「テレビ放送時には、セリフに字幕を入れます」

と説明すると、向かいあった椅子からころげ落ちそうになっておもしろがったという。

セリフは洋の東西を問わずドラマの要。フランス人がいまだに『天井桟敷の人々』をナンバー・ワンと認める主な理由は、台詞《せりふ》が極めて美しく対話のエスプリが面白いことであるという。セリフを書いたのは、フランス人が愛し続ける民衆詩人ジャック・プレヴェール（シャンソン「枯葉」の作詞家でもある）。

フローラン・ダバディによると、

「プレヴェールの台詞の美しさは、字幕を通すと五、六割方失われる」

と、外国語に弱い日本人には辛《つら》いことを言う。しかし、井上は中学三年から高校卒業まで孤児院でカナダ人のネイティヴにフランス語を習っていた。

〈院内には英語の特別クラスや仏語の特別クラスなどが設けられていて、わたしは三年間、日曜を除く毎夜、修道院長からじきじきに仏蘭西語を習った〉（「年譜」一九五〇年、十六歳）

そのフランス語能力がうかがえる場面が『モッキンポット師の後始末』にある。

S大学文学部仏文科主任教授のモッキンポット神父に、孤児院からの紹介状を渡すと、

〈「どや、あんたも紹介状を読みまっか。この紹介状はフランス語で書いてあるんやが、それによると、あんた、だいぶフランス語がいけるそうやないか?」〉

と、主人公の「ぼく」にも読むことを促すのだ。在院中に〝しでかした〟数々の悪事があばかれていないか、心配しながら読み上げると、

〈「そのぐらい読めれば上出来や、内容もわかりまっか?」

「……だいたい、わかります」

「なお上出来や。だけどな、トレビエンは発音違いや。トレビアンが正しい」

「修道士の先生はトレビエンと発音してました」

とぼくが不服を唱えると、神父は舌打ちをし、

「カナダ人の発音は田舎臭くて困ったもんや。あんた、そのカナダ訛《なまり》を直すのにたっぷり一年かかりまっせ」

ぼくはすこしむっとした。ビエンと発音すれば鼻炎になるわけじゃなし、ぼくにとっては大恩人の、カナダ人修道士をこき下すことはなかろう〉

〝上出来〟のフランス語と評されたのだから、プレヴェールの書いた美しい名セリフを、完全コピーに辿り着くまで三時間十分を何度も何度も観ているうちに、ほぼ理解できたのではないかと想像される。

プレヴェールのセリフは、削りに削られて簡潔に美しく仕上がっていることが、聞き取りやすくしていることもある。

その上、上智フランス語科四年のときには、フランスの作家で劇作家アンリ・ド・モンテルラン（一八九六—一九七二年）の戯曲『讃血亜護《サンチアゴ》騎士団長』を上智のポール・リーチ教授の依頼で翻訳していた（「オール讀物」二〇一六年四月号に掲載）。翻訳と映画の台詞の聞き取りとの違いはあるが、詩人ジャック・プレヴェールによる簡潔で美しいセリフを原語で楽しめる力はあったのではないだろうか。

（1）『資金源強奪』（一九七五年）
監督：深作欣二、脚本：高田宏治、音楽：津島利章（他に『仁義なき戦い』「トラック野郎」シリーズなど）。組の幹部（名和宏）の命令で、敵対する組長を射殺し刑務所生活を送ったやくざ（北大路欣也）が八年後に出所すると、妻（太地喜和子）は幹部の世話になっており、組織も敵対していた組と協定を結ぶため、彼の存在を煙たがる。そこで組織から足を洗い、刑務所仲間（川谷拓三、室田日出男）を集め、組の資金源である賭場から賭け金を奪うことに。悪徳刑事（梅宮辰夫）を交えた三つ巴の大金争奪戦を描くアクション映画。

「犯罪大通り」にあった劇場の移転先

映画の中で、あれほど人々が湧き上がるように集まる「犯罪大通り」と通称される「タンプル大通り」は現在どこにあるのか？　行けたら行ってみたいと興味が湧き調べてみたところ、すでに消滅していた。約百六十年前、パリ改造の都市計画が行われたからである。

その当時のパリは、信じられないほど建物が密集し、汚物にもまみれていただけでなく暴動も頻発。そのために、第二帝政下（一八五二年）、ナポレオン三世は即位の翌年、パリ改造を計画。任命されたジョルジュ・オスマン男爵（Georges Haussmann　一八〇九―一八九一年）の都市計画案[1]によって拡張工事が行われ、広い大通りや放射線状の都市広場が生まれ、現在のパリの美しい姿に変身した。

そうしたパリ大改造のため、「犯罪大通り」にあった古い映画館を含む近隣の建物もすべて取り壊され、移動先が十三区のゴブラン通り（73 Avenue des Gobelins）だった。

『天井桟敷の人々』の舞台となり、白塗りのパテストが人気を博した「フュナンビュール座（綱渡り芸人の意）」は移転しない道を選び、保証金を貰って解散。その他の多くの劇場は交換地の三角形の街区に移った（鹿島茂『文学は別解で行こう』）。

明治維新の一年後に当たる一八六九年、劇場が移った先の街区に八百席のイタリア式劇場「Gobelins《ゴブラン》」が建設され、ジュール・ヴェルヌの「八十日間世界一周」などの娯楽劇を演目としていた。

調べていくうちに、そのゴブラン劇場が『天井桟敷の人々』を製作したパテ社の新社屋に転身していることを発見した。あまりに運命的ではないだろうか。

元々の容積では新社屋に必要なスペース分がとれなかったため、劇場入り口のファサード（前面）だけを残し、背後に新たに社屋を建て直した。何とファサードは美術学校のまだ無名の学生だったロダン作。左の男性はドラマ、右の女性はコメディを表すレリーフが刻まれている。そのお陰で古くからの街の景観に新社屋はそのまま溶け込んでいる。

しかしファサードの背後の新たに建て直された社屋は超モダンで、写真で見るとまるで銀色に輝く巨大なアルマジロが、隣の建物と建物の間に密かに身を潜めてうずくまっているかのような気配である（レンゾ・ピアノ設計）。

（1）オスマンによるパリの都市計画

一八六〇年代初め、パリの都市計画が行われた理由としては、二つの違った見方がある。その一つが「パリを世界でもっとももうつくしい都にすべく、『グラン・ブールバール計画』という名の都市計画」のため（原田マハ「エトワール」『ジヴェルニーの食卓』集英社文庫）。

もう一つ別な見方は「犯罪大通り」の大衆エネルギーの恐れから「暴動鎮圧の軍隊の移動を容易にするため」（鹿島茂「『天井桟敷の人々』とその時代の巴里」『文学は別解で行こう』白水社）。

セーヌ県知事在任中のジョルジュ・オスマン男爵の都市計画によって拡張工事が行われ、「パリの街の様相を一変」（原田マハ同前書）、その後の各国の都市計画の手本となった。

ボローニャのフィルム修復技術

井上の視野は、ほとんどの映画評論家や愛好家が興味を示そうとしないフィルム修復にまで及んでいる。

〈ついに、あのヴィットリオ・ボアリーニ氏に会うことができました。「それればかりではない、なんと一時間も、彼と話をしたんだよ」と感涙にむせびながら叫んでも、ほとんどの日本人はなんのことかわからないでしょう〉（「チャプリン・プロジェクト」『ボローニャ紀行』文春文庫）

ボローニャが世界に誇る映画の保存と修復の総合施設「チネテカ」の創立者の一人ヴィットリオ・ボアリーニに会ったときのことだ。

〈ボローニャ中心部のマッジョーレ広場で、イタリア代表野球チームの一員が、「日本で、あの長嶋茂雄さんと会ったんだよ」と叫んでも、だれも振り向いてくれないのと同じようなものです。その国ではすこぶる有名だが、一歩国外に出ると、ほとんど無名という人がいて、このボアリーニ氏もそういったお方、イタリアでは知らない者はいない〉(同前)

ボアリーニ氏は熱狂的な共産党員で、文化大革命を支持。そのために責任者の地位からも外されてしまった。暇になったことから映画好きの友人と古い映画の上映会を始める。そのことが思わぬことを招く。

〈「そのへんから無声映画のフィルムを探し出してきては、十人、二十人と人を集めて、その前で解説付きで上映するわけだね。ところが古いフィルムだから途中でよく切れる。そのたびにお客の中から不満の声があがる。それで、フィルムの修復をしなければならなくなった。これがチネテカのそもそもの始まりなのだね」

さっそくボアリーニ氏は仲間と組んでフィルム修復のための組合会社をつくりました。なにかあるとすぐ組合会社をつくる。(略)これも「ボローニャ方式」[1]の秘訣の一つです〉(同前)

ちなみに、井上が感心するボローニャ方式に、日本の企業もお世話になっていることが同書からわかっておもしろい。たとえば、ホッチキスを使わない伊藤園の日本茶のティーバッグ包装がボローニャ方式を採用し世界に広がっている。

しかし、実際にフィルム修復を始めてみると、これが難事業。

〈そのとき助けてくれたのが、行政と地元銀行とボローニャ大学の映画サークルの学生たちと映画評論家たちでね、さっそくみんなで知恵を出し合ってフィルム修復の器材を考えて、その器材を地元で製作。

「(『カビリア』という)映画の古いフィルムがいまここに一本あるとして、当然、中身はぼろぼろだ。残っているものを単純に繋《つな》いで、新しいネガをおこして、それでおしまいというわけにはいかない。ところどころ抜けているところがあるにちがいないからね。そこで、『カビリア』の別のフィルムを探さなくてはならないということになる。それもできるだけたくさん探し出す。切れ端でもなんでも集めてくる。それから、シナリオも探さなくてはいけない。こうして手を尽くして探し出せるものはすべて探し出しておいて、フィルムの汚れをきれいに落としてから、シナリオをもとに、使えるところを繋いでいくわけだね」

こうして完全に復元されたフィルムは、もちろん市民の財産ということになり、夏になると連夜のように、マッジョーレ広場で市民のために上映されました〉(同前)

ところがこの地味で手間のかかる仕事が、急激に世界的な広がりを見せるのだ。

〈「ボローニャにフィルムを修復する技術があると聞いて、二十世紀フォックス社やコロンビア映画社やフランスのカナル(テレビ会社)といったところが、山のように古いフィルムを持ち込んできた。映画やテレビなどの映像産業が、古い映画を放映したり、DVDにして売りだせば、巨大な利益が見込めると計算したわけだね」

こうして世界中のフィルム修復をチネテカが独占するところになり、たいへんなお金をボローニャにもたらすことになりました。(略)

「そうやって稼いだ利益で、映画と修復と保存のために複合施設チネテカをつくった。(略)おもし

ろい施設になっている。見ていってください〉（同前）

井上が見に行った先は、使われなくなったタバコ工場を再利用した新しい施設。〈入り口の案内によると――三つの映画館（略）。わたしが訪ねた二〇〇三年の十二月の外国館は北野武監督の全作品とタランティーノ監督の全作品を交互に上映していました〉（同前）

井上は修復をすませてきれいになったチャップリンの『ライムライト』を、三つの映画館の一つ、こども館（定員百人）で観せてもらう。

上智大在学中（一九五三年）「映画の友」誌の「私のチャップリン観」の企画に応募し、採用されている。この文章はどの本にも収録されていないので、全てを引用する。

〈彼、チャップリンが鋭い着想と、秀でた技術で斯界に確固たる位置を占め終わった一大映画人であるという事は事実である。

多才（多彩とも言うべきか――）な各部門への造詣と技術が、戦後二つの傑作を世に送り、各々厖大な賞讃を得た。

しかしである――（『殺人狂時代』の）ヴェルドウ氏が殺人を云々してギロチンにひかれていく諦観の後ろ姿や、最後に一世一代の演技を成し遂げた（『ライムライト』の道化師）カルヴェロの神々しい死顔のかげから、私は彼のせせら笑いが聴きとれる様な気がするのだ。

世間の人々を他愛もなく軽々と手玉に取っている彼が見えるような気がするのである。

二つの映画は成る程、感銘を与えずにはおかない訴えるものを持っているが、彼の余りの狡猾さが、知性の乏しさが彼の作品を、極めて巧みに作られた道化師劇で残念ながら終わらせてしまう――と言っては言いすぎであろうか。

映画では「清らか」な事を描きながら、乱脈の私生活を歩んできた臭味が、その裏に流れている様にも思えるのである。

彼の作品には又いい意味でのハッタリがある。

しかし、彼が依然として天才的な映画人であることは否定できない。

魔術師として――。道化師として〉(「映画の友」一九五三年七月号。投稿名：東京・井上夏)

本名の漢字になっている。掲載号が七月号ということから、ドイツ文学科在学中ながら〝ドイツ語がちっともおもしろくなくて閉口〟している時期に投稿したのだろう。住所も東京になっている(夏休み以降は釜石に在住)。

十九歳という若さゆえに、気負った感のあるシニカルな書き方だが、文中で書かれている〝戦後二つの傑作〟とは当然『殺人狂時代』と『ライムライト』。応募文中でもそれぞれの主人公の名前を挙げて映画名を示している。

自宅で、チャップリンについての評を、妻と長男それぞれにもらしている。ユリには、

「一時期、キートンかチャップリンかという論争があったんだけど、チャップリンのほうがずっと大きな存在だよ」

と説き、佐介には、

「うーん、結局、映画は黒澤さんとチャップリンのものなんだなあ。チャップリン映画の中ですきなのは『ライムライト』」

と語っている。ボローニャで美しく修復なった『ライムライト』を見せてもらってどんな感慨が横切ったことだろう(二〇〇三年十二月)。

世界の三大映画祭の一つカンヌ映画祭は、ボローニャの修復技術の世界的な意味を見逃さなかった。

井上がボローニャを取材した二年後、カンヌ映画祭は「カンヌ・クラシック」部門を新設。部門設立の目的は、映画史に残る名作を紹介することで、遺産の再活用に貢献しようとのことである。

六年後「カンヌ・クラシック」ではこう告知した。

「(『天井桟敷の人々』の製作会社) Pathé《パテ》にて修復された『天井桟敷の人々』のニューヴァージョンがご覧いただけます」

「カンヌ・クラシック」の修復部門 (Restored prints) では、必ず2Kまたは4K[2]デジタルで上映しなければならない。

同部門七本の内の一本となり、Pathé《パテ》社によって2Kに美しく蘇《よみがえ》った『天井桟敷の人々』がカンヌで一回だけ上映された。

もしかしたら『天井桟敷の人々』のフィルム修復[3]は、ボローニャで行われたのではないか?

現在はテニスのグランド・スラム中継 (WOWOW) でナビゲーターを務めるフローラン・ダバディに訊ねると、すぐに英文の関係資料を送ってくれた。

「フランス政府によって三十年間保管されていたが、かなり悪い状態にあった」

とまずある。

では硝酸セルロース素材[4]のボロボロの『天井桟敷の人々』のフィルムを、どうしたのか。

英文資料にパテ社はイタリア・ボローニャの「L'Immagine《リマジーネ》(画像) Ritrovata《リトロヴァータ》(新発見)」に送ったとある。

フィルム修復専門家に話を聞いた。

「L'Immagine《リマジーネ・》 Ritrovata《リトロヴァータ》は世界的に有名なボローニャにある『チネテカ財団』の公的機関で、多くの作品の修復で有名です。

だれが見ても捨てるしかないと思われるほど劣化したフィルムからでも、時間をかけて修復する技術があります。特に昔の硝酸セルロースのフィルムの修復では、世界一でしょう」（スキャナー機、AR《ア》RI《リ》社[5]の日本代理店のシニア・スペシャリスト遠藤和彦）

井上がボローニャでボアリーニ氏から聞いたフィルム修復事業と、『天井桟敷の人々』の修復とがここで繋がった。

『天井桟敷の人々』をカンヌ映画祭で一回だけ2Kで上映したのは、二〇一一年四月末なので、井上は約一年前に亡くなってしまっているが、カンヌ・クラシックが設立されたことは知ることができている。ボローニャの修復技術のゆく先を見据え、この日を予感していたのではないか。

パテ社は『天井桟敷の人々』を2Kから、さらに手間と費用をかけて三年後に4Kで完全デジタル化した。その理由は、「パテ財団」の新社屋[6]設立のオープニング・イベントとして、晴れてフランスの人々にお目見えさせるためだった（二〇一四年九月）。

新社屋の場所がこの映画の第一部タイトル「犯罪大通り」に建っていた劇場群の移転先だったという歴史がもたらした奇遇。

「パテ財団」本社は、パテ兄弟（シャルル、エミール、テオフィル、ジャック）が創立した映画会社パテが一八九六年から一九〇七年までに撮ったサイレント映画九千本を含む一万本以上の貴重なフィルムを、一般に公開する目的で建てられた。

華やいでオープンした新社屋だが、建築界のノーベル賞といわれるプリツカー賞受賞者による設計。映画を後世に文化遺産として伝えるべきと考えるパテ社の、根性が入った強い姿勢がうかがえる。

『天井桟敷の人々』の開始直後、黒地に白抜きで Pathé の書き文字と、かわいらしい雄鶏のイラストが現れる。フランスの国鳥から取られたパテ社のロゴマークである（ちなみに日本の国鳥はキジ）。

（1）ボローニャ方式

最大の特徴は、分社方式。同じ技術を別な用途に用いるときは、分社する。分社のとき母会社の技術を持ち出すことが許される。包装機械メーカーから分社した一つが、自動ティーバッグ包装システムの会社。ティーバッグの包装において、これまでのように口をホチキスで止めると日本人は〈金気《かなけ》が口に入るのを嫌う〉といわれ、糸を使う技術を三年かけて開発。今はリプトン紅茶もこの方式に。こうした包装機械の会社は五十社以上ある。（『街の動力』『ボローニャ紀行』）。

（2）４Ｋ

ｋとはkilo《キロ》のことで、一コマの横方向の画素数が約４０００あることを意味し、今のデジタルテレビの二倍。４Ｋの縦方向の画素は約２０００あり、一コマあたり総画素数は１２００万点でできていて、日本で言われるハイビジョン、海外ではＨＤ《ハイデフ》と呼ばれる画像（横１９２０×縦１０８０画素）の約六倍ある。

（3）『天井桟敷の人々』のフィルム修復

「『天井桟敷の人々』は全体で二七万コマを超える。一九〇分の作品で、35㎜映画は一分間で一四四〇コマ。これらを一コマずつ修復するには何年もかかるのはザラで、カンヌ映画祭に間に合わせるために八ヶ月ほどで一応やったというのは、かなりのスピード。カンヌには画面の解像度が２Ｋ（横約２０００×縦約１０００画素）しか間に合わなかったのもうなずける。２Ｋは４Ｋの四分の一以下の時間でできる。（スキャナー機、ＡＲＲＩ日本代理店、ナックイメージテクノロジー社シニア・スペシャリスト遠藤和彦）。

（4）（フィルムの）硝酸セルロース素材

古い映画のフィルム素材は、硝酸セルロース《ナイトレート》。かつてキューピーさん人形に使われた材料のセルロイドのことで、非常に発火しやすい。日本では、京橋の国立フィルムセンター（現・国立映画アーカイブ）で火災が発生、多くの古い映画フィルムが焼失したことがある。硝酸セルロース《ナイトレート》はフィルムにしやすいが、また非常に燃えやすい。樟脳と混合してつくられたのがセルロイド。ちなみに、現在のフィルムは酢酸セルロース製になっていて、発火はしにくいものの、自然に分解してしまい、三十年くらいで変形などによって映像機に掛けられなくなるという危険性がある。早くデジタル化しなくてはならないと言われているわけである。

（5）ＡＲＲＩ社

アリ社はフィルム修復という過去の遺産への仕事だけでなく、現代の映画製作にも深く関わっている。ドイツ映画『陽だまりハウスでマラソンを』のエンディング・ロールにＡＲＲＩの社名が二つも現れた（二〇一三年製作。日本公開二〇一五年三月)。イギリス映画『ターナー　光に愛を求めて』でも、ターナーの絵の微妙な色合いの撮影は、ＡＲＲＩのライティング機材が使用された(二〇一五年六月公開)。ヘレン・ミレン主演『黄金のアデーレ　名画の帰還』も。

映画製作者は、アリ社の「レンタル」部門から撮影機材を借り出し、撮影後の編集いわゆるポストプロダクションでも、カットを繋いでシークエンスを作って行く作業などを「ＦＩＬＭ＆ＴＶ」部門を使って仕上げている。現在の映画会社は、ビリー・ワイルダー監督の『サンセット大通り』(一九五〇年)で描かれる撮影所のような、すべてを自前でまかなえる「王国」ではなくなった。

(6)「パテ財団」の新社屋

建築家は「プリツカー賞」を受賞しているイタリアを代表するレンゾ・ピアノ(Renzo Piano　一九三七年―)。東京でピアノ設計の建物が見られるのは、銀座「メゾンエルメス」ビル。「建築美術館の様相を呈している」といわれている(『ＴＯＫＹＯファッションビル』川島蓉子著)。関西では「関西国際空港旅客ターミナル」ビル。建築のノーベル賞といわれるプリツカー賞は、アメリカにあるホテルチェーン「ハイアットホテル・アンド・リゾーツ」のオーナーであるプリツカー(Pritzker)一族が運営するハイアット財団から、存命の建築家に授与される。

第9章　エリザベス・テイラーは別格

思い出を全てリズに托して

発見された上智大のフランス語科二年のときのノートに、『若草物語』（Little Women　一九四九年）を観たときのことが書かれている。

〈浅草で『若草物語』を観た。仙台で高校一年の冬……今から七年ぐらい前に（孤児院の修道士）ダニエル先生と観たおぼえがある。あのときよくてよくてたまらず半年くらい「舞踏への勧誘」を口ずさんでいたものだった。（略）クリスマスの演藝会（シーン）を心待ちにして見ていたのもおかしい。善意というものに失望してはいけないのかもしれない〉（昭和三十二年十月）

より貧しい家族に自分たちのささやかな朝食を届けることから、善意が順繰りにまわっていくエピソードのことである。

日本公開は井上が中学三年の秋に仙台の孤児院に移って三ヶ月後の年末だが、実際に観たのは高一になった冬、修道士の先生とだったことが分かる。若さゆえに善意などはまだ信じられなかった年頃だったはずだ。善意を信じようと思うようになるのは、自分たちに尽くしてくれる修道士を間近に見ていたことも影響しているのではないか。

善意を順に送っていくという〝恩送り〟の考えは、約半世紀後に『黙阿彌オペラ』に移植されたのではないか。

〈新七　高島屋から仕込んでもらった御恩を若い役者に回し、役者はそれを見物衆に回し……。なるほど教わりましたな〉（『黙阿彌オペラ』「三　花火」）

『若草物語』を〈よくてよくてたまらず〉と十六歳の井上が思ったのは、苦しい暮らしの中での心打つストーリーだけでなく、特に四女役を十七歳で演じるエリザベス・テイラー[1]に惹かれたのではではないか。四人姉妹の中でダントツに美形である。

通称リズと呼ばれる彼女の瞳は、深いネイビーブルーだがライトを浴びると紫色に見え、その上、天然の〝二重まつげ〟に取り囲まれているという特徴のため、人を引き込む魅力があった。日本人にはない目元である。

彼女の伝記によると、出産直後、両親は医師から「their newborn daughter had a mutation《お嬢さんには突然変異が見られます》」と告げられ、それは〝二重まつげ〟だと知らされる（『Elizabeth』J. Randy Taraborrelli著　二〇〇六年刊）。『若草物語』はカラー映画。煙ったような天然まつ毛に囲まれた紫の瞳にも、ティーンエイジャーの井上は惹きつけられたはずである。

テイラーについては、長部日出雄との対談でこう話している。

〈あのころはかたっぱしから女優をすきになっていましたね。映画がまるで見合い写真みたいな役割をしていた。『陽のあたる場所』のエリザベス・テイラー。この人は別格〉（「焼跡の映画館」）

『陽のあたる場所』（A Place in the Sun　一九四七年　モノクロ）のアメリカ公開時には十九歳半になって

いた。

日本公開は井上が高三の秋、思春期まっただ中である。子役から脱して成人した若い女性役への変化に井上は衝撃を受け、〝特別〟の存在になったと思われる。テイラーが二歳九ヶ月年上。

「高校時代のベスト10」では、『陽のあたる場所』を2位に挙げている。

〈ジョージ・スティーヴンスの「陽のあたる場所」、若いときの未来設計図として、かくありたいとおもった。社長令嬢に愛されたいと（笑）〉（鼎談「昔も今も映画ばかり」）

リズが演じた役は、裕福な水着会社社長の若き令嬢役。井上は「逆玉の輿《こし》」を願っているが、映画ではその格差が悲劇を生む。

貧しい母子家庭に育った青年役のモンゴメリー・クリフトの陰影のある顔と、若く美しいエリザベス・テイラーとの、超望遠レンズを使ったモノクロ映画ならではの印象的なキスシーン。エリザベス・テイラーは、まれなことに顔が左右均等でどちら側からも撮れるので、監督が最も使いたがった女優といわれた。そうした意味でも彼女は〝別格〟だった。

手の届かない高嶺の花と思っていた裕福な家庭の令嬢との結婚を、大会社経営の伯父から約束され、出世のために恋人を殺害し死刑を宣告される青年。〝社長令嬢に愛され〟ても、こういう結末がある大人の世界を、井上は垣間見た思いだったのではないだろうか。

前述の上智大二年のときのノートの中には、さらにエリザベス・テイラー主演の『ジャイアンツ』に関する記述がある。

クリスマス直前の日本公開。井上はフランス座の無料パスを使って、浅草で観たはずである（一九五六年）。

〈『ジャイアンツ』（ジョージ・スティーヴンス）

ジョージ・スティーヴンスは映画を識っている。殊に最初の数シークエンスに於けるカッティングのうまさ、やわらかさ……突飛すぎるほどの時を進ませながら少しも不自然ではない〉

〝最初の数シークエンスに於けるカッティングのうまさ、やわらかさ〟というのは、オープニングで出演者の名前をバックにスタートする、次々と移り変わるシーンのことだろう。

牛が陸続《りくぞく》と集まってくるテキサスの大牧場の荒涼たる風景から一転、東部の緑豊かな牧草地を乗馬服の一団が猟犬数頭を伴って列車と併走する。その中で、主人公となる二人がそれぞれ登場、という見事なスイッチング・シーン。

〝突飛すぎるほどの時を進ませる〟というのは、前半でエリザベス・テイラーが育った知的な東部と、嫁ぎ先の、荒々しいテキサスの大牧場主ベネディクト家との落差ある日常生活の細部をていねいに描いていきながら、その一方、上映時間二〇一分の後半、テイラーに密かに思いを寄せる若い雇い人（ジェームズ・ディーン）が油田を掘り当てて富豪に上りつめていく急上昇に反して、時代の変化に対応が遅れがちになるベネディクト家の上に流れる三十年間を、うまく折り畳んだ時間的演出のことだ。

井上は、ほんの二行で、この映画のポイントを見事に突いている。〝カッティングのうまさ〟〝時の進めかた〟の二点は、後に井上が戯曲、小説を書く上で、きっと役に立ったはずである。

さらに大学二年のときのノートで記しているのは、『ジャイアンツ』における演技にたいする驚きである。

〈エリザベス・テイラー、私の仙台時代の思い出を全部彼女に托しているのだが（『若草物語』『陽のあたる場所』）、この映画での落ち着いた柔軟さはどうだろう。驚くべき変型ぶりだ〉

大牧場主一家が時代の変化に苦悩し、女主人としてそれに対応していく姿——最後は孫二人のいる五十代を当時二十三歳で演じているのだが、髪に白髪が混じるだけでなく、話すときの表情や身のこなしの動きが、まさしく美しい初老に入りかけの、ゆったりした女性に成りきっている。独善的になりがちな夫への懐《ふところ》の深い向き合いかたも含んで、井上は〝柔軟さ〟と表現しているのではないだろうか。繰り返すが、たった二十三歳なのである。

『ジャイアンツ』はジェームズ・ディーン最後の出演作ということもあって、テレビでしばしば放映されるので何回か見ているのだが、二〇一分と上映時間が長いために用事やトイレなどつい他のことを挟み込んでしまっていた。しかし改めてＤＶＤで通して見直すと、井上の言うテイラーへの細やかな目線による評価を改めて思い知らされた。

〝エリザベス・テイラーは別格〟と、五十代となった井上が評するのは、彼女のこうした懐の深い演技力を含んでのことだろう。

〝別格〟なのは、演技だけでなく、行動においてもだった。

『ジャイアンツ』から二十年後、エリザベス・テイラーが四十三歳の時、意外な目的で来日していることを、私家版の本（カラー印刷）で知り驚いた。

大物女優の来日なのに、なぜか報道されていない。

来日は伊万里焼を世界から買い戻して集めた「栗田美術館」のオープニング・セレモニーへの出席のためだった（一九七五年、栃木県足利市）。

「この落成祝いのニュースは、テレビ、新聞、週刊誌などには、出なかった。出なかったというよりは、総会屋の美術館落成式にエリザベス・テイラーがテープカットに来日したなんてとても（怖くて）書けなかった、というのが現実だったのかもしれない。ちなみに、エリザベス・テイラーは『伊萬里』

非売品）

の大ファンであったという」（『アンコール　極上葡萄酒談義』著&イラストレーション：近藤聰。二〇一四年刊、

著者の近藤は、この美術館を作った栗田英男に依頼され、伊万里コレクションの豪華本『伊萬里』のブックデザイン、写真撮影のディレクションも担当している。

発行部数は限定一〇〇〇部、一冊八万円の定価。

「すべて日本の上場企業のトップに贈呈され、十数億円の出版祝いが届けられたそうである」（同前）

そうした栗田英男とは一体……？

「栗田英男氏（注：一九一二—一九九六年）は世間では、〝総会屋〟としてかなりきらわれていたのだが、実際には総会屋として金をかせぎ、『伊萬里』の出版で金をつくり、それらの資金で海外へ流失していた伊萬里を買い戻すべく、奔走していたのではないだろうか」（同前）

彼女はロスから自家用ジェットで来日し、栗田がこれまたプライベート・ヘリで羽田空港に出迎え、そのまま足利市の美術館へとヘリで連れていった、と近藤は証言する。まるで拉致するかのようである。

さらにリズの意外な面を知らせてくれるのは、画家の横尾忠則で、彼女が七十九歳一ヶ月で亡くなったときのツイッターである。

「高二の時彼女にファンレターを書いたら、手紙とサイン（ぼくの名も入っている）入りのブロマイドと、ぼくが切手コレクターだと知って世界から寄せられたファンレターの封筒の切手を沢山はがして送ってくれた。エイズ撲滅で来日した時、テイラーに会った」

その来日は、二〇〇九年五月の笹川財団によるエイズ撲滅キャンペーンのとき。テイラーはエイズ撲滅に献身してきた。

その七年前。アメリカで一番読まれ〝文化を動かす雑誌〟と言われる「ヴァニティフェア」誌（一九九二年十一月号）は、エリザベス・テイラーが袋から取り出したコンドームを右手に持つ表紙。女性をエイズ感染から守るためとはいえ、まだエイズに偏見の残っていた九〇年代初頭の当時、大女優のこの行為はセンセーションを呼んだ。

やはり、エリザベス・テイラーは、行動においても井上の評するとおり〝別格〟だった。

（1）エリザベス・テイラー（Elizabeth Taylor　一九三二―二〇一一年）
一九八一年、正式にロサンゼルスの同性愛の男性が初めてエイズと症例報告された後、患者数が急増。エイズ患者が差別を受けたことから、テイラーは一九八〇年代半ばからエイズ撲滅運動を支持。一九八五年、米国エイズ研究財団の創設メンバーの一人となった後、一九九三年にはエリザベス・テイラー・エイズ基金を創設するなど、生涯エイズ撲滅運動につとめた。

対照的な女優二人

「洋画ベスト10」のアンケートに、「好きな女優」という質問項目がある（『洋画ベスト150』）。井上の答えは――。

〈『昼下りの情事』のオードリー・ヘップバーンと『お熱いのがお好き』のマリリン・モンロー〉

女優としてこの二人は相当に――右翼と左翼ほど違うのだが。

すでに第六章で記したように、アンケートでの井上が選んだ「洋画ベスト10」の中に、2位『昼下りの情事』（オードリー・ヘップバーン主演）、7位『お熱いのがお好き』（マリリン・モンロー主演）が入っている。共にビリー・ワイルダー作品が。

「好きな監督」の答えは、当然ながらビリー・ワイルダー。

つまり、この二作は「好きな監督」と「好きな女優」の出演作とがベタに重なっていることになる。

まずモンローが好きな理由について——。

〈モンローの人品が上等上質だったことは彼女のこの映画を観ても判るし、ドレスの代わりにセックス・シンボルという煽《あお》り文句を着せられていたのに女性からも好意を持たれていたのは、性的魅力のほかになにか輝くものをもっていたことの表れ。そういう稀有《けう》な存在がなにか巨大な圧力に押し潰されてしまったらしい〉（『誰が彼女を殺したのか——『マリリン・モンロー最後の17通』』『餓鬼大将の論理』）

モンローを〝人品が上等上質〟と書く評論家をわたしは知らない。

〝女性からも好意を持たれていた〟ことを裏付ける証言が、『お熱いのがお好き』のDVDの特典映像にある。

女性バンドメンバーとして出演した数人が話をするのだが、全員が「マリリンは輝いていた」「すばらしく魅力的な演技だった」と口を揃える。

美しい異性に甘くなりがちな男性からの証言と違って、同性の見方だとシビアな視線になりがち。そのことを考えると、共演した彼女たちの言葉には説得力がある。井上はDVD化以前に、モンローに関して、前記のようなことをすでに書いたのだ。

『お熱いのがお好き』の撮影当時、モンローは妊娠していることもあって情緒不安定。撮影には遅れるわ、来ても楽屋から撮影現場に現れないわで、ワイルダー監督が「二度とマリリンとは組みたくない」とこぼした。しかしさすが名監督、そこは人の使い方を心得ている。

DVDの特典映像に出演した女優たちによると、狭い夜行列車の通路で女装したトニー・カーティスとジャック・レモンを含んだ女性バンドの団員たちが練習するシーン。モンローが楽屋からいっかな現れない。

そこで監督は、彼女がウクレレを手に歌うことになっている曲「Runnin'《ラニン》 Wild《ワイルド》（愉快にやろう）」を微《かす》かな音量で流させた。すると間もなくモンローが出てきたのだ。ワイルダー監督の心理の読み勝ちである。モンローは役を取られるのを恐れたからか、あるいは音楽を聞いてやる気を出したからだろうか。「女ったらし」ならぬ「人ったらし」ともいえるワイルダー監督ならではの技《わざ》である。井上が、多くの監督の中から好きな監督として選ぶだけのことはある。

画面でのマリリンは、そうした裏事情があったとは思えないほど女性バンドメンバー（その内二人は女装の男）の中央で、胸の開いた黒のフラッパー・ドレスをゆらしノリノリで歌っている。

オードリー・ヘップバーンに関しては、

「女優としてより、俳優として認めている」

と絶妙の言い方で、夫人・ユリに敬意の念を漏らしている。人間を演じられる、女優の域を超えた存在、という意味だろうか。

『昼下がりの情事』の相手役、ゲーリー・クーパーも「好きな男優」の項目で名前が挙がっているから、主演の女優、男優ともに井上の〝お気に入り〟ということになる。

『麗しのサブリナ』も好みだったという。しかしいまだに人気の高い『ローマの休日』に関しては厳しい。

ヘップバーンの演技が悪いと言っているのではない。

「どうしていいと言われるのだろう。脚本が悪い」

いつも井上は脚本の質を問題にしている。

脚本家はダルトン・トランボ。一九五〇年前後にハリウッドに吹き荒れた赤狩り（マッカーシズム）

でメキシコに追われていたため、一九五三年公開の『ローマの休日』に本名は表記されていない（七年後の『スパルタカス』で表示）。

アンチ赤狩りの意図を投影させるプロパガンダの部分が、脚本にあったのかもしれない。（二〇一五年映画『トランボ　ハリウッドに最も嫌われた男』がある）。

監督のウイリアム・ワイラーも最後まで赤狩りに抵抗したことで知られているので、ハリウッドを離れたローマでの撮影場所ということもあり、のびのびと脚本の意図を反映したのかもしれない。それを井上は敏感に感じ取ったのだろうか。

〈アメリカの製作者ダリル・F・ザナック[1]に名言があります。「脚本はバケツである。バケツに穴が空いているとどんなにお金をつぎ込んでもだめだけれど、バケツがきちっと出来ていると水を入れればちゃんといっぱいになる」。黒沢（明）さんもエッセイで言っています、いい脚本があれば、（撮るのに）迷ったときはそこへ戻ればいい、やがてちゃんと映画はできあがる。僕の好きな監督の一人にメル・ブルックスという不思議な人がいますが、この人はたった一度、まじめなことばをはいています。「よい脚本は災害時に頼れる筏《いかだ》になる。だが悪い脚本はどんなビッグスターや大金を注ぎ込んでも、すぐ沈んでしまう」〉（菅原文太との対談「映画に新しい展開を」『物語と夢』）

沈まない筏にするために、初日に遅れても頼れる筏を作る決意で脚本を書いていたに違いない。

井上の好きな真逆の印象を与える二大女優は、映画音楽では違った形で共に惹きつける。『昼下りの情事』ではフランツ・ワックスマン[2]による「ファッシネーション」（魅惑のワルツ）のたった一曲で。

長男・佐介によると「父曰く、この音楽はあるレストランで楽団が演奏しているのを関係者が聞いて使った、と話していた」とこの曲の生まれたいきさつに触れ、井上自身も家で口ずさんでいた。

一方、『お熱いのがお好き』の音楽には、世に広まった多くの挿入曲がある。擬音「プップッピドゥ～、プー!」とモンローが歌うことで後々まで広まった「I Wanna Be Loved By You」(愛されたいのに)、映画のテーマ曲「Some Like It Hot」(お熱いのがお好き)、モンロー演じるシュガーのテーマ曲でミュート・トランペットで奏される「Sugar Blues」、失恋したと思い込み涙ぐみながら歌う「I'm Through With Love」(恋はおしまい)などだ(作曲アルフレッド・ドイッチ。一九五五年『オクラホマ!』でアカデミー作曲賞)。

それぞれの違う質の女優の演技だけでなく、音楽好きの井上は音楽を楽しんだはずである。ただし、耳が過敏性のため、映画館では耳栓をしていたことだろう。

井上の好きな女優は、モンローとオードリーの二人の他に、井上ユリによると『若草物語』のエリザベス・テイラー、『昨日・今日・明日』(原題:Ieri, Oggi, Domani)のソフィア・ローレン。「歌がうまい!」と感嘆するのは、ジュリー・アンドリュース。

(1) ダリル・フランシス・ザナック(Darryl Francis Zanuck 一九〇二―一九七九年)
脚本家から名物プロデューサーに。父がアル中という破綻した家庭で育ち、十三歳のとき両親に捨てられる。年を偽り十四歳で陸軍に入隊。第一次世界大戦でフランスに派兵される。帰国後、作家の道を探りながら、ボクサーや工場労働者など手当たり次第の職につく。最初にパルプ・マガジンに売れた小説が映画の脚本になると、脚本のコツを摑み、「警察犬」シリーズでヒット。匿名を含め多くの脚本を書く。世の中の流れを感知する能力に優れ、二十三歳の若さでワーナーの製作部門のトップに。三十三歳でワーナーを去り、二〇世紀ピクチャーズを設立。三十五年、フォックスを買収し代表となり、多くの作品を製作する。女優たちと浮名を流すことでも知られた。『怒りの葡萄』『血と砂』『わが谷は緑なりき』『紳士協定』『イヴの総て』『陽はまた昇る』『史上最大の作戦』『トラ・トラ・トラ!』などを製作。

（2）フランツ・ワックスマン（Franz Waxman　一九〇六―一九六七年）
『昼下がりの情事』の音楽担当の作曲家。ドイツで映画音楽に関わっていたが、ナチスから逃れパリ経由で、夫人とともにハリウッドにやってきたドイツ系ユダヤ人。井上が好きな映画音楽の多くを作曲している。
『サンセット大通り』（Sunset Boulevard　一九五〇年）―アカデミー賞作曲賞
『陽のあたる場所』（A Place in the Sun　一九五一年）―アカデミー賞作曲賞
『第十七捕虜収容所』（Stalag 17　一九五三年）
『翼よ！あれが巴里の灯だ』（The Spirit of St. Louis　一九五七年）
『昼下りの情事』（Love in the Afternoon　一九五七年）

悪声女優の素晴らしさ

雑誌での対談相手、長部日出雄からの問い掛け。

「井上さんは、ずっと長いことミュージカルのナンバーワンは、『雨に唄えば』[1]といってたじゃないですか。それともフレッド・アステアの『イースター・パレード』かな」

〈いや、『雨に唄えば』です〉（「焼跡の映画館」）

と、断言している。

さらに続けて、意外にもこの映画で無声映画時代の大スター役を演じた、「大女優の嫌われ役」に注目していることに驚く。

〈ジーン・ヘーゲンでしたか、奇声を出す女優がいて、別の映画では、わりと普通の声を出しているんです。

ぼくは、このジーン・ヘーゲンが好きで、その前二流三流の映画館でちょこちょこ観てたんですね。あの映画（『雨に唄えば』）を観て、役者さんが映画の中にこんなに入りこんで、自分のイメージをこん

なにまで変えて演《や》ってるんだな、と妙に感心した覚えがありますね〉（同前）

ジーン・ヘーゲン（Jean Hagen 一九二三―一九七七年）の、普通の声を井上は知っていたのだ。『雨に唄えば』以前の彼女の出演映画というと、『アダム氏とマダム』（一九四九年）、『サイド・ストリート』『アスファルト・ジャングル』（共に一九五〇年）の三本がある。

『雨に唄えば』では、無声映画時代のヘーゲン演じる大女優の悪声を、裏で下っ端女優でジーン・ケリーの恋人（バート・レイノルズ）が美しい声に吹き替える設定。しかし、実際は悪性の声も吹き替えの美しい声も全てジーン・ヘーゲン自身の声が使われていたのだ。つまり「吹き替えの吹き替え」をヘーゲンが一人でやってのけたのである。

アカデミー助演女優賞にノミネートされただけのことはある。

『雨に唄えば』予告編でのジーン・ヘーゲン

ジーン・ケリーが土砂降りの雨の中で恋人への愛を歌いながら、タップダンスを踊るシーンは映画史に残る名場面とされているが、そのシーンではなく、悪声になり切って演じた女優、ジーン・ヘーゲンに注目している点が、他の人にない井上のユニークな評価と言える。

ヘーゲンのそれ以前の出演作などあらゆる映画を見尽くしているということが分かる。そうした「無駄観《むだみ》」を含んだあらゆる映画が井上を作ったといえるのではないか。

『雨に唄えば』の日本公開は上智大ドイツ文学科入学時の一九五三年四月一日だが、夏休みに母のいる釜石に帰省しそのまま二年半あまりを過ごすので、釜石でも観たと思われる。

その証拠といえるくだりが、釜石時代をモデルにした『花石物語』にある。

〈手紙を書き終えた夏夫はとても陽気になっていた。そこで、「シンギング・イン・ザ・レイン」を口笛で吹きながら図書館を出て郵便局のポストに二通の手紙を投げ込み、大通りを母親の屋台まで、踊りに入る寸前のジーン・ケリーがよくやる恰好――腰を落として膝を高くあげ、顎もあげて歩く――を真似て歩いて行った〉（『花石物語』）

陽気な気分になったときに、井上はこの有名な歌を踊りたくなるのだろうか。それにしてもジーン・ケリーの癖をよく見つけるものである。何度も繰り返し観たことの証拠でもある。

（1）『雨に唄えば』（Singin' in the Rain　一九五二年、カラー）
監督はスタンリー・ドーネンとジーン・ケリー。主役でもあるケリーが有名な雨の中で踊るシーン撮影時、具合が悪く三十八・三度の熱があった。そのため最初と最後の位置だけ決め、あとはアドリブでワンテイクで撮影を完了。
悪声役のジーン・ヘーゲンだが、役に入りこんで喉を酷使したせいか、喉頭癌のため五十四歳の若さで亡くなっている。

気になる男優たち

〈踊っているときの（フレッド・）アステアと（ジーン・）ケリー。黙っているときの（ゲーリー・）クーパーと（ジェームズ・）スチュアート〉

アンケート『洋画ベスト10』において「好きな男優」の項目の答えである。

「ベスト10」のアンケートをまとめた『洋画ベスト150』にアステア主演作は順位に入っていないが、ケリー主演作は8位の『巴里のアメリカ人』と9位の『雨に唄えば』の二作が挙がっている。長部日出雄との対談でも触れているように、踊れる俳優として、華麗なフレッド・アステアより野性的でダイナミックなジーン・ケリーが好きだった。

洋画では〝踊っているとき〟と〝黙っているとき〟のそれぞれ二人の男優たちに注目しているが、四人とも主演俳優である。

一方、邦画では脇役の男優に注目している。

鼎談で長部日出雄はこう言う。

「スタジオ全体が乗っている時には、脇役がいいのね。いまの東映の脇役というのは……」

井上はそれに応えて、次の名前を挙げている。

〈山城新伍[1]、八名信夫[2]、山本麟一[3]、天津敏[4]、いいですね。みんな〉（「昔も今も映画ばかり」）

井上はヤクザ映画好きでないと思われがちだが、脇役にまで温かく目をくばって観ていたことがわかる。別な見方をすると、脇役に目が届くほどにまで、映画を観ていたのだ。

〈ぼくはオールナイトで『新幹線大爆破』[5]と深作欣二の『資金源強奪』を一緒にみて、これまたすごく面白かった〉（同鼎談）

『資金源強奪』には、天津敏、山城新伍も出演しているので、好きな脇役たちを堪能したと思われる。

上映時間が前者一五三分、後者九二分で合計四時間にもなる。『資金源』が一九七五年六月、『新幹線』が同七月の公開。井上四十歳。

二本の週刊誌連載『四捨五入殺人事件』（「週刊小説」）と『偽《にせ》原始人』（「週刊朝日」）を抱え、締め切りに追われていたにもかかわらず、オールナイトで映画を観ている。映画好きといわれる作家や文化人は多いが、身体の半分を映画に托している人がいるだろうか。

脇役ではなく、ヤクザ映画での主演に感心していたのは、高倉健と藤純子「緋牡丹博徒」シリーズの第一作『緋牡丹博徒』（一九六八年公開）。高倉健の特別出演作である。ケンさんの演技は、もう一度見直したいほどの名シーンと思っていた。

「緋牡丹博徒」シリーズ八作品のうち三作に主演する菅原文太は、仙台一高で井上の一年先輩。井上は孤児院の夕食の時間が決まっていて部活に参加できなかったが、菅原は新聞部員だった。

ケンさん主演にもかかわらず、国鉄が新幹線の撮影を許可しなかったため製作費がかさんだのだが、その『新幹線大爆破』（一九七五年）が当たらず、同じ年に低予算で製作された菅原文太主演『トラック野郎』が大ヒット。十作のシリーズとなり、『仁義なき戦い』のシリーズとあいまって菅原の人気が沸いた。

先輩&後輩の対談では、俳優論に及んでいる。

〈俳優は、頭にあることを外に出さずに、内在化したまま表現する。主観的なまま表現するのが俳優です。（略）自分を常に世界の中心に据えておかなくてはならない。菅原さんには、その素養があった（笑）。（略）

富士山はみんなから見えるけど、富士山からみんなは見えないということですよ。それでいいし、そういう人ですから（笑）〉（菅原文太との対談「映画に新しい展開を」『物語と夢』）

菅原の演技を、独自の俳優論の観点からここまで分析している。ユニークな「菅原・富士山論」なのではないか。

「文藝春秋」誌による「邦画ベスト10」のアンケートでの「好きな女優」の項目の井上の答えは、圧倒的に高峰秀子。

〈1位『カルメン故郷に帰る』の高峰秀子、2位『とんかつ大将』（'52）の角梨枝子《すみりえこ》、3位『おとうと』の岸恵子〉（『日本映画ベスト150』）

どの映画でも高峰の演技を高く評価しているのだが、たとえば『浮雲』（監督：成瀬巳喜男）。

〈筆者が日本映画史上、最高の男優であり、最高の女優であると信ずる森雅之と高峰秀子が扮した〉（同前）

高峰が演じると、どんな役でも主体性を感じさせるからではないか。外国の女優においても、日本の女優においても、美しいだけでなく、本人の中身が透けて見える女優を好んだ。今は知られていない2位の角梨枝子もしかりである。

黒澤監督『白痴』（76位）での森雅之の演技に「ゾクゾクした」と家で語っているから、『浮雲』は森×高峰の主演作だから、それこそゾクゾクの二倍だったのではないか。

同業の作家の中でも親しくしていた丸谷才一や大江健三郎が吉永小百合を好きだということに「分かんねーナー」と家族に漏らしている。一度どこかで吉永に会ったときも、「やっぱり生はきれいだけど」と美しさは認めているものの、「みんな知らないんだよ、女優（の生態）を」。そうした女優の中で高峰だけは特別だ、と断言。

「日本映画ベスト10」アンケートの集計では、原節子がダントツの1位の座を占めた（2位・吉永小百合、3位・高峰秀子）。ところが前述のように井上は指定された3位までに入れていない。

しかし、黒澤の『白痴』に関して、「原さんじゃなきゃできないなー」と感心のほどを家で漏らしている。『東京物語』もしかりである。

名高い小津映画についてだが、アングルを低く固定したなど徹底した映像へのこだわりで世界に影響を与えたと評価しながら、「小津さんの語りが独特で、芝居にするとこの人弱いなー」と演劇の視線から観ているせいで、原節子の名をトップ3に挙げなかったと思われる。

玄人好みの小津作品よりも、『浮雲』の成瀬巳喜男や、美空ひばり主演『憧れのハワイ航路』『東京キッド』の監督で、喜劇を得意とした斎藤寅次郎のほうが傾向として好きだったといえる。こうした点も井上の見方はユニークで他の文化人とは違っていた。

（1）山城新伍《やましろしんご》（一九三八―二〇〇九年）
『白馬童子』で主演、人気を博す。「日本映画ベスト101」で27位の工藤栄一監督『十三人の刺客』はじめ、「仁義なき戦い」シリーズなどに八名信夫《やなのぶお》と共に出演。

（2）八名信夫（一九三五年―）
プロ野球元・東映フライヤーズの投手。井上が働いていた「フランス座」軟式野球チーム出身の豪腕投手・土橋正幸と球団内で仲がよかった。怪我で引退後、親会社の東映の専属俳優となり、ガタイのいい悪役として定着。「網走番外地」シリーズ、「トラック野郎」シリーズの他、内田吐夢監督『飢餓海峡』にも和尚役の山本麟一《やまもとりんいち》と共に、やくざの町田役で出演。

（3）山本麟一（一九二七―一九八〇年）
明大ではラグビー部員。「網走番外地」シリーズ、「日本俠客伝」シリーズ、「昭和残俠伝」シリーズの悪役などで知られる。悪役以外でもいい味を出した。

（4）天津敏《あまつびん》（一九二一―一九七九年）
元・教員で一八二センチの長身。『隠密剣士』、「日本俠客伝」シリーズ、「緋牡丹博徒」シリーズなど。当時としては珍しくテレビから逆に映画界に入っている。

（5）『新幹線大爆破』（一九七五年）
監督：佐藤純彌、脚本：佐藤純彌、小野竜之介、出演：高倉健、千葉真一、宇津井健。黒澤明の『天国と地獄』は同じく国鉄の列車（特急列車）を使った推理映画だが、原作がエド・マクベイン作『キングの身代金』（「87分署」シリーズ）。しかしこの映画は、国鉄の新幹線が舞台ながら、原案も日本人（加藤阿礼）という純国産パニック映画で、千五百人の一般乗客の命がかかっているという点でより近代的な仕掛けになっている。

第10章　渥美清と「寅さん」と

わが心の渥美清

菅原文太とは高校時代からの繋がりだが、渥美清とは、上智大フランス語学科在学中、浅草フランス座での出会いである。

上智大で午前中二時間だけ授業を受ける。十時四十五分。四谷の校舎を出て、中央線「四ツ谷」駅から二駅目《ふたえき》の「神田」で地下鉄・銀座線に乗り換え、五つ目「田原町《たわらまち》」へ。駅から歩いて浅草六区《ろっく》にあるフランス座へ。こうして午前十一時三十分の開演時間に間に合わせていた。

〈僕は、渥美さんが結核病院から退院する頃に浅草に行ったんです。（略）文芸部に配属されて進行係を務めることになったのが、昭和三十一年。その頃、みんながやたらに「渥美ちゃんが帰ってくる」という噂ばかりしてるんです。（略）

渥美さんが入って来た時、僕は進行係ですから、舞台の袖に控えていたんですが、「イヨッ」と声がしたんですね。パッと振り返ったらヤクザかと思った。ヤクザは絶対に入れるなと言われているから緊張しました（笑）。ラクダ色のコートを羽織って。（略）足元を見ると靴先が尖ってる。それが最

初の印象です。（略）
ただ、僕がご一緒させていただいた一年は噂に聞いていた渥美さんと全然ちがいましたね。飲まない、煙草は吸わない、博打はしない。ある目標に単純明快に一筋に向かって行く人、という印象でした。気迫を感じました〉（小沢昭一、関敬六との鼎談「渥美清と『浅草の唄』」『映画をたずねて』）

鼎談相手の一人、小沢昭一は「病気になったから心掛けたんだろう」と言い、もう一人の関敬六は「渥美本人が〝病気にならなかったらかえって危なかった〟と言っていた」と井上の証言を裏付けする。

〈渥美さんが攻めに入った時の迫力は凄かった。ここ（額を指して）から高い声が出て、目がつり上がって口がゆがんで……。（略）「寅さん」の最初の一、二本には、渥美さんのそういうところが少し出ています。便器に跨がったりするシーンがあるんですが。

森川信[1]さんがおいちゃんをやっていた頃に喧嘩になるシーンなどで、「ああ、これが渥美さんだ」という瞬間がありましたね。本当はそこからもっとエスカレートするんですが。（略）

多分、「寅さん」を撮りはじめた頃に、自分が一番輝いていられるのは、若い頃の自分を自分で演《や》るときだと思ったのではないですか。浅草以前の渥美さんは相当な不良だった、という話ですけど、実際は不良というよりはもう少し凄かった。

つまり僕たちから見ると、初期の寅さんは渥美さんの若い頃そのものなんですね。自分の面白いところを自分で演じるというのが「寅さん」で、これは山田洋次さんの勝利です〉（同前）

井上の発言の言外に、渥美の本来の姿は、〝テキ屋以上、本物のヤクザ以下〟というニュアンスが含まれているのを感じる。

小沢昭一の見方はよりシリアスで、同業ならではの見方である。

「小沢　『寅さん』が始まってからは、渥美さんは全て守りに入ったという気がするんですね。体を守り、仕事を守り、家族を守り、なんであんなに守らなければいけないのか、と思うくらい自分を守り抜いた」

〈僕らの中に喜劇俳優というのは破滅型だという枠組みがあります。その破滅を渥美さんは意外に恐れていたのかもしれませんね〉（同前）

「小沢　そうですね。というのは、破滅でスタートしてるからでしょう」

破滅を恐れ、「寅さん」役から踏みだそうとしなかった渥美。それは日本映画界にとって幸せだったのだろうか、という鋭い問い掛けにもなっている。

井上が目《ま》の当たりにしたのは、結核が治って戻ってきた渥美の、芸への思いのすごさである。

〈下手袖の進行部屋——といってもそこは囲いも何もない、一坪半の、（略）劇場の全神経がそこで束ねられてもいたのだが——で出《で》を待ちながら、渥美清は誰にともなく、こう言うのが常だった。

「これからトンカチの親方を引っ張り出しに行ってくるからね」

そんなときの渥美清の舞台は、目をみはるほどの目覚ましさで、彼のよくやった手は物真似である。好色な医師役を、たとえば大河内伝次郎の口跡で演ずる〉（「軽演劇の時間」『わが人生の時刻表』）

トンカチの親父とは大道具担当のオヤジさんで、いつもは舞台奥で将棋の本を見ながら耳で舞台の様子を聞いているだけだが、〝いい舞台〟と感知すると舞台袖まで出っぱってくるという、生の芝居を知り尽くした見巧者だった。

井上は浅草のフランス座の舞台の床《ゆか》で見せた渥美の演技を、彼の原点と考えている。その後渥美は浅草の劇場からテレビ、映画の世界に飛び出していき、ひたすら「寅さん」として生きていくことになる。

われわれ観客は今やほとんど「寅さん」の渥美清しか知らないが、井上は「寅さん」になる前の、「原石」の渥美を見知っていたのである。

(1) 森川信(一九一二—一九七二年)。井上が一番気に入っていた「おいちゃん」役(第一作から第八作まで)で知られる、浅草を舞台に出発、活躍した芸達者な喜劇俳優。

マンネリこそが「寅さん」の価値

〈これまでの『男はつらいよ』はすべて観ているけれども、ちかごろすこし気になりだしたことがある。映画批評家の先生方がしたり顔で、《今回の『男はつらいよ』もなかなかよきものである。がしかし、最近、マンネリズムの屍臭がかすかにたちのぼりはじめたような気のするのは残念だ》などとおっしゃるのがスタッフに影響しているかどうか、車寅次郎氏の個性に若干の変化があらわれはじめており、これが気になる。というのも、わたしは映画評論家の先生方とは逆にマンネリズム礼讃にくみするものであるからだが、とくに寅次郎氏から香具師《やし》らしい「毒」がこのところ急速に消え失せつつあること、それと呼応するようにマドンナに対するかつての一方的な思い込み・片想い・岡惚れがちかごろは得恋すれすれのものに変質しつつあるのが心配である。

実例をあげて言えば、寅次郎氏が太地喜和子扮する播州竜野の田舎芸者ぼたんと相思相愛の仲(であるようにわたしには思われたのだが)となる第一七作『男はつらいよ・寅次郎夕焼け小焼け』において、ぼたんが天津飯店の経営者鬼頭(佐野浅夫)に騙《かた》り取られた二百万円の取り立てを氏が社長(太宰久雄)に委ねてしまうというのが気に入らない。さらに氏は、ぼたんと社長が取り立てに失敗したと聞くや、遅きに失したとはいえこのときこそ鬼頭と対決すべきであるのに、のこのこと日本画の大家・池ノ内青観（宇野重吉）のところへ出かけて行き、

「すまねぇけど、絵を一枚書いてくれねぇかな。この間みてぇな小ちゃい奴じゃなくて、もっと大きい紙に、色なんか使って、丁寧に書いた奴よ。というのは、この間行った竜野にぼたんという芸者がいてよ、（略）こいつが大事に貯めた金を悪い奴に取られちゃってな、とっても困ってんだ」

などと甘ちょろい、いい気な、虫のいい台詞を並べたてる。かつて氏は氏なりの筋を通すことに厳格であった。もっといえば氏は右の台詞を支えているような他力本願の甘い考え方に背を向けて、武士はくわねど高楊子式の生き方を通すことに自己を賭けていた。いったいぜんたいいつの間にこうふやけてしまったのだろうか。わたしとしては氏は鬼頭と暴力的に対決すべきであったと信ずる。そうして傷害容疑で留置場に叩き込まれ、婦警さんにでも岡惚れしてくれればよかった。あるいは差入れ屋の未亡人に片想いするのでもよい。さらに言えば婦警さんや差入れ屋の未亡人と逢いたいために軽犯罪クラスの悪戯《わるさ》をいくつもやってのけるなどという発展があってもいい。いずれにもせよ、氏の留置場入りの噂は青観先生の耳にも届くはずである。青観先生はおそらくぼたんのために一枚の絵を描くだろう……。

この『寅次郎夕焼け小焼け』は太地喜和子の好演もあって世評は高かったが、わたしには右に述べた理由によって一七作中でももっとも劣るもののように思われた。くどくなるのをおそれずにつけ加えれば、この作の結末も気に入らぬ。氏とぼたんとの間には温かい交流が濃く在《あ》って、おどろくべきことに氏は失恋していないのである。さる批評家の先生は、

「そこがよきである」

とのたもうていたが、これはわれわれ愛好者の心理を知らぬたわごとだろう。われわれは氏がいつ

ものように岡惚れし、やがていつものように失恋するのを待っているのだ。それが見たくて映画館へ通うのである。これでは二輪の自転車を買いに行って一輪車を押しつけられたようなものではないか〉（「寅次郎氏の変質」『文学強盗の最後の仕事』）

失恋しなくては「寅さん」の存在理由がない、というわけである。その核を失なってしまってどうするのだ、と背骨を入れ直すよう謹言《きんげん》している。こうした本質的な苦言を呈してくれる評論家はいなかったのではないか。

東京・京橋の国立フィルムセンター（現・国立映画アーカイブ）で「山田洋次監督特集」が開催され、監督自選による「男はつらいよ」シリーズ二十作が上映された（二〇一三年十二月三日—二〇一四年一月二十二日。監督作品八十本のうち五十四本を上映）。

「男はつらいよ」二十本の中の一本にこの『男はつらいよ・寅次郎夕焼け小焼け』があり、上映日には山田監督も観客として来館していた。

上映後、主催者の要請で舞台に立ち、「この映画は寅さんシリーズのベスト5の一本」と語った。太地喜和子のさすがといえる好演もあった上での山田監督の思いだろうが、井上との意見の大きな相違がある一作である。

前記の文は、単行本『男はつらいよ4』（立風書房、一九七七年）の解説である。この種の解説というものは、褒めるというか〝よいしょ〟するのが通例なのだが、井上は「寅さん」を愛するゆえに、自分の生き方を通すことに賭けなくなった変質を突き、苦言を呈している。

さらに苦言は重なる。

〈ついでにもうひとつ、最新作『男はつらいよ・寅次郎純情詩集』では、氏はついに悲恋ものの二枚目に成り上ってしまっている。京マチ子とこんどこそ想い想われの間柄となり、とどのつまりは彼女は氏と仕合せになる日を夢みながら死んでしまうのである。わたしはこのシリーズに運命についての解釈や、宿命についての注釈を求めてはいない。わたしが求めているのは車寅次郎という一個の人間の性格や生き方が、他の登場人物たちの性格や生き方とどう衝突し、どうすれちがうかであって、いわば性格喜劇の極上吉の作品であるから観に行くのだ。それがいつの間にか運命悲劇に変っていこうとしている〉（同前）

〝性格喜劇〟という見解は、『男はつらいよ』の本質を見事に突いている。だから性格を土台にした〝衝突〟がない「寅さん」などあり得ないのである。

〈もうひとつ、この〔寅さん〕シリーズの作者たち（複数にしたのは、監督と脚本家を指しているからである）が、主として登場人物たちの《性格》だけを材料にかくも多数の、しかも良質の作品《おはなし》を創り出しつづけているのは、これはとてつもない力業《ちからわざ》である。《事件》を材料にするのはだれにでもできる。しかし《性格》だけを素材にものを創るのは、この国ではかなりむずかしいことなのだ〉（同前）

〝性格だけを材料に良質の映画を創り続けている〟との見方は、山田監督と脚本家にとって、映画人冥利につきる評価ではないだろうか。

〈勝手な御託を並べたけれども、これは日本において、マンネリズムを貫き通すことがいかに至難の業かを側面から説明しようとしたための苦肉の策であって、（略）このシリーズの美点を列挙するとしたら、この本一冊すべての頁を費してもとうてい間に合わぬだろう。

（略）悪口を並べたてた罪ほろぼしにここに書きつけておくと、第一に、川の美しさ、そしてその川の水の流れの切ないほどの哀しさを、このシリーズほど見事に描き切っている映画はそうざらにない（略）。このシリーズはときどき詩よりも詩らしい場面をわれわれに恵んでくれるけども、注意してごらんになるがよい、その場面は例外なく水を扱っているはずであるから〉（同前）

「寅さん」シリーズの川の美しさに言及する評者もそうはいない。

その視線は、井上の故郷・山形県民祭のために書き下ろされた群読劇『水の手紙』に移植された。最上川を源にして、水と地球との繋がり、さらに世界の水事情に世界を大きく広げている。

初演の山形に次いで、国際ペンクラブ東京大会で上演され、各国からの参加者はイヤホーンで英、仏、西《スペイン》、中国語の四ヶ国語から選択できた（二〇一〇年九月二十五、六日。早大・大隈講堂）。しかし、当日、基調講演をする予定だった井上は半年前に、宇宙へと旅立ち、その場に立ち会うことはかなわなかった。

単行本『水の手紙』は、マンガ家・萩尾望都《もと》による表紙、口絵、各章ごとのイラスト（架空切手を含む）で構成され、舞台表現とは違う形の、井上とのコラボ作品となっている（平凡社）。

「寅さん」シリーズの意味

〈渥美さんが僕のところへ電話してきて、「寅さんはどうなるのかね」と僕に聞いたことがある。僕は、山田洋次さんの意識の中には、落語の世界を集大成して映画化しているのだというお気持ちがおありだと思うんです。いたるところに落語のネタが出てくる。そこから類推して、「若い時の寅さんというのは八五郎と与太郎です。今は少しずつご隠居と大家さんに変わっているところなんです。寅さんは年取ったとかいろいろ言う人がいますが、この映画は落語の集大成ですから、それは一向に構わないんですよ」と言った覚えがあります。その時の渥美さんの答えがいま考えると暗示的で、「大家とご隠居の後には何があるのかな」と仰ったんです。「ご隠居は相当な年齢までもちますよ」と答えましたが〉（小沢昭一、関敬六との鼎談「渥美清と『浅草の唄』『映画をたずねて』」）

「寅さん」シリーズを落語と関連付けて考えていたもう一人の作家に、司馬遼太郎がいる。

「古典落語の『文七元結《ぶんしちもっとい》』の主人公である左官の親分の長兵衛さんに托して考えてみた。(略)
(日系三世のマーガレット・鳴海の質問は)長兵衛は存在するかということである。むろん、〝寅さんとその家族〟にリアリズムはあるかということでもある。
言いきってしまえば、長兵衛さんのような江戸っ子など、存在しない。
が、ひょっとすると東京の下町のどこかで存在しているのではないかという願望が、百年、二百年持たれてきた。つまりその熱っぽい願望がリアリズムに類似する化合物になって、つねに立ちのぼってきた。その気分が古典落語になったり、〝寅さんとその家族〟(「男はつらいよ」)という、長期シリーズをつくらせてきたのである。(略)
そのくせ、(リアルな存在はタコ社長だけと評する)マーガレットは新作が出るたびに、私同様、待ちかねて観る」(「ハドソン川のほとり」『ニューヨーク散歩』)
司馬遼太郎も「寅さん」の新作が出来るのを心待ちにしていたのである。
「寅さん」は、古典落語の世界に通じることでシリーズ化が可能になっているという司馬、井上二作家の共通の見方だ。
「寅さん」が持つ〝非リアル〟を、つまり古典落語にあるような(今の普通の生活になくなってしまった)架空の気概を保つには同じパターンでいいのだ、とマンネリとの批判を受ける山田監督を井上は励ましつづけた。
〈とにかく映画って、とてつもなく面白いもんですからね。ぼくも映画監督になるのが夢でしたけど、とうていだめだとあきらめました。しかし高校時代から観た映画を全部ノートしてあるんですが、その中でも『男はつらいよ』の特に第七作、『奮闘篇』はベスト5にはいります。マンネリなど気にせず、マンネリもいいところのひとつなのですから遠慮せず二十作でも三十作でも死ぬまで作っていただきたいですね〉（山田洋次との対談「丹下左膳・鞍馬天狗そして寅次郎」『映画をたずねて』）

『奮闘篇』は第七作目（脚本に朝間義隆が参加）。マドンナは榊原るみ。(1) 少々知的な遅れのある少女役で、彼女の故郷の先生が田中邦衛。

一人では生きていけない彼女を守るために結婚しようとするものの、故郷の先生になびかれてしまうという、究極の振られぶり。このアイディアに井上は参ったという思いがあったのではないだろうか。だから「寅さん」のベスト5に入れている。

渥美清は一九九六年八月、六十八歳で亡くなり「寅さん」シリーズは四十八作で終わりとなった。渥美清の死が松竹から発表のあったのは、家族だけの密葬が終わった三日後で、翌朝の新聞各紙に井上のコメントが載った。

〈天性の才能に加え、一生懸命勉強し、努力する人だった。車寅次郎という人物を実在させるために、実在の人間が消えてゆくようなところがあって、こんなに長い付き合いなのに、どこに住んでいるのかも知らず、奥さんにお会いしたこともない。寅さんのイメージを壊すまい、と徹底的にその人物像をつくり上げた人ですね。

（略）寅さんは威勢はいいが、欠けるところのある人で、恋の告白もできない。そんな人物を最大のヒーローにしたのは、監督、脚本家の力もあるが、渥美さんのすごい仕事だと思う。もう渥美さんと話ができないのは残念だが、寅次郎の消息は途絶えたけれど、カナくぎ流の文字で書かれたはがきがどこからか届くかな、というような妙な平和な気持ちも抱いています〉（「毎日新聞」八月八日）

〝欠陥のある人間を最大のヒーロー〟にした渥美清の才能。これまでなかったヒーロー像を作り上げたという面に光を当てた点で、他の人を抑えた秀逸な追悼コメントだった。

渥美清が亡くなったという報道があった日、わたしはちょうど松竹本社に付設されている「松竹大谷図書館」を訪ねようと東銀座から築地に向かって歩いていた。本社ビルの前にくるとテレビカメラを抱えた人々が何人も散らばっていた。またどれか俳優のスキャンダルか結婚発表でもあったのだろうと、彼らを横目にみながらそのまま図書館のあるビルに入った。

戦後すぐの時期に活躍した天才ジャズピアニスト（守安祥太郎）がSKD（松竹歌劇団）の稽古ピアノをしていたとき、団員の淡路恵子に惚れ込んでいたことから、彼女の出演演目を調べるため、当時の機関誌を借り出しては号を追っていた。

夕方になって帰宅し、テレビで初めて渥美清が亡くなったことを知った。松竹本社前のテレビクルーはそのために集まってきていたのだ。

翌朝の新聞に載った井上のコメントは社会面、いわゆる三面記事のページなので短いのだが、簡にして要を得た温かい談話のせいで、つい三度も読みなおしてしまった。

渥美への新聞コメントの感想に加え、音楽用語「シンコペーション」の説明に苦労していたので、「the座」連載中の『服部良一物語』で、

〈ジャズ特有の、髪の毛をぐいぐいと後ろにひっぱられるような「後《あと》ノリ」感（略）、「裏拍」のことと言ってもいい〉

というくだりにぶつかり、「膝を打つ思いだった」という内容のことを、井上家にファックスを入れた。すると夜中に井上から思いがけず返事がファックスで返ってきた。

「いただいたお褒めの言葉は、干天に慈雨そのものでした」

それを読んで、大作家でもそうした思いをすることもあるのだと、駆け出しというよりまだ一作も

書いていない物書き見習い中の身としては、いたく印象的に思ったことを覚えている。「井上ひさし公式サイト」で当時の井上の仕事をチェックしてみると、渥美の亡くなった年の戯曲は、

「『普通の生活』一九九六年　制作＝こまつ座〈公演中止〉」

とある。

ファックスをもらった時期は、公演中止という事態に追い込まれる苦しさの途中だったのではないだろうか。なお、前年の一九九五年はこまつ座制作の『黙阿彌オペラ』（演出：栗山民也など）、翌九七年は新国立劇場制作の『紙屋町さくらホテル』（演出：渡辺浩子）という名作を見事に仕上げているのだが。

秘書の小川未玲が証するところの（第7章）、それまで書いた原稿が〝よくないと判断する〟と、惜しみなく捨て去るという勇気を、このときも遂行したのだろう。

（1）榊原るみ
榊原が再婚した相手はドキュメンタリー映画監督・すずきじゅんいち。戦争中の日系人強制収容所を舞台にした戯曲『マンザナ、わが町』の公演のときの機関誌「the座」に、「日系人をテーマにしたドキュメンタリーを撮ることを決意。妻の榊原るみが絵本の読み聞かせをしていたので、映画と同時に絵本（『東洋おじさんのカメラ』）もつくることにしました」と寄稿している（二〇一五年十月、八十七号）。すずきの作品に、マンザナに収容され後に著名になった写真家にスポットを当てた『東洋宮武が覗いた時代』『442日系部隊・アメリカ史上最強の陸軍』『二つの祖国で　日系陸軍情報部』の三部作がある。

「寅さん」と添い寝した名短編

浅草のしがないアパートに暮らす夫婦の生活を描く「幻術師の妻」（『イサムよりよろしく』文春文庫、に収録）は、隣の映画館から飛び込んでくる映画の音声によって、人生ドラマが大きく動いていくと

いう、「寅さん」映画が〝借景〟になった名庭園のような好短編である。

〈はじめのうちは隣の映画館から聞えてくるこういった物音がとても気になりましたが、そのうちに慣れました。そしてやがては映画館からの音を利用したおもしろい時間潰しの方法さえ考え出したほどです。（略）週に一回、それも番組の替る日の一回目を観て、それぞれの映画の筋立てをしっかりと頭に叩き込んで帰ります。あとは自分の部屋で何をしていても、耳は映画館に向けて立てておき、スクリーンで誰かが何かをいったら、その台詞に適当に受け答えをするんです。私は倍賞千恵子に代って「車さくら」に扮《ふん》し、何回も何回も兄の渥美清の家出を止めようとしたものでした。（略）

あの騒ぎが起ったときも、私は窓際に干した洗濯物を取り込みながら、この遊びに夢中になっていました。映画は「男はつらいよ」の第一作で、場面は二十年振りで生れ故郷の葛飾《かつしか》柴又へ帰って来た車寅次郎が、おいちゃんの団子屋「とらや」で、腹違いの妹さくらと名乗りあうところだったと思います。映画館からは寅さんの台詞が聞えてきていました。

「……俺だよ、さくら。この面《つら》に見憶えはないのかい？」

私は倍賞千恵子になったつもりで、出窓の上に洗って乾かしてあった北岡の桐下駄を凝《じ》っと見詰めました。桐下駄は渥美清の角張った顔によく似ていました。

「いいんだ、いいんだ、無理もねえ。五つや六つのガキの時分にほっぽり出してそれっ切りだもんな。親はなくとも子は育つッてえが、それにしてもでっかくなりやがった……」

そろそろ映画館では本物のさくらが寅さんを自分の兄と気づくころです。私は本物の先を越し、桐下駄に向って言いました。

「あの……お兄ちゃん？」

映画館から寅さんの涙声。

「そうよ、お兄ちゃんよ……」

私は桐下駄を手に取り抱き締めて、

「生きていたの……お兄さん！」

映画館から寅さんのしゃくり上げ。

「さくらァ、苦労をかけたな……ご苦労さん！」

……こんな細《こま》かい会話《やりとり》を覚えているのは、あの映画にとても感動したからです。どうして感動したかと言いますと、夫の北岡も寅さんと同類の香具師《やし》だったからです〉

夫の職業は寅さんと同じであり、おまけに顔の形もそっくりの四角顔。映画との二重構造をもって物語は進行する。そこがおもしろい。

〈……映画館からは妹と名乗り合って思わず泣いてしまった寅さんが照れ隠しに、「……ションベンしてくらァ」

と言っているのが聞こえてきました。寅さんが用を足しに裏庭に立ったあと、おいちゃんやおばちゃんがさくらに「よかったね」を言っています。（略）私には兄も姉もおりませんけれど、何回演《や》ってもこの兄妹再会のシーンはジーンときます。

と、そのとき、ずいぶん慌てたような足音が聞えました。映画館からではありません。映画はそれからがもうひとつよくなるところで、寅さんが裏庭で立小便しながら「泣くな妹よ、妹よ泣くな、泣けば幼い二人して、故郷を捨てた甲斐がない……」としんみり歌う場面ですから〉

映画は兄妹再会の感激のシーンだが、現実のアパートでは、映画とは真逆の修羅場になりかねない場面。

「一生〝口上売《タンカバイ》〟に命を賭ける」と誓いをした最後の若い衆三人だったのだが、正業に就きたいから組を離れたい、と許しを夫に乞いにきていたのだ。

〈そのとき夫が、

「馬鹿野郎！　甘ったれるない！　本当のことを言ってやろうか。いいか、俺は手前のその甘ったれた面にはほとほと見飽きてるんだ、とっととここから出て行け！」

と言ったように最初は思ったのですけれど、じつはこの台詞《せりふ》は隣の映画館で寅さんが怒鳴ったんです。（若い衆の一人）六ちゃんなんかは夫がそう言ったのだと錯覚して、「……親分、お許しをいただけて本当にありがとうございます」と、畳に額をこすりつけています。思わず、私は吹き出してしまいました。

「六ちゃんたら、今のは隣の映画館の映画の台詞よ。上野駅の構内食堂で、寅さんが舎弟分の登って若衆に故郷の八戸《はちのへ》へ帰るようにさとしているところなの。……すると間もなく『男はつらいよ』はおしまいだわ。寅さんもその上野駅から旅に出ちゃうんだから」

説明を聞いて徳さんも哲ちゃんも笑い出しました。六ちゃんは「じゃァ、おれは渥美清に礼を言っちゃったのか、しまらねえなァ」と頭を掻きました。夫も仕方がなさそうに苦笑いをしながら立ち上り、（略）

「湯へ行ってくらァ」

と、私に声をかけ、ふと気付いて徳さんに言いました。

「これからはどうにでも手前らの勝手にしやがれ。ただし、これだけは言っとくが、おれは今の仕事を意地でもやめねえぞ」（略）

「なにか困ったことが起きたら知らせて下さい。あっしたちも頼りにならねえ三人組だが、親分や姐さんの為なら話は別だ。殺人強盗火つけに金の工面、これ以外のことだったらなんでもやってのけますから」

「……ありがとう」

徳さんたちが廊下に出て行ったとき、映画館では「終」の文字がでたところらしく、陽気なくせに変に甘くて切ない音楽が聞こえてきました〉（「幻術師の妻」『イサムよりよろしく』）

『男はつらいよ』と表裏になったこの人情豊かな短編には、映画への愛とリスペクトが込められている。ちなみに音楽は山本直純《やまもとなおずみ》（一九三三―二〇〇二年）。

「寅さん」に加え、ヤクザ映画も登場する。

〈また藤純子に代って高倉健や鶴田浩二と何回も悲しい恋をしました。野川由美子の替玉をつとめて梅宮辰夫に口説《くど》かれたこともあります。三田佳子に代って座頭市に親切にしてあげたこともありました。この時間潰しは気に入っていました。たしかにそのつもりになればすぐにその場でヒロインになれるのですから、つまらないはずはありません〉（同前）

井上がＮＨＫ教育テレビの「われら10代」構成を担っていた二十八歳だったとき、実際に隣の映画館の音が筒抜けの部屋に暮らしていた。浅草ではなく江戸川区小岩だった。

映画館の隣という設定になっている「イサムよりよろしく」「幻術師の妻」という名短編が生まれるのは、小岩時代から十年の歳月を経た一九七二年である。十年寝かせた銘酒といえる。

〈映画館からは相変らず、渥美清や高倉健の声が聞えて来ていました。けれども例のアテレコ遊びをする茶目ッ気もなく、ただうつらうつらしていました。（略）でも、食事を見ると途端に胸がむかつくのです。

（略）夫が姿を消してから五日たった朝、ある事に気がつき、（略）横丁の産婦人科へ行って尿を調べてもらったら、案の定、思った通りでした。

（略）

私は隣の映画館の売店の前に置いてある電話を借りて、徳さんの勤めるデパートの番号を廻しました。（略）

「そいつァあねさん大事《おおごと》だ」

と（言葉付きが香具師時代に戻り）たちまち地金を出してしまいました。

「するてえと、こりゃァ並大抵の内職じゃ間に合いませんぜ。（略）」

徳さんはしばらく向うの部屋の誰かと、こみ入った話をしていました。

（略）

「……で、それがじつは急いでましてね、今夜の仕事なんですが……」

「いいわよ、一時間で五千円なら、この際裸でも何にでもなるわ」

「さすが勘がいいや！　仕事というのはそれなんです（略）」

裸にでも何にでもなる、と言ったのはいわば物のたとえで、裸になることは二度とあるまいと思っていたものですから、これには驚きました。しばらく受話器をもったまま考えこんでいますと、映画館の客席のドアが開き、若い人が五、六人、ぞろぞろと廊下に出て来ました。その開いたドアの間から、スクリーンの上の高倉健と藤純子の会話《やりとり》が聞えて来ました。

「男に掟《おきて》がある以上、すがる女もふり捨てて、ドスを片手にまっしぐら、行かにゃならねえときもあるんです……」

高倉健さんのこの台詞を聞きながら、わたしはこう呟いていました。

「……女にも掟がある以上……すがる男もふり捨てて、赤ちゃん片手にまっしぐら……」

「あねさん、どうしたんです？　もしもし、あねさん……！」

受話器の向うで騒いでいる徳さんに、必ず行きます、と言って私は電話を切りました〉（同前）

主人公が元は〝裸〟の商売をしていた設定。井上が進行係として働いていた浅草フランス座の踊り子たちを思わせる。

彼女たちの稼ぎはよかったものの、その行く末はさまざまで、現実は厳しいものだったと、元・フランス座二代目社長がわたしに話してくれた。

『モッキンポット師の後始末』は、学生たちの仕出かしたさまざまな悪事の後始末に、懸命に駆けまわる大学の神父の姿がユーモラスに描かれる小説だが、「こんな神父がいたらいいなあ」という理想の願いを込めて書いたのだと、夫人のユリに語っている。

その伝でいくと、この短編は、浅草六区という映画館やストリップ劇場が蝟集《いしゅう》する場所に生きる人々の哀しい生き方を、こうあったらいいがと、優しく描いたのではないだろうか。

「幻術師の妻」は、映画――特に「寅さん」映画に添い寝しているかのようだ。逆に言うと、こうした名短編を生み出すほど、「寅さん」はいい映画という見方も出来る。

もう一作、本の表題になっている短編「イサムよりよろしく」は、小さい時、頭を打ったことから知能が少々遅れ、屑拾いをして暮らしながらもいつも小奇麗にし、人柄がいいことからまわりのみなに好かれているイサムが主人公。イサムは「ぼく」の働くストリップ劇場と映画館の間にバラックを建てて住みながら、毎年春になるとストリッパーに一方的な架空の恋をし始め、やがて失恋する。まるで「寅さん」の水源になっているような、哀しくも美しい好短編である。

この二作ほど、映画を裏に敷いた名作は見当たらない。

第11章　恩送り

ミーハー井上

井上ひさしが愛した映画の記述を振り返ってみると、芸術性とエンターテインメント性を兼ね備えた黒澤映画を除くと、「美空ひばり映画」「寅さん映画」に関するものが多い。いかに楽しい映画を大切にしていたかの証左といえる。

洋画でいうと、フランク・シナトラやジーン・ケリーの主演の、能天気な映画が好きだった。

割愛したがターザン映画の全作品の一覧表および、ターザン一家との二度にわたる架空対談を行うなど、エンターテインメント映画をこれほど大切にした作家は、他にいないのではないか。

楽しむことはミーハーでないとできない。それゆえだろうか、有名作家になってもミーハーであった。

日本人女優として一番に名を挙げる高峰秀子が、銀座の数寄屋橋寄りの寿司屋に夫君の松山善三と入ってきたときは、思わず寿司を取り落としそうになる。すでに作家として名を成しているのに、『馬』や『秀子の車掌さん』を七歳のときに観た山形小松町の少年そのまま。もう少し落ち着いて対応してもいいのではないか、と余計なことながら思ってしまう。

海外においてもしかりで、新作を必ず観ていたウッディ・アレンとミラノの歌劇場「スカラ座」で出くわした時は、「ウッディ・アレンを見ちゃったよ、見ちゃったよ」とすごく興奮したのだ。好きというよりも〝意識〟していて同時代の同じセンスを表現する監督と尊敬していたからだ（長男に観るように言ったのは『カイロの紫の薔薇』）。


ポール・ニューマンとロバート・レッドフォード主演の『明日に向って撃て！』のDVDを佐介が一人で観ていたら、二階から下りてきた父親が、

「カッコいいねー」「いいねー」としきりなのだ。

特にポール・ニューマンが恋人と主題歌の「雨にぬれても」（Raindrops Keep Fallin' On My Head。バート・バカラック作曲。アカデミー音楽賞）を歌いながら自転車に乗るシーンが好きで、これまた「いいねー」なのだ。現在でも生きている曲。

ミーハー井上としては〝カッコいい〟ことは大事な価値観だ。

やはりロバート・レッドフォードとポール・ニューマン主演の詐欺師コメディ『スティング』を佐介がDVDで観ようかなといったら、

「あれは面白いよ」

とすすめている。ちなみに、ロバート・レッドフォードがカッコよく井上の目に映ったのは、もしかしたら一人の女性デザイナー（イーディス・ヘッド）によるところもあるかもしれない。

『明日に向って撃て！』『スティング』（アカデミー衣裳デザイン賞）では、男優たちが身にまとっていた服装を、粋な古きよき時代のダンディとして表現したからだ。ならず者二人組と詐欺師二人組それぞ

れが、彼女の手によるコーディネイトによって、当時の男性ファッションの流行をリードするまでになった。

ちなみに女優の衣装でも、華麗なそれまでの衣装からシンプルな美しさに変質させ、たとえば自分のスタイルにずっとコンプレックスを持っていたエリザベス・テイラーだったが、イーディスのドレスが初めてそれを忘れさせ、ハリウッドでは肉体派ではない女優の存在理由はなかったが、ほっそりと中性的なオードリー・ヘップバーンを『ローマの休日』で白いシャツとフレアスカートのカジュアルな姿と、王女としてのドレス姿の両方の魅力で初主演作を成功にみちびいた。ブロンド好きのヒッチコック監督ご用達でもあるなど、五十八年間ハリウッドの衣裳デザインの第一人者であり続けた。

話を元に戻すと、リュック・ベッソン監督の『レオン』(日本公開、一九九五年)主演のジャン・レノ。

「あの人はすごくカッコいい」

亡くなる二、三年前、DVDで見なおしていてのことだ。『ダーティ・ハリー』主演のイーストウッドについても、「カッコいい」。

「病気が治ったら一緒に観ようね」

と入院中に長男に約束の言葉を残している。

映画監督として世評の高いクリント・イーストウッドもロバート・レッドフォード(『普通の人々』アカデミー作品賞&監督賞)も、

「監督より俳優のほうがいい」

とゆずらない。クリント・イーストウッド監督&主演の『グラン・トリノ』(アカデミー作品賞にノミネート)を世間が絶賛していても、「何だ」という程度にすぎない。ベトナム戦争に協力した恩恵でアメリカに移民してきたモン族。少数民族の中で虐げられている一家を助ける隣人のアメリカ人の存在にほっとして、評価を押し上げたのかもしれない。

イーストウッド作品で名高い『マディソン郡の橋』『硫黄島からの手紙』『ミリオンダラー・ベイビー』『ミスティック・リバー』（二〇〇三年）については一言も触れていない。

映画に関する評は創る人の苦労を考えていつも褒め、けなさないので、気にいらない作品には触れないことで、世間とは違う独自の視線を貫いた。

演技に感心するのは、『レインマン』（一九八八年）のダスティン・ホフマン。結婚して間もないユリと映画館で一緒に観たとき、サヴァン症候群の症状を病む主人公を演じるホフマンのあまりの上手《うま》さに感心する。

スピルバーグの製作総指揮『バック・トゥ・ザ・フューチャー』も好きだった。

最初の『ダイ・ハード』（一九八九年）を夫婦で観たとき、ダメなところもあるが、と言いながらうまくできていると評価していた。シリーズ4・0《フォー》（二〇〇七年）は、息子といっしょに観たが、一作目と違って、車を飛ばせて飛行機を破壊するような、荒唐無稽でキテレツなストーリーになっていくのがバカバカしくて笑っていた。

『第三の男』も勧められて、息子はDVDで観ている。

「『アラビアのロレンス』を観たけどよくわからなかった」とぼやく佐介に、「当時の歴史的な背景がわからないと、話がわかりにくいんじゃないか」

と井上は入院中ながらアドバイスしている。同様に、ヒッチコック監督『北北西に進路をとれ』においても、筋がわからなくなったと困惑すると、

「初めてスパイ映画をみたからじゃないか」

と冷戦時代を長く体験し、映画でもそのテーマに慣れている親世代と、ベルリンの壁が崩れた後の

若い世代との感覚&知識のズレに理解を示している。『スパイ大作戦』をDVDで井上は楽しんで観ていたのも冷戦世代だからだろうか。

日本では夫婦や親子の会話がなかなか成立しないものだが、井上家では、国際会議で共通言語として英語を使用するように、映画を共通言語としてコミュニケーションが成り立っていたようだ。

「ボクと家族の思い出は映画」

と語っていたことが覗き見える。特に『熱砂の秘密』『第十七収容所』などの映画名を長男に挙げている。

日本の男優で井上家で名前が出たのは、北村和夫と佐藤浩市。

前者の出演作では、『にっぽん昆虫記』(「日本映画ベスト100」の22位)が好きだった。

北村は文学座一筋のゴリゴリの演劇人。杉村春子の『女の一生』での長年の相手役や翻訳劇『オセロー』『欲望という名の電車』で知られる。同時に今村昌平の友人で『赤い殺意』(33位)、『神々の深き欲望』(50位)などの常連でもあり、演劇、映画の両方で認めていたのではないか。

後者の佐藤浩市のことは、NHK大河ドラマ『新選組!』(二〇〇四年)での芹沢鴨《せりざわかも》役を親子で見ていた。

映画では、「日本映画ベスト100」にはリストアップされていない成瀬巳喜男監督の『おかあさん』(主演：田中絹代、香川京子、脚本：水木洋子)を、長男にすすめている。成瀬作品は『稲妻』(82位)、高峰秀子主演『浮雲』(100位)の二本が入っているのだが。

「日本映画ベスト100」には入っていないが、監督：山田洋次、主演：ハナ肇の「馬鹿」シリーズ第三作『馬鹿が戦車《タンク》でやって来る』を、

「これはおもしろいよ」

と結婚した時、ユリはビデオで観せてもらったという（一九六四年。原作・音楽：團伊玖磨）。

新しいところでは、東北の温泉施設を舞台にした『フラガール』（二〇〇六年）に感心している。

「日本映画ベスト１００」という〝しろもの〟だが、五十三歳のとき、たった一人でのベスト１００選に挑戦したばっかりに、大《おお》ボヤキを記している。

〈（「文藝春秋」）編集部から舞い込んだ「あなたの日本映画ベストテンは？」という問いに、「十本だけとは残酷だ。（略）せめて百本選ばせてくれたらなあ」と書いて投稿したのが、運の盡《つ》きであった。（略）小躍りして喜んだのは束の間、それからの四ヶ月は地獄だった。（略）たとえ、千本選ぶ自由を与えられても、千一本目が気の毒で仕方がなくなる。（略）これがこの地獄の正体なのだ。（略）さらにたとえば三十位以下の順番をつけるなぞはほとんど不可能である〉

順番をつけるなど不可能、という証左が家族への話から漏れてくる。


井上が執筆する二階の書斎には、シナリオ本が書棚のあちこちに見受けられる。それだけにシナリオもよく読んでいた。

〈僕は小説と芝居を書いています。最近は芝居のほうが多いぐらいですが、とても残念なのは、劇場人口は増えたというものの、戯曲を「読む」日本人がまだ少ないことなのです。戯曲を読むのは確かに面倒です。自分で配役をし、演出もして、照明も効果も自分でやりながら読まなきゃならない。だからこそかえって、慣れればこんなに面白いものもないいんですが、日本では戯曲は売れないと相場が決まっています（笑）〉（「危機一髪　ソーントン・ワイルダー戯曲集２」松山巖、井田真木子との鼎談『三人よれば楽しい読書』西田書店）

わたしが「戯曲が読めない」と井上に訴えたとき、つかこうへいが主催していた東京・北区での若手脚本家グループのための勉強会へ参加したらと手を差し伸べてくれた。講師は井上で、何回か週を置いて四、五回開かれたのだが、わたしみたいな部外者の参加も許された。井上のお陰で、戯曲を読むことの敷居が低くなった。

テレビドラマにおいても、脚本を基軸にして観ている。『淋しいのはお前だけじゃない』（一九八二年）、翌年の『ふぞろいの林檎たち』（一九八三〜九七年）は「いいドラマだ」と評している。

前者の脚本は市川森一《いちかわしんいち》（第一回向田邦子賞、第十五回テレビ大賞・ギャラクシー賞）、後者は山田太一（一九八八年、小説『異人たちとの夏』で山本周五郎賞）。テレビの演出は複数人が輪番で担当するので、脚本が〝泥の方舟《はこぶね》〟では、映画よりもたちまちに沈んでしまうことが分かっていた。

井上が愛したのは映画と音楽。

そしてたばこだった。

肺がんのため入院中、亡くなる少し前には伊丹十三に関する資料を取り寄せ、

「ここまでちゃんとやるのは伊丹さんはすごいな」

と、DVDを見なおしてユリに漏らしている。

最後まで映画と共にあったのだ。

なおたばこだが、入院したことでさすがに禁煙。中には肺がんで入院し、医者に止められても禁煙できないたばこ中毒の患者も相当数いるのだから、習慣性の強い嗜好品をやめられたのは、意志が強かったというべきだろう。

病の床にあっても、伊丹十三作品を見直すことなどで、身体に起こっている現実からの避難所、あるいは保養所として生きる希望の光を映画から得ていたのではないだろうか。

手を差しのべる選考委員の仕事

『ミラノの奇蹟』の項で、須賀敦子の処女作『ミラノ　霧の風景』が講談社エッセイ賞を受賞した折、井上が選考委員をつとめていたことに触れたのだが、井上は多忙にもかかわらず数々の賞の選考委員をいとわずに長年つとめてきた。手間のかかる仕事ながら、戯曲、文学作品など創作活動の影に隠れ気味の足跡《そくせき》――その陰の功績を、枕にできるほどのぶ厚さの『井上ひさし全選評』でたどることができる（本文七七二ページ＋索引二三ページ、白水社）。

選評文を読んでいると、まだ認められていない優れた作品に陽の目を当てることで、社会のために少しでも役立ちたいという密かな井上の意志が伝わってくる。通俗的なたとえだが、いい子を産ませようとする産婆さんのようである。

選評の文は簡潔ながら達意の文章で、作品へ評価を述べると同時にその賞のジャンルの普遍的なありようも示し、たとえ落選してもその後の候補者への助けになると思われる。

選考会の席には候補作を読み込み、何本もの付箋を貼った上で臨んだと聞いている。関係者によると、文壇への登竜門といわれる大きな文学賞にもかかわらず、候補作をろくに読まずに出席していたという複数の著名な作家である選考委員の態度とは、雲泥の〝意志の差〟である。

何かを助けたいという井上の意志は、「九条の会」の呼びかけ人といった社会的な活動のほかに、さまざまな組織や、また一個人にも向けられた。

たとえば司馬遼太郎の命日にちなんで開かれる「菜の花忌」。パネラーとして七回も参加している。第一回の一九九七年の大阪開催（大阪ロイヤルホテル）を始めとして、翌年の東京開催以来、一年ごとの東京会場での「菜の花忌」には必ず参加し、それまでの最多出席者だった（亡くなる二〇一〇年も出席予定だった）。

井上自身の言《げん》によれば「人怖《お》じ」する質《たち》のせいで、「菜の花忌」での井上の発言量は、他のパネリストに比べて毎回少ない。大勢の中を掻き分けてまで話すのは得意ではなかったのだろう。司馬遼太郎記念館発行の機関誌「遼」で、シンポジウムの採録を読むと、もっと話してほしいのにとプッシュしたくなるほどである。

性格からも、スケジュールの点からも、「菜の花忌」への参加はある決意なくてはできなかったと想像される。それでも連続出席したのは、先輩作家として司馬遼太郎を尊敬するというだけでなく、司馬の人間性に深い感謝の念を抱いていたことによると思われる（第1章参照）。

横道にそれるが、いかに芝居の初日が迫って脚本の仕上がりが待たれていようと「菜の花忌」に連続参加できた裏には、二人の女性による緊張を伴った綱渡りの共同作戦があった。執筆に追われる井上を、時間までに送り込むための作戦である。

秘書の小川未玲と、司馬遼太郎記念館・副館長の上村元子《うえむらもとこ》とが緊密に連絡を取り合い、刻々と変化する執筆状況から、「ここ」という区切りを見つけ、ギリギリのところで小川の手から上村の元へ送り出されていったのである。上村は小川とは一度も顔を合わせてないのだが〝戦友〟に思えてならないという。

洗礼を受けた理由

井上が多忙にもかかわらず、他の人に手を差し伸べる姿勢の基になっているのは、孤児院時代に刷り込まれた記憶にあるのではないか。

〈養護施設で、孤児の私たちの身の回りの世話をやいてくれたのは、異国の修道士たちだった。彼らの多くは、国へ帰れば、（略）それぞれ社会的にも経済的にも恵まれた地位のある人たちだった。その彼らが、薄汚い私たちのために、荒地を耕し、人糞をまき、菜っ葉を作ってくれた。はじめ、こんなに面倒をみてくれるのは、やがてサーカスにでも売り飛ばす魂胆でもあるのではないかと疑ったほどだった〉（「私の道元禅師」『わが人生の時刻表』）

戦後すぐの都市伝説として、サーカスに売られた子どもは酢を飲まされ、身体の柔らかい曲芸人に仕込まれるといわれ、「人さらい」は子どもたちに恐れられていた。夕方になっても外で遊ぶのに夢中になっている子どもたちに、それぞれの母親は「暗くなってきたから人さらいが来るよ」の嚇《おど》し文句で家に帰るのを促《うなが》した。

〈私は、後に洗礼を受けたが、三位一体の玄義を理解し、信じたからではない。マリアの処女懐妊など、どう考えても納得できるわけがない。にもかかわらず、洗礼を受けたのは、キリストを信じたためではなく、キリストを信じて行動し、実践している修道士を信じたためである〉（同前）

異国の修道士が我が身を顧みずに世話してくれる好意に応えるために、院生の身で出来る最大の報恩は、洗礼を受けることだったのだろう。

〈彼ら修道士たちの一挙一動は、愛の実践であり、生活と宗教とは不可分に密着していたのだ〉（同前）

修道士たちの〝愛の実践〟といわれるものを身体で感じ、自分のできる最大のことを実行したのだろう。

修道士から受け継いた愛の実践の一つに、五ヶ月しか過ごさなかった一関《いちのせき》での作文教室の講師役がある。

〈わたしは昭和二十四年の四月三十日に山形のほうから引っ越して来て、その年の九月の二十七日まで、こちら（一関市）にご厄介になりました。一関中学校の三年生として、一学期と二学期のちょっとを、みなさんと一緒に勉強したわけです。つまり、この一関にだいたい百五十日間、お世話になったわけで、わたしとしてはその分、百五十日分のお返しをしなければならないと考えています〉（「一時間目」『井上ひさしと141人の仲間たちの作文教室』新潮文庫）

一関に残る多くの古い蔵を利用した「文学の蔵」建設の基金作りボランティアとし、作文教室の講師となったのだ。一関は、作家・色川武大（阿佐田哲也）の終焉《しゅうえん》の地でもあり、古くから多くの文学者がおとずれた文化豊かな土地柄。その文化を形にしようと志している運動である。しかも四回目の開催は、三日間かけるという贅沢な作文教室。

一日目。午後からの入学式に参列後、授業は九〇分。五時からは生徒たちの「囲む会」にも二時間参加。

二日目は二講座。二日間におよぶ授業のおよその中身は、原稿用紙の使い方などの基礎から、辞書の大切さ、主語「は」と「が」の違いなど日本語についてに加え、各作家の文章の個性という高度なレベルまでにいたり、質疑にも応じている。密度の濃い授業内容に驚かされる。参加者の日本語意識が一気にあがったのではないだろうか。

二日目の夕方からは「囲む会」の集まりにも二時間参加し、夜は四百字詰め一枚の作文を七十三人分添削し、講評を数行書き加えるのに朝五時までかかり、それをフロントに預けた後、仮眠。

三日目は提出された作文についての講評の後、二十六人を壇上に上げ朗読をしてもらい、さらに「おしまいの講評」におよぶ。宇宙飛行士の訓練なみのスケジュールである。

文章の添削だけでなく、原稿用紙の余白には講評が書き添えられていた。予定外のことだった。その一例。

机の中に眠ったままの五歳と十歳の幼い兄弟が書いた、虫たちや妖精が出てくる冒険物語の原稿についての作文だが、最後の数行はこうなっている。

「兄弟は物語を未完のままに青年になり、未完のまま二十歳と二十五歳でこの世を去った。

完結編は、私が書かねばならないだろう。

この兄弟は、私の息子たちである」（「四時間目」鈴木きぬ絵、同前）

〈【講評】最後の一行に、悲しい、そして辛《つら》い衝撃を受けました。どのようになさって悲しみを乗り越えなさったか、……それを思うと言葉がつづきません。とても、いい字をお書きです。その字で、どうぞ物語を、世界でたった一つの物語を御完成下さい。御健筆を祈ります。この文章なら、大丈夫、おできになります〉（「四時間目」同前）

〝どのようになさって悲しみを乗り越えなさったか〟というくだりに、親の深い喪失の悲しみに、井上が寄せる思いがひしひしと伝わってくる。講師という公的立場から飛翔し、同じ人の親として講評を書いていることを感じるのだ。

いずれの講評も短いながらその人その人に合わせた的確で、読んでいて豊かな気持ちになる。

「文学の蔵」代表である及川和男（第2章の「激動の中学三年」の項参照）は、超多忙な井上が一関まで足を運び、三日を費やしての「作文教室」という好意に言葉を失っている。

「わたしは、主催者挨拶《あいさつ》という立場で、はじめとおしまいに、井上ひさしさんにお礼を述べたのです

が、そのときほど自分の言葉の無力さを感じたことはありませんでした」（同書）

この教室で井上が受講者に伝えたかったのは、一人ひとりが考えつづけよう、ということだった。それを訓練するには、どんな形式、内容でもいいから、文章を書くことだとの助言を遺した。

〝世話になった〟一関だけではない。このような「作文教室」を、市民活動の助けにと、市川（千葉県）など各地の組織でも行った。

若い学生たちにも手を差し伸べた。

慶應義塾大学藤沢キャンパスの秋期講座で、わたしが講師の真似事をしたとき（「ライティング・コース」ノンフィクションの書き方）、その最終講義に井上が馳せ参じてくれた。この日は受講している八十九人の学生だけでなく、他の学生も参加できるように大きな教室での講義となった（一九九八年）。

「井上先生の最終講義は格別なものでした。タイムスリップしてもう一度、聞きたいです」

と当時を振り返って感慨を深くするのは、社会人となった後に入学し「一年生」だった伊達貴彦（現・三井物産戦略研究所、ロス駐在中）。

「（講義の）開口一番、井上先生自身、学生時代、慶大図書館学科を受験して合格しているから、今日は慶大生と思って講義に臨んでいると自らの体験を述べられ、はじめから参加者全員を魅了していました」

当時は他大学にはない図書館学科の受験というのも本好きの井上らしいが、合格したものの設備費負担が高額のため入学は果たせず、孤児院の修道会が授業料を負担してくれる、カトリック系の上智大へ進むことになった経緯がある。

講義の主な内容は、世界最古の大学の一つボローニャ大学についてだった（もう一つはパリ大学）。

「ボローニャの町全体がアカデミアであり、イタリア語の Università の意味には自治の意味が含まれており、大学というものはそういうもので、独自の自治権がある。大学の存在自体が素晴らしく、単位を取得して卒業するためのものではなく、より崇高な場であることを話を通じて感じました（社会人五年を経て入学したので尚更かもしれません）。

学生全員を魅了するかたとの印象を持ち、自分もこうなりたいと感じたことを思い出しました。一時間半の講義が二時間以上となりましたが、もっと聞きたいと思う素晴らしい講義でした。夕焼けを見ると、土曜日の補講の時間を使った最終講義の頃をふと思い出す時があります」

井上の講義に影響されて大学《ユニヴェルシタ》好きになったせいか、伊達はその後フランス留学、二つの大学院と、就職しながら常に学ぶ道を伴い、電力供給の仕事を専門とする現在、電力自由化に関する日本の地方自治体や企業での講演のときは、井上の講義のやりかたを思い出しているという。井上の思いはきちんと次世代に繋がっていた。

うかつに今まで気づかなかったのだが、大学からの講義依頼ではなく、わたくしが私的にお願いしたために、交通費もなしの全くのボランティアでの講義だったことを今頃になって思い至り、赤面の思いがする。

ライティング・コースの期末試験はレポートにした。戦争に行った先輩たちがまだ生きているので、インタビューして原稿用紙二十枚前後にまとめる、という課題である。

塾員名簿や住んでいる地域の「三田会」（卒業生組織）の名簿から、昭和十六年から二十年前後の卒業生を探し取材を依頼するのだ。先輩とはいえ見知らぬ人に連絡して取材を頼み、インタビューしたものを原稿にまとめる行為は、すべて初めての作業のはずだったろうが、予想以上のレポートの出来あがりで驚くほどだった。

そこで本にして残そうと思い、三十一名を選び、各学生と二回の面談をして手直しを提示したのちに一冊の単行本にまとめた（『ぼくらの先輩は戦争に行った』講談社）。

井上は「前書き」を書いてくれた（「後書き」は植田）。見出しは「近ごろの若い者も凄い」。学生たちの課題レポートの持つ意味は何か、について切り込んでいる。

〈七十代の戦争体験者が、二十歳前後の学生に向かって、自分たちが二十歳前後に出会わなければならなかった希有の出来事を語るという構造がすばらしい。

つまり、語る側には「ああ、自分は、いま目の前でノートをとっているこの若者と同じ年のころに戦地に出かけて行ったのだ」という思いがあり、聞く側には「ああ、目の前で話をしてくれているこの老人は、いまの自分と同じ年のころに死の世界へ旅立つことを余儀なくされたのだ」という思いがある。

（略）両者は一体となり、やがて本書のいたるところで、五十余年の時空を超えた戦争体験の円滑な譲り渡しという奇跡がおきている。（略）

ついでながら、どの作品もたしかな文章で書いてある。平明で、正確で、かつ精度が高い。近ごろの若い者は文章が書けないなんて話は真っ赤な嘘である。

もう一つついでに、細部にいくつもの新情報がちりばめられていて勉強になった。たとえば（略）（上官が人相と手相を見て、死相が表れていれば偵察要員に振り分けるなど）兵舎に易者が出入りするようでは、もうおしまい。それよりなにより自分の運命を易者の天眼鏡に託さねばならなかった学生が哀れである。長岡（学生の一人、長岡彩子）さんが掘り出した新事実は、あの大戦争の実体を鋭くえぐり出していて、こんなところにもこの本の手柄がある〉（同前）

若い彼らにとってどれほど、励みになった言葉だろう。

「生きている証明になりました。ここまで深く学生の原稿を読んでいただいたのだと、井上先生の前書きに感動しました。カリフォルニアの自宅にも持ってきています」(伊達貴彦のメール)

映画への同志愛

さらに、一個人にも手を差し伸べた。

三十二歳の若さで脳基底部出血で突然死した映画ライターが、それまでに雑誌に書いた記事を収集し編集し直した書籍『目指せ、カリスマ映画ライター！』への特別寄稿「映画に恋をしたひと」がそれである。私家版という世に広く出ない、一〇〇〇部にすぎない小部数発行であるにもかかわらず、である。

どの本にも収録されていないので、長目に引用する。

〈植田さやかさん(一九六九—二〇〇二年)にはたったの一度、お目にかかったことがある。そのころのさやかさんが編集部の一員として仕事をしていた「モノ・マガジン」を届けにきてくださったのだが、やさしさと気持の強さとを同居させて大きく輝く目と、さかんな知識欲と勇ましい行動力を封じ込めて堅く結んだ、これも大きめな口がいまも記憶にのこっている〉(『目指せ、カリスマ映画ライター！』カラー&2色刷り)

編集者時代に「モノ・マガジン」誌の特集「文具・新製品型録」の企画で、作家・井上ひさし愛用の筆記具として、ペンの取材と撮影を担当者に代わって彼女が依頼した経緯があった。取材には立ち会えなかったので、出来上がった号(一九九五年二月十六日号)を届けに行ったのだ。

映画ライターとなってからの仕事ぶりについては、次のように読み解く。

〈さやかさんの仕事ぶりのたしかさは、たとえばインタビューのために準備されたノートに——丁寧に認められた予定質問の並べられたノートにあらわれているが、じつは試写のあとで記されたメモ文がおもしろい。一つだけ例をあげると、『ブリジット・ジョーンズの日記』のメモ文に、
《全世界で共通する30代独身女性の悩みとかバカさ、だらしなさなんかが描かれている。そんな彼女にステキな男性が現れるのだから、きっと私も……と希望がもてる》(原文横書き)
と書きつけられたメモ文が、完成された文章では次のようになっている。
《そう、レニー演ずるところのブリジットを見ていると自分がブリジットになった気分になっちゃうのだ。……すごく些細なことで悩んでいるのって自分だけじゃないんだ、ブリジットもこんなに頑張っているんだって勇気づけられる。それと同時に元気をもらえる感じがする。これが、これが、まさしく「ブリジット・ジョーンズの日記」の魅力であり、女優レニー・ゼルウィガーの魅力でもあるのだ。》
メモ文はふつう、さまざまな化粧をほどこされ、いかにも文章文章した文章に格上げされて発表されるが、彼女は逆の方法をとっていた。メモ文の方がよほど、いわゆる文章体になっている。このように彼女は文章体を口語体に、それも思いっ切り俗語体に格下げする名人だった。いまではこういう俗語体は珍しくないが、そのころは勇気のいる試みだったのではないか。(略)彼女はライターとしての格をじりじりと上げて行きながらも、決してこの俗語体を捨てなかった。これは覚悟のいる仕事である。(ライターとしての)格が上がるにつれて文体の格も上げて行くというのが、どんなライターもたどる道だからだ。
俗語体は読みやすいから読者にそっと寄り添う。読み手のすぐ横に立って彼女は短い映画評をつぎつぎに書いていった。たとえばこんなふうに。
《今回の恐竜は超強敵！　陸はもちろん、空からも水中からも襲ってくるから。お陰で約1時間半、

ハラハラし通しの体は硬直しっぱなし。ずっと、「どこから恐竜が出てくるんだろう」って緊張感があって心臓がバクバク状態だし。それだけリアルってことなのかも。それと最後には、〝持つべきものは友〟って切実に感じたなぁ》（『ジュラシック・パークⅢ』、原文横書き）

読者の隣でたった百六十字でストーリーと見所をささやいて映画館へ誘ってしまうのだから、大変な技術である。後期の映画評では、これらに映画業界の裏話が加わって、彼女の読者層は広く厚くなっていった〉（同前）

井上は日本語に関する著書も数冊あるので、ことばの専門家といってもいいだけに、若い独特の味のある文章を的確に分析し、その位置付けをしている。

大判のサイズ、おまけに三四八ページもある（重さ一キロ）。雑誌掲載時の誌面を元に、文章と映画写真を組み合わせて、各ページごとのデザインになっている。それらを見、読んだ上で筆を執ったのだ。

言いよどむところがあるのだが、実はこの若き映画ライターというはわたしの一人娘である。井上は子どもを、しかも一人っ子を亡くした親への心情に思いを馳せ、寄り添う気持ちから、多忙の中、執筆してくれたのだったと想像する。

先の見えない暗いトンネルの中で、かすかにその先に明かりがあるかもしれないと思えるようになったのは、井上の特別寄稿のお陰で『目指せ、カリスマ映画ライター！』を八年かけて本の形にまとめ、通夜、葬儀に参列してくれた五百人を超える人数に加え世話になった映画、音楽関係者たちに送り届けることができたことが大きい。それまでは、年賀状の返事も、なにか物を送ってもらってもいっさい対応できないという、社会性を完全に失った、まるで水中で棲息《せいそく》しているような感覚の暮らしだった。

さらには、ニューヨーク郊外のロングアイランド在住の、遺族ヒーラーの存在を知ったこともある。死者のことが見える超能力者のリーディング（reading）を受けに行ったことにもかすかな光が見えたような気がした（ジョージ・アンダーソン。ベストセラー『We Don't Die』など）。

少々説明すると、面談したアンダーソンがわたしに関することで知っているのは、費用をすでに振り込んでいるので、名前と住所だけ。どんな肉親関係か、年齢死亡原因などの情報はいっさい知らない。

事前の決まりごとは、彼がリーディングで言う内容が合っているかどうかを「Yes」か「No」だけで答え、いっさい説明してはいけないということだった。

すぐに右手に持ったボールペンをノートに走らすしぐさをしながらリーディングを始める。第一声。

「A young lady is coming」「Yes」

「She is your only one daughter」「Yes」

英語は日本語に較べて時制《テンス》に厳格な言語だが、娘のことを現在形で語ってくれるのは、地球上で唯一の人ではないか。

やがて核心に触れていく。

「バタッとエンパイアステートビルから飛び降りるように倒れました」「原因は脳の深い部分の出血」「風邪もひいていましたね」など、見てきたようなことを言う。

警察によって東京の借りている部屋で発見されたときの倒れた姿は、手を前に突く暇もなく、両手は身体の脇に置かれていた（火曜日）。その前日の月曜日、翌週に行われる「東京国際映画祭」のための試写のアテンドをしていた東宝のある宣伝部員によると、真っ白な顔をして咳をコンコンしていた、と娘の前日の様子をわたしに話してくれていた。

死亡検案書には「脳基底部の出血」と書かれてあるだけで、風邪のことには触れられていない。試写会に出る前に部屋で突然、倒れたのだ。

五回アンダーソンのリーディングを受けに行ったのだが、五回目は井上ひさし作の『ムサシ』のリンカーンセンターからの招待公演を観たときだった。NY滞在中での予約が奇跡のように取れたのだ。リーディングでは亡くなった人の年齢、死因などにも触れていくが、行きつ戻りつするので、必ずしも映画のように全てが明らかになるわけではない。リーディングの最後に、アンダーソンはこう言った。

「あー、娘さんは物を書く人なのですね」

「yes!!」

動詞はやはり現在形だった。

娘はそれまで着ていた衣服を脱ぎすてただけで今も生きていて、わたしがこの世を去るときがきたら、必ず会えるというのである。だから遺族は残りの人生を精一杯「生き続けろ《Go on》」と励ます。また会えることを遺族に信じてもらうために、生前の一切の情報をあえて受け付けないのだ。

井上が書いてくれた寄稿文「映画に恋をしたひと」に話を戻すと、最後の段落にはこうある。

〈ひとはいずれ逝くべきものとは知っている。けれども、こんど改めて読み返し、もはやこのような熱烈に映画に恋をするひとと、ふたたびめぐり逢うことはないかもしれないという淋しさに胸がふさがるばかりである〉(同前)

同じ映画好きの仲間同士、という思いが伝わってくる。稿料も辞退された。

〝ひとはいずれ逝くべきものとは知っている〟というくだりは、娘のことは別としても人間の摂理としてわかっている。しかし、井上がこの世にいなくなってから、日本も世界もさらに深刻な〝地殻変動〟を起こしている。それをどう考えたらいいかと惑《まど》う時、心痛く響いてくるのは、尋ねたい相手の井上ひさしの考えを聞くことができない現実だ。宇宙の迷い子になったような心細い気持ちになってくる。

しかし、井上の芝居を観ていると、執筆後、何年も経っているにもかかわらず、起こっている社会状況にあまりに相通《あいつう》じるセリフが発せられるので、同行者と思わず顔を見合わせてしまうことがよく起こる。それほど井上作品は時を超えた要素を内蔵していると言える。

書き残した中に、今日に生きていて息苦しくつらく感じる私たちのために、さまざまな手助けのメッセージを密かに潜ませてくれているように思えてしまうのだ。

井上は、みずからの限りある人生をどう考えていたのか。

一関での作文講評の中に、井上が自分自身に向かって書いたのではないかと思われる箇所がある。

〈この世から去る瞬間、「自分の一生は、これでよかったのだ。自分は生きた、生き切った」とニッコリできるなら、どんな一生でも、それは一個の立派な一生です〉（「四時間目」『井上ひさしと141人の仲間たちの作文教室』）

亡くなる直前まで『木の上の軍隊』を書くための準備をしていたことなどに想いを馳せると、井上自身もまた、

「これでよかったのだ。自分は生きた、生き切った」

と、そう思えたのではないか。

同書の終わりにあたる「さいごにもう一言」では、自分の未来予測をしている。

〈わたしは、この一関にたいへんな恩を受けたわけです。百五十日間、ほんとうに温かく迎えていた

だいた。一家、路頭に迷わず、なんとか生きつづけることができたんです。

わたしは「恩返し」の代わりに、江戸時代ふつうに使われた「恩送り」という言葉で申し上げたいのですが、わたしなりに一関のみなさんに「恩送り」をしたい。

「恩送り」というのは、誰かから受けた恩を、直接その人に返すのではなく、別の人に送る。その送られた人がさらに別の人に渡す。そうして、「恩」が世の中をぐるぐるぐるぐる回っていく。そういうものなのですね。（略）

わたしも書く時間が残り少なくなってきました。あと十年も書ければと考えたり、できたら、十三年、あと十四年は、と考えたりしますが、十五年はもたないと思っています〉（同前）

『黙阿彌オペラ』の初演（一九九五年一月）で「恩送り」というセリフが発せられたとき、こんな言葉があるんだ、といたく新鮮さを覚えた記憶がある。

「作文教室」が行われたのは『黙阿彌オペラ』初演の翌年、一九九六年十一月。井上が亡くなったのが二〇一〇年の四月。

一関での「作文教室」の十三年五ヶ月後である。「作文教室」後に井上の上に流れた時間は、予測していた最たる長さの歳月ではなかったが、希望の範疇《はんちゅう》には達していた。

井上が書き残した文章はいまだに読まれ、演じられることで人々の心に影響を与えつづけているのだから、「自分は生き切った」とニッコリとしているのではないだろうか。

残された一作一作は、孤児院での異国の修道士の一挙一動が愛の実践であったように、芝居や活字を通して井上の愛の実践と思えてくる。


（完）

●解説にかえて――

〈世界一の映画ファン〉

長部日出雄

井上ひさしさんは〈世界一の映画ファン〉です。

何故そういえるかといえば、日本の映画ファンほど世界中の映画を沢山観ている観客はいないからです。

映画評論家も、日本ほど外国の映画を多く観ている人たちはいないので、私は観た本数からして双葉十三郎さんを世界一の映画評論家と考えるのですが、井上さんは観た映画の種類と数の多さからして、世界一の映画ファンであることに間違いありません。

①「ミラノの奇蹟」②「昼下りの情事」③「シェーン」④「第十七捕虜収容所」⑤「虹を掴む男」⑥「天井桟敷の人々」⑦「お熱いのがお好き」⑧「巴里のアメリカ人」⑨「雨に唄えば」⑩「スパルタカス」

ビリー・ワイルダーの喜劇三本に、天才的なコメディアン、ダニー・ケイの喜劇、それにミュージカルが二本入っているのは、井上さんの作風からして当然ですが、他に西部劇の名作とキューブリックの歴史大作と芸術作品の香り高いフランス映画の傑作が選ばれ、何より注目に値するのは、ベストワンにイタリア映画「ミラノの奇蹟」を挙げていることです。

第二次世界大戦の終了後、戦火によって惨憺たる被害を蒙ったイタリアの映画界に、「ネオレアリズモ」（世界的な呼称は「イタリアン・ネオレアリズム」）という新しい映画作法が生まれました。

大スターを使ったり、大掛かりなセットを組んだりする予算がないので、出演者に素人を起用し、戸外のロケーションを主に撮影する、ノースター、ノーセット、ノーライトのドキュメンタリー的な手法です。つまり、豪華なセットを組み、ライトをふんだんに当てて、大スターを綺麗に撮ることに全力を挙げる従来のハリウッド様式とは、正反対の方法ですね。

この方法は、アメリカを除いては貧しかった戦後の各国の映画界に衝撃的な影響を与え、各国の観客に強い共感も呼びました。

代表作としては、ロベルト・ロッセリーニ監督の「無防備都市」「戦火のかなた」、ヴィットリオ・デ・シーカ監督の「靴みがき」「自転車泥棒」などが挙げられます。

デ・シーカ監督がその二作の後に撮り、カンヌ国際映画祭でグランプリを受賞した「ミラノの奇蹟」は、ネオレアリズモの中ではかなり異色の作品です。この映画の内容を知れば、井上さんが何故ベストワンに選んだかわかるでしょう。

それはこういう話です。

……キャベツ畑に捨てられていた赤ん坊のトトは、ロロッタ婆さんに拾われて育てられるが、六歳の時にお婆さんが死んだ後は孤児院に預けられ、十八歳になってそこから出されると、街外れの広場にあった乞食の爺さんの掘立て小屋に泊めて貰い、やがて気立ての優しいかれは、周囲の貧しい人々のための集落を造り始める。

面倒見のいいかれは、懸命に仲間の世話をしていたが、広場の真ん中に石油が湧き出したことによって事態が一変する。広場の所有者である資本家のモッピが居住者を排除しようと私兵を差し向けると、天上から降りてきたロロッタ婆さんの霊は何でも望みを叶える天の鳩をトトに与え、トトはその鳩を使って私兵を撃退するが、今度は住民たちがその鳩の威力に目をつけて私利私欲の争いを始め、広場が乱脈に陥ったのを目にした天使が鳩を取り上げたので、再び広場に攻め込んだ私兵によって、住民はトトもろとも監獄馬車に積み込まれてしまう。だが、トトを愛する娘とロロッタ婆さんの霊が鳩を取り戻してトトに渡したので、住民たちは監獄馬車から解き放たれて、トトと一緒に市街清掃作業員の箒に跨り、善良さが生かされる理想の国へと天空高く舞い上がって行く……。

どうです、いかにも井上さんが好みそうな物語でしょう。これはそのまま井上ひさしの劇世界と見ても不思議ではありません。

「ミラノの奇蹟」はネオレアリズモの手法で描いたファンタジー映画なのです。

こんな風にハリウッド流の対極に立つイタリア映画をベストワンに推しながら、井上さんはまたハリウッド流の上出来《ウェルメイド》の映画作法の最高水準を極めたビリー・ワイルダーの作品を三本選んでいます。ワイルダーは、喜劇を最も得意としましたが、他に悲劇、ミステリー、社会派、伝記映画と、何を撮っても抜群の完成度を示すオールラウンド・プレイヤーで、史上最高の「映画の名人」でした。

もともと脚本家出身のかれは、名脚本家のチャールズ・ブラケットや、I・A・L・ダイアモンドとコンビを組み、脚本の遂行に徹底的に知恵と工夫と時間を費やす作法で数々の傑作を作り出しました。遅筆堂の井上ひさしは、その点でもワイルダーに共鳴していたのかもしれません。

井上さんは、「場所の力」の重視を、ワイルダーの作風の特質として挙げ、「失われた週末」のアパートの一室、「サンセット大通り」の無声映画時代の大スターの荒れはてた邸宅、「第十七捕虜収容所」の収容所、「麗しのサブリナ」の大金持ちの大邸宅、「七年目の浮気」のアパートの上と下、「翼よ！

あれがパリの灯だ」の狭苦しい操縦席、「昼下りの情事」のパリの超一流ホテル、「情婦」の法廷、「お熱いのがお好き」の列車内部、あるいは楽団という共同体的「場」、「アパートの鍵貸します」のアパートの部屋……などを例に挙げます。何という的確な着眼と記憶力！　いわれてみれば確かに、映画は「場所の力」を表現するのに最適のメディアであるのに相違ないのです。

次に邦画のベストテンを見てみましょう。

①「七人の侍」②「天国と地獄」③「生きる」④「人情紙風船」⑤「姿三四郎」⑥「わが青春に悔なし」⑦「ゆきゆきて、神軍」⑧「一人息子」⑨「豚と軍艦」⑩「盗まれた欲情」

黒澤明が五本、今村昌平の喜劇が二本、それに若くして戦場に散った天才山中貞雄の時代劇、小津安二郎の親子物の名作、インディペンデントの監督原一男の野心的なドキュメンタリーがそれぞれ一本。井上さんは本当に黒澤明が大好きでしたね。

ベストワンの「七人の侍」は三十回観て、あと二十回は観て死にたい、といっています。また黒澤明が文化勲章を受章する遥か以前に、黒澤さんは「七人の侍」一本だけで総理大臣級の待遇をしてもいい、と語っていました。確かにそれぞれ際立った個性を持つ七人の侍に扮した俳優が、何れも一世一代の芝居で繰り広げるアクションシーンのダイナミックな迫力と、侍でも百姓でもないトリックスターの菊千代（三船敏郎）が表現した野性味と滑稽味は実に目覚ましいもので、この映画が世界中で日本のイメージを高めた功績は計り知れません。

第二位と第三位に挙げた黒澤作品では、劇的構成の卓抜さと緊密さを絶賛しています。劇作家の賛辞だけに非常に説得力がありますね。今村昌平を二本選んだのは、戦後日本の喜劇映画を代表する存在と認めていたからでしょう。

井上さんは、文藝春秋のアンケートに答えてこのベストテンを選んだ際、更に一人だけで日本映画のベスト100を選出する、という途轍もない冒険に挑戦しています。これほど並外れた大仕事ができるのは、呆れる程沢山の映画を観て、信じられない程綿密な記憶力を持つ井上さんの他にいる筈がありません。

その中から、いかにも井上さんらしい観点を拾ってみましょう。

ベストテンに続く第十一位は、斎藤寅次郎監督「憧れのハワイ航路」。斎藤寅次郎の喜劇は当時いつも満員でしたが、自分をインテリとおもっている人達は軽視して観に行かなかった。それに対して井上さんは「美空ひばりがめったやたらに歌いまくるので仰天した。そしてばかばかしいほどの、こまっしゃくれた名演技。ストーリーはもっとばかばかしくて、ここまでばかばかしいと、もう名作である。ひばりの歌に合わせてアチャコが変な仕草をする。これは一種の当てぶりの踊りであるが、この珍な踊りをいまの若い人に見せてあげたい」と書いています。観たくなるでしょう？　本当に。常に大衆の中に身を置くことを忘れなかった井上さんにふさわしい絶妙の選出といえるでしょう。

⑭に山田洋次「男はつらいよ・寅次郎相合い傘」を挙げ、シリーズの最高傑作は第七作の「奮闘篇」だけれど、渥美清と浅丘ルリ子が共演したこの作品には、あの有名な「メロン戦争」が入っていることが選出の理由だといいます。

（「メロン戦争」とは、自分の留守の間にとらやを訪ねてきたリリーに、おばちゃんがメロンを切って出し家族みんなで一緒に食べ、帰って来た寅次郎が自分の分が残っていないのを知って、烈火の如く怒り出すところから始まる騒動です。ファンには有名なシーンを特筆したことで、井上さんはこのシリーズを丹念によく観ていたことが解ります）

⑰は川島雄三「幕末太陽伝」。落語種を映画にして成功した唯一の例で、これは奇蹟といってよく、

十七位にしたが三位でも二位でもいい、という。当時週刊誌の映画欄を担当していた私の記憶を付け加えれば、これは試写室で終映後に、珍しく拍手が湧いた映画です。

以下、井上さんの評言に唸った個所を列記すれば……。

㉙小栗康平「泥の河」。「売春舟（?）の加賀まりこが横目で子どもを見る目つきは、万巻の文学書とほとんど拮抗する」。㊱黒澤明「蜘蛛巣城」。「三船と山田五十鈴の目玉の動き方がすごい」。㊺野村芳太郎「砂の器」。「これほどうまくいった音楽と物語との結婚も稀有」。㊷島耕二「銀座カンカン娘」。「服部良一の狂信者だったから高峰秀子の歌う主題歌が聞きたくて、米沢市の映画館に三日間通った」「（山本嘉次郎監督の）『馬』を観てから今日まで、女優の一番は、断然、この人である」。㊽黒澤明「羅生門」。「撮影（宮川一夫）のすばらしさに、高校一年生だったわたしでさえ息をのんだ。とくにあの木漏れ陽の尋常ではなかったこと」。全く同感。私の考えでも黒澤明と溝口健二の作品のキャメラを担当した「撮影の神様」宮川一夫は、日本映画の海外進出に重要な役割を果たした大功労者です。⑨川島雄三「相惚れトコトン同志」。「恋のライバルが伊豆大島の崖の上で、フェンシングで決闘するシーンには、すっかり度肝を抜かれた」⑩成瀬己喜男「浮雲」。「恋というものは、暗くて、汚くて、愚かで、おそろしいものだということを、二十一歳の筆者に教えてくれた大傑作。腐れ縁を清算できないまま屋久島まで流れ落ちて行く男と女に、筆者が日本映画史上、最高の男優であり、女優であると信ずる森雅之と高峰秀子が扮した」「暗くて、汚くて、愚かで、おそろしいといったマイナスのカードが全部集まると、その恋がプラスに転換し、燦然たる光を放つという主題をみごとに脚本にした水木洋子の力技もたいへんなものだ」

そしてベスト１００に、更に黒澤明「素晴らしき日曜日」を加えて、こう語ります。

「人生はつらい、この世は涙の谷だ。がしかし、にもかかわらず素晴らしき人生……！　というメッセージが、当時、中学一年生の筆者にもよくわかった。以来、これが筆者の人生観になり、おそらくこれからも、このメッセージにすがって生きて行くことになるだろう。そこで、これを第101位に置いた」

井上さんはこの文章をラストシーンにしたくて、本当は恐らくベストテンの上位に推したかったに違いない「素晴らしき日曜日」を、敢えて最後の最後に持って来たのでしょう。つまり、この101選出の過程が、井上さんにしか書けない映画への長い愛情物語になっているのです。熱心な映画ファンは年少の頃、得てして生意気になり、頭でっかちになりがちなものです。井上さんにはそんな所が微塵もありません。

どんな映画評論家にも引けを取らないシャープで的確な批評眼を持ちながら、いつも映画館の空気にしっくりと身を任せ、周囲の観客と一緒になって笑い、涙を流し、感動している。粗《あら》を探すより、美点を見つけて、それを称賛することに意識を向ける……。だから読者は観たことがない大半の映画に、是非接してみたい気持を強く掻き立てられるのです。

視野が広く、心がおおらかで、温かい。

井上ひさしさんは、やはり〈世界一の映画ファン〉といっていいのではないでしょうか。

（作家）

（植田紗加栄の取材に際して準備された書き下ろし原稿）

＊本書は、故・植田紗加栄の遺稿である。時制は基本的に執筆時に統一した。また、ルビは編集部で適宜補った。

植田紗加栄

（うえだ・さかえ）

東京都生まれ。編集者、ライター。慶應義塾大学文学部国文科卒。『エスクァイア日本版』などで編集、執筆に従事。生前唯一遺した著書に、『そして、風が走りぬけて行った―天才ジャズピアニスト守安祥太郎の生涯』（講談社、1997年）がある。編集に携わった本に、自ら講義を担当した授業の課題がまとめられた、『ぼくらの先輩は戦争に行った』（井上ひさし監修・慶應義塾大学湘南藤沢キャンパステクニカルライティング教室著、講談社、1999年）、実子の遺稿をまとめた『目指せ、カリスマ映画ライター！』（谷川健司監修・植田さやか著、自主制作、2010年）、『水の手紙―群読のために』（井上ひさし著・萩尾望都絵、平凡社、2013年）などがある。2018年、逝去。

井上ひさし外伝

映画の夢を追って

二〇二五年一月二〇日　初版印刷
二〇二五年一月三〇日　初版発行
著　者――植田紗加栄
発行者――小野寺優
発行所――株式会社河出書房新社
〒一六二-八五四四
東京都新宿区東五軒町二-一三
電話
〇三-三四〇四-一二〇一〔営業〕
〇三-三四〇四-八六一一〔編集〕
https://www.kawade.co.jp/
組　版――株式会社ステラ
印　刷――株式会社暁印刷
製　本――大口製本印刷株式会社

ISBN978-4-309-03942-8
Printed in Japan